Sündenrächer

Ein Aachen Krimi

BoD™
BOOKS on DEMAND

Frank Esser

Sündenrächer - Ein Aachen Krimi

Hansens 2. Fall

Bibliografische Information der Deutschen Nationalbibliothek:
Die Deutsche Nationalbibliothek verzeichnet diese Publikation in der Deutschen Nationalbibliografie; detaillierte bibliografische Daten sind im Internet über http://dnb.dnb.de abrufbar.

Herstellung und Verlag: BoD – Books on Demand, Norderstedt

ISBN: 9783752815153

Prolog

November 1988, Grenzfluss Werra an der deutsch-deutschen Grenze

Peter Dreschers war den Plan in seinem Kopf unzählige Male durchgegangen. Jetzt sollte auf die Theorie die Praxis folgen. Und das war etwas ganz Andreres. Sein Herz pochte bis zum Hals. Der Schweiß stand ihm trotz der frühwinterlichen Temperaturen auf der Stirn. Es dauerte nicht mehr lange, bis die Wachpatrouille die Stelle passieren würde, wo er sich versteckt hielt. Die beiden Grenzsoldaten bereiteten ihm allerdings die geringste Sorge. Dreschers hatte weitaus mehr Respekt vor dem Wachhund, einem Deutschen Schäferhund, der die beiden Soldaten begleitete. Deshalb musste er seinen Plan jetzt in die Tat umsetzen. Er durfte nicht länger zögern.

In gebückter Haltung lief er Richtung Grenzzaun los. Den Bolzenschneider hielt er fest in seiner rechten Hand. Kaum, dass er den Maschendrahtzaun erreichte, begann er den Draht zu durchtrennen. Glücklicherweise verzichtete die DDR an diesem Teil des Grenzabschnittes auf eine Selbstschussanlage. Einen Wachturm mit Soldaten gab es auch nicht in unmittelbarer Nähe. Das hatte er natürlich gewusst. Als er gerade so viel Draht durchtrennt hatte, dass die Stelle groß genug war, um hindurchzuschlüpfen, registrierte er plötzlich Stimmen, die sich näherten. Dreschers hielt kurz inne und lauschte. Dabei wagte er kaum, zu atmen. Er hatte sich nicht geirrt. In unmittelbarer Nähe unterhielten sich zwei Männer. Offensichtlich hatten die beiden Grenzposten ihre Runde schon wieder beendet. Ausgerechnet heute hielten sie sich nicht an den sonst üblichen Zeitplan. Aber Dreschers blieb keine andere Möglichkeit, als weiter zu machen. Sonst würden sie ihn auf jeden Fall schnappen. Vorsichtig bog er den Zaun auseinander. Immer darauf bedacht, so wenig Lärm wie möglich zu machen. Er war fast hindurchgeschlüpft, als ihn plötzlich der Strahl einer Taschenlampe erfasste.

»Halt! Stehen bleiben! Oder ich schieße!«, schrie einer der Soldaten.

Dreschers verharrte für einen Moment. Panisch überlegte er, ob er seine Flucht abbrechen sollte. Aber in dem Moment, wo der monströs große Schäferhund auf ihn zustürmte, nahm er seinen ganzen Mut zusammen und drängte sich durch das Loch im Zaun.

»Halt«, schrie der Wachtposten noch einmal.

Aber Dreschers lief weiter. In Richtung des kleinen Grenzflusses Werra, über die er in die Bundesrepublik Deutschland fliehen wollte. Der Fluss führte durch die ausgiebigen Regenfälle der letzten Tage Hochwasser. Deshalb waren die schwenkbaren Metallgitter, die sich in der Mitte des Flusses befanden, um eine Flucht über das Gewässer zu verhindern, hochgezogen, damit die Sperranlage nicht durch Treibgut beschädigt wurde. Er wusste das, weil er für die Instandhaltung der Anlage verantwortlich war. Nur ein guter Schwimmer konnte es wagen, die Flucht auf diesem Weg zu versuchen. Und das war er. Immerhin hätte er es fast in die nationale Auswahl der Schwimmmannschaft der DDR geschafft. Eine Schulterverletzung hatte seine Karriere letztlich verhindert.

Er hatte das Ufer der Werra fast erreicht, als er die Schüsse eines Maschinengewehrs hörte. Instinktiv warf er sich auf den Boden. Er robbte immer weiter Richtung Ufer. Salve auf Salve flog über seinen Kopf hinweg. Dann vernahm er ein Rascheln hinter sich. Es kam schnell näher. Der Schäferhund hatte offenbar die Verfolgung aufgenommen. Die Wachsoldaten mussten ihn durch das Loch im Zaun gelassen haben. Es waren mindestens noch elf oder zwölf Meter, die Dreschers vom Flussufer trennten. Ihm war klar, dass er das unmöglich vor dem Hund schaffen konnte, wenn er bis dorthin robbte. Also nahm er sein Herz in die Hand, stand auf und rannte los. Schon wieder wurde eine Garbe auf ihn abgegeben. Im Zickzack, um den Kugeln möglichst auszuweichen, lief Dreschers Richtung Grenzfluss. Er hatte vielleicht noch knapp vier Meter zu überwinden, als der Hund zuschnappte. Er erwischte Dreschers an der Wade und brachte ihn aus dem Tritt. Schließlich stürzte er und überschlug sich dabei. Ein stechender Schmerz durchfuhr sein linkes Bein. Auch der Schäferhund machte bei dieser Attacke eine Rolle vorwärts, verlor kurz die Orientierung, stürzte sich dann aber wieder umgehend auf sein Opfer, als er es wiederentdeckte. Doch diesmal war Dreschers besser auf den Angriff vorbereitet. Auf dem Boden liegend, nahm er den ungleichen Kampf mit dem Schäferhund auf. Nach einer kurzen Rangelei, in der Dreschers einige Male gebissen wurde, gelang ihm schließlich mit seinem rechten Fuß ein gezielter Tritt direkt gegen die Schnauze des Hundes, der sofort jaulend von ihm abließ. Dreschers rappelte sich wieder auf und lief weiter. Den Schmerz in seinem linken Bein ignorierte er, so gut es ging. Aber auch der Schäferhund hatte sich schnell wieder erholt und umgehend die Verfolgung aufgenommen. Außerdem kamen die Grenzschützer laut schreiend immer näher. Dreschers gelang es gerade noch so, in den eiskalten Fluss zu springen, als sie eine weitere Gewehrsalve abgaben. Er sah, wie um ihn herum die Kugeln das Flusswasser peitschten und tauchte unter. Das eiskalte Wasser raubte ihm den Atem. Seine Haut fühlte sich an, als ob er von tausenden Nadelstichen traktiert würde. Aber auch diese Schmerzen blendete er in diesem Moment aus. Er hatte jetzt nur noch ein Ziel: das andere Ufer. Die Strömung war trotz des Hochwassers glücklicherweise nicht allzu stark, aber stark genug, um ihn weit genug von den beiden Grenzposten wegzutreiben, die immer noch gelegentlich Richtung Flussmitte schossen. Als er die Grenzsperre in der Mitte des Flusses erreichte, holte er tief Luft und tauchte hinab in die Dunkelheit, wo er zunächst jegliche Orientierung verlor. Das kalte Flusswasser brachte ihn schnell an seine Leistungsgrenze. Hinzu kam die nasse, schwere Kleidung. Wenn er nicht ertrinken wollte, musste er sich beeilen. Auch wenn er ein guter Schwimmer war, hatte er das Unterfangen zu dieser Jahreszeit erheblich unterschätzt. Endlich ertastete er das hochgezogene Eisentor und mit zwei kräftigen Schwimmzügen gelang es ihm, unter der Grenzsperre hindurchzutauchen. Als die Lungen schon anfingen zu brennen und ihm kaum noch Luft zum Atmen blieb, tauchte Dreschers auf der anderen Seite der Sperrvorrichtung wieder auf. Er war fast mit seinen Kräften am Ende, musste jetzt aber nur noch ein paar Meter bis zum westlichen Flussufer überwinden. Vor ihm leuchteten mittlerweile Suchscheinwerfer auf. Offensichtlich war der Bundesgrenzschutz durch die Schüsse aufmerksam geworden. Mit allerletzter Kraft gelang es Dreschers, an das Ufer zu gelangen. Völlig entkräftet und durchgefroren, blieb er an der Böschung der Werra liegen.

»Willkommen in der Bundesrepublik Deutschland«, waren die letzten Worte, die er wahrnahm, bevor er in Ohnmacht fiel.

Kapitel 1

Samstag, 16. September 2017

Herbert Neumann freute sich schon seit Tagen auf seinen freien Samstag. Seinen Ersten seit drei Wochen. Neumann arbeitete als Wachmann bei der WUSA, der Wach- und Schließgesellschaft Aachen. Er bevorzugte seit einigen Monaten Nachtschichten oder die Wochenenddienste, weil er dadurch mehr Geld verdienen konnte. Da seine Frau Sonja vor gut einem Jahr gestorben war und er seitdem alleine lebte, machte ihm das auch nicht viel aus. So konnte er immerhin den einen oder anderen Euro sparen. Von dem Ersparten, der Rente seiner verstorbenen Frau sowie seiner eigenen Rente konnte er sich in ein paar Jahren sicherlich einen angenehmen Lebensabend gönnen. Den heutigen freien Tag hatte er bisher in vollen Zügen genossen. Er war früh aufgestanden, hatte seine Wocheneinkäufe erledigt und den Rasen gemäht. Nach dem Mittagessen war er dann in den Aachener Stadtwald gefahren, um einen langen, ausgedehnten Spaziergang zu machen. So wie er es früher auch gerne mit Sonja getan hatte. Jetzt, am frühen Abend, freute er sich auf die Sportschau. Bis zum Beginn der Sendung hatte er noch knapp zehn Minuten Zeit. Die nutzte er, um sich schnell ein paar Butterbrote zu schmieren. Er hatte es sich in seinem Fernsehsessel gemütlich gemacht und eine Flasche Bier geöffnet, als die Sendung begann. Er wollte gerade in sein mit Salami belegtes Brot beißen, da glaubte er, ein Geräusch zu hören. Er hielt kurz inne, schaltete den Ton am Fernseher mit der Fernbedienung leiser und lauschte. Aber da war nichts. Offensichtlich hatte er sich geirrt. Neumann schaltete den Ton an seinem Fernseher wieder lauter und widmete sich wieder der Sportsendung.

In der ersten Werbepause brachte er das schmutzige Geschirr in die Küche. Im Flur stutzte er kurz. Er hätte schwören können, dass er die Küchentür vorhin geschlossen hatte. Aber vielleicht hatte er sich auch nur geirrt. Er wurde langsam vergesslich, wie er sich eingestehen musste. Als er die Küche betrat, nahm er aus dem Augenwinkel eine Bewegung wahr. Dann spürte er auch schon einen heftigen Schlag auf seinem Hinterkopf. Jäh wurde es dunkel um ihn herum. Als Neumann wieder zu sich kam, drehte sich das Zimmer um ihn herum. Nur schemenhaft nahm er wahr, wo er sich befand. Er saß mitten in seinem Wohnzimmer. Sein Kopf schmerzte fürchterlich.

Diverse Fragen gingen ihm durch den Kopf. Wie lange war er bewusstlos gewesen? Und was war überhaupt passiert? War er von einem Einbrecher niedergeschlagen worden? Erst jetzt bemerkte er, dass er an einen Stuhl gefesselt war. Mit Kabelbindern. Er war absolut bewegungsunfähig. Sein Mund war mit Klebeband zugeklebt. Und sein Oberkörper war nackt. Die Rollläden waren heruntergelassen. Nur die Leselampe neben der Couch spendete spärliches Licht. Und er war nicht allein. In seinem Fernsehsessel, etwa zwei Meter von ihm entfernt, saß ein Mann. Etwa dreißig Jahre alt. Übergewichtig und irgendwie unscheinbar. Er hatte ihn noch nie gesehen. Der Fremde saß einfach nur da und beobachtete ihn. Nach schier endlosen Sekunden stand er langsam auf und kam einen Schritt auf Neumann zu. Ihm fiel auf, dass der Eindringling nicht maskiert war. Auch wenn er den Mann nicht kannte, er würde ihn beschreiben und der Polizei genaue Angaben machen können.

Neumann geriet allmählich in Panik. Er war kein reicher Mann. Das wenige Geld, das er angespart hatte, konnte den Mann wohl kaum ernsthaft interessieren. Eine beängstigende Stille lag in dem Raum. Was immer der Unbekannte von ihm wollte, er sagte kein Wort. Er stand einfach nur da und starrte Neumann an. Es war offensichtlich, dass er die Angst des gefesselten Mannes genoss. Dann nestelte er plötzlich an seiner Hosentasche, holte ein Päckchen Zigaretten und ein Feuerzeug hervor und zündete sich eine Zigarette an. Genüsslich zog er zweimal daran. Das Päckchen samt Feuerzeug verschwand wieder in seiner Hosentasche. Dann machte er einen Schritt auf Neumann zu und blies ihm den Zigarettenrauch mitten ins Gesicht. Dabei lächelte er sein Opfer an. Anschließend zog er ein weiteres Mal an seiner Zigarette und ohne Vorwarnung näherte er sich und drückte die glühende Zigarettenkippe ganz langsam auf dem Handrücken der rechten Hand, die an die Stuhllehne gebunden war, aus. Ein stechender Schmerz durchfuhr Neumann. Er hätte lauthals aufgeschrien, hätte das Klebeband auf seinem Mund das nicht verhindert. Erst langsam klang der Schmerz wieder ab und ging über in ein dumpfes, brennendes Gefühl. Aber viel Zeit zum Verschnaufen blieb ihm nicht, denn der Unbekannte setzte erneut an, eine Zigarette auf seiner Haut auszudrücken. Diesmal war es der Handrücken der linken Hand.

Dieser Vorgang wiederholte sich mehrere Male, nun auch auf dem entblößten Oberkörper. Sobald eine Kippe abgebrannt war, zündete er auch schon die nächste an. Die Schmerzen, die Herbert Neumann auszuhalten hatte, waren unerträglich. Aber sein Peiniger kannte keine Gnade.

Erst nach der vierten Zigarette hatte diese Tortur ein Ende. Noch ehe er gänzlich das Bewusstsein verlor, traf ihn ein harter Schlag mitten ins Gesicht. Die Nase brach mit einem lauten Knacken und Blut lief ihm aus der Nase.

»Es wird nicht geschlafen, Neumann. Du sollst schließlich genießen können, was hier mit dir passiert«, verhöhnte ihn der Mann auf einmal.

Neumann versuchte zu antworten, aber das war natürlich mit dem zugeklebten Mund nicht möglich.

»Wirst du um Hilfe schreien, wenn ich das Klebeband entferne?«

Herbert Neumann schüttelte den Kopf.

»Also gut. Ich entferne es jetzt. Aber ich warne dich. Ein Mucks von dir und es knallt.«

Keine Sekunde später riss der Unbekannte ihm das Klebeband mit einer fließenden Bewegung vom Mund. Neumann schnappte nach Luft. Schreien war ohnehin sinnlos, hier hörte sie niemand.

»Ich gebe Ihnen mein ganzes Geld, aber bitte hören Sie mit dieser Quälerei auf«, war das Erste, was Neumann flehend von sich gab. Der Mann verfiel sogleich in ein langes, herzhaftes Lachen.

»Du glaubst also ernsthaft, dass ich das hier wegen Geld mache?«

Genau solch eine Antwort hatte Neumann befürchtet. Das, was hier mit ihm geschah, war geplant und nicht einfach nur spontane Willkür. Wie sollte er nur aus dieser Situation wieder herauskommen? Er setzte alles auf die Fortsetzung des Gesprächs.

»Was wollen Sie dann?«

»Genugtuung.«

»Genugtuung wofür?« Neumann starrte ihn irritiert an.

»Für das Unrecht, das du mir und anderen Menschen vor langer Zeit angetan hast.«

»Ich kenne Sie doch nicht einmal. Das muss eine Verwechslung sein!«

»Oh, nein. Ganz sicherlich nicht. Aber um deine Erinnerung aufzufrischen, habe ich hier etwas für dich.« Der Mann nestelte kurz an seiner Jackentasche. Dann warf er einen Gegenstand auf Neumanns Schoß. »Bist du nun immer noch davon überzeugt, dass wir uns nicht kennen?«

Neumann erkannte sofort, worum es sich handelte. Allerdings hatte er keine Ahnung, wie der Unbekannte in Besitz der Marke gelangt war. Sie lag doch seit Jahren unberührt in einer Schublade seines Schreibtisches im Arbeitszimmer!

»Ich verstehe immer noch nicht, was das mit Ihnen zu tun haben soll? Das ist ein Relikt aus einer anderen Zeit.«

»Da hast du nicht ganz unrecht. Aber lass uns die wenige Zeit, die uns noch verbleibt, nicht mit unnötigen Plaudereien vergeuden. Schließlich habe ich mit dir heute Abend noch einiges vor.«

Noch ehe er antworten konnte, hatte der Mann ihm schon wieder den Mund zugeklebt.

»Ich möchte nicht, dass du es dir noch anders überlegst und die Nachbarschaft zusammenschreist«, bemerkte der Eindringling zynisch.

Dann holte er aus einer Sporttasche, die vor ihm auf dem Boden stand, einen Hammer heraus. Nur einen kurzen Augenblick später sah Neumann mit aufgerissenen Augen, wie der Unbekannte mit dem Hammer zum Schlag ausholte und er spürte, wie die Kniescheibe seines rechten Beins brach. Beinahe wäre er vor Schmerz in Ohnmacht gefallen. Aber sein Peiniger hatte vorgesorgt. Ehe Neumann kollabierte, hielt er ihm ein Fläschchen Riechsalz unter die Nase. Statt in die Tiefen der Bewusstlosigkeit abzutauchen, war er wieder hellwach und musste zusehen, wie sich sein rechtes Hosenbein dunkel färbte. Als nächstes wurde ihm die Kniescheibe des linken Beins zertrümmert. Dann das rechte und linke Handgelenk.

Immer, wenn Neumann drohte, bewusstlos zu werden, holte ihn der Unbekannte mit dem Riechsalz ins Hier und Jetzt zurück. Selbst wenn der Fremde ihn am Leben lassen würde, wovon er nicht ausging, würde er seinen Lebensabend wohl als Krüppel im Rollstuhl verbringen müssen, dachte er. Er wusste zu diesem Zeitpunkt nicht, was ihm lieber gewesen wäre.

Wenn er doch nur gewusst hätte, warum man ihm all dies hier antat? Aber egal was auch immer der Grund dieses Überfalls war, das hatte niemand verdient! Und er ganz bestimmt nicht!

»Na, tut´s weh?«

Der Mann sah ihn höhnisch von oben an. Neumann reagierte nicht. Sein Kinn war auf seine nackte Brust gesunken. Plötzlich riss ihm sein Peiniger erneut das Klebeband vom Mund und schlug ihm mit der flachen Hand ins Gesicht.

»Ich habe dich was gefragt!« Seine Stimme war jetzt voller Hass.

Aber mehr als ein leise gehauchtes »Ja, es tut schrecklich weh«, brachte Neumann nicht hervor.

»Das sollte es auch! Du sollst spüren, was es heißt zu leiden!«

An der Art, wie der Mann das sagte, erkannte Neumann, dass sein Martyrium noch lange nicht zu Ende war.

»Und das Beste ist, wenn man glaubt, dass es gar nicht mehr schlimmer werden kann, hat man sich meistens getäuscht«, fügte sein Peiniger hinzu, als ob er Neumanns Gedanken lesen konnte.

»Hast du vielleicht noch irgendetwas zu sagen, bevor wir weitermachen?«

Neumann nahm seine ganze Kraft zusammen, um zu antworten.

»Ich will eigentlich nur wissen, warum Sie mir das alles hier antun?«, brachte er mühselig heraus.

»Darauf musst du schon alleine kommen. Aber ich werde dir einen Hinweis geben.« Dann holte der Mann ein Foto aus seiner Sporttasche und hielt es ihm direkt vor die Nase. »Und, erinnerst du dich?«

Schwerfällig betrachtete Herbert Neumann das Foto, das der Mann in seinen Händen hielt. Es dauerte einen Moment, aber dann erkannte er die Person auf dem Foto. Die Vergangenheit hatte ihn ganz offensichtlich eingeholt. Jetzt kannte er zwar den Grund, aber den Zusammenhang begriff er immer noch nicht. Wieder sammelte er seine Kraft, um eine Frage zu stellen.

»Wer sind Sie und was haben Sie mit der Sache von damals zu tun?«

»Sagen wir jemand, der ein Interesse daran hat, dass das Unrecht von damals nicht ungesühnt bleiben darf. Mehr musst du nicht wissen!«

Neumann hätte gerne noch mehr erfahren, doch bevor er etwas sagen konnte, wurde ihm schon wieder der Mund zugeklebt. Die Unterhaltung war also offensichtlich wieder beendet.

Der Mann verließ das Wohnzimmer. Keine zwei Minuten später kam er zurück. Er trug einen Gegenstand. Bei genauerer Betrachtung erkannte Neumann die kleine Wanne aus seiner Küche, in der er immer seine Fußbäder nach anstrengenden Schichten machte. Der Unbekannte stellte sie vor ihm auf dem Boden ab.

Neumann erkannte, dass sie mit Wasser gefüllt war. Er wusste zwar nicht, was der Mann als Nächstes vorhatte. Aber er hatte Todesangst. Vor lauter Panik entleerte sich seine Blase, woraufhin ihn ein harter Schlag in die Magengegend traf. Er keuchte und hatte das Gefühl, sich übergeben zu müssen. Dann kniete sich der Mann vor seinem Stuhl nieder. Erst zog er Neumanns Hausschuhe aus. Dann die Socken. So sehr sich Neumann auch mühte, er konnte sich nicht dagegen wehren. Zu fest saßen die Fesseln an seinen Füßen. Der Unbekannte stellte seine nackten Füße in die mit Wasser gefüllte Fußwanne. Das Wasser war eiskalt. Anschließend löste der Mann die Fußfesseln und band beide Beine mit Kabelbindern so an die Stuhlbeine, dass es Neumann unmöglich war, seine Füße aus der kleinen Schüssel zu heben. Der Unbekannte stand wieder auf und holte einen 2000 Watt starken, großen Tauchsieder aus seiner Sporttasche und hielt ihn dem Wachmann direkt vors Gesicht. Dann nahm er ein Verlängerungskabel aus der Tasche, steckte es in eine freie Steckdose, schloss den Tauchsieder an und legte diesen in die Wanne. Dann setzte er sich wieder hin und wartete.

Neumann wusste, was das bedeutete. Seine Füße würden in dem stetig heißer werdenden Wasser verbrühen. Ihm war diese Vorgehensweise durchaus vertraut. Auch er hatte diese Methode in seinem früheren Leben schon einmal angewandt, um einer Person Informationen zu entlocken, die sie auf keinen Fall preisgeben wollte. Er wunderte sich nur, woher sein Peiniger davon wusste. Er versuchte, seine Füße aus dem Wasser zu heben, doch vergeblich. Während das Wasser immer heißer wurde, saß der Unbekannte einfach nur da und betrachtete sein Opfer lächelnd. Er schien Neumanns aufsteigende Panik zu genießen.

»Keine Angst, mein Lieber«, sagte der Fremde plötzlich. »Das Schlimmste hast du jetzt schon hinter dir. Was jetzt kommt, geht schnell.«

Das waren die letzten Worte, die Herbert Neumann in seinem neunundfünfzigjährigen Leben zu hören bekam. Der Unbekannte holte einen Strick aus seiner Sporttasche und stellte sich hinter ihn. Er legte das Seil um den Hals des gefesselten Mannes, dem immer wieder der Kopf nach vorne sank. Dann zog er die Schlinge mit aller Kraft zu. Der Todeskampf dauerte etwa drei Minuten. Neumann rüttelte zunächst noch vergeblich an den Kabelbindern, dann wurde er ohnmächtig. Nach einer weiteren Minute war der Wachmann tot. Der Fremde packte den Strick, den Tauchsieder und das Verlängerungskabel wieder in seine Sporttasche. Nach einem letzten verächtlichen Blick auf sein Opfer verließ er das Haus auf dem gleichen Weg, wie er es betreten hatte. Falls ihn jemand beobachtete, würde der- oder diejenige der Polizei einen übergewichtigen Mann beschreiben. Er hatte ein paar spezielle Körperpolster angelegt und auch sein Gesicht mit Silikonpolstern und ein wenig Theaterschminke verändert. Auf dem Weg zu seinem Auto, das er in der Nähe abgestellt hatte, kamen ihm unvermittelt ein paar Tränen. Es waren Tränen der Erleichterung, aber auch der Verzweiflung. Immerhin hatte er noch nie zuvor einen Menschen getötet!

Kapitel 2

Montag, 18. September 2017

Der Anruf ging am Montagmorgen gegen sieben Uhr in der Früh in der Zentrale der Aachener Polizei ein. Der Anrufer berichtete von einer grauenvoll entstellten Leiche, die er entdeckt habe. Der Polizist in der Leitstelle, der das Gespräch entgegengenommen hatte, wählte umgehend die Handynummer von Karl Hansen, dem Leiter der Mordkommission.

Hansen, der gerade aufgestanden war, notierte sich die Adresse und informierte anschließend seinen Kollegen Stefan Riedmann sowie die Spurensicherung. Nachdem er sich gewaschen und angezogen hatte, machte er sich sofort auf den Weg.

Vor dem Haus in der Rosenstraße in Aachens Norden standen schon mehrere Einsatzfahrzeuge der Polizei. Unter anderem entdeckte Hansen den Wagen der neuen Leiterin der Spurensicherung, Laura Decker. Sie hatte die Nachfolge seines ehemaligen Kollegen Paul Mertens angetreten, der einige Monate zuvor als Mörder in einer der spektakulärsten Ermittlungen in Aachen entlarvt wurde. Hansen war die Erinnerung daran immer noch unbehaglich. Er hatte Mertens seit vielen Jahren gekannt und am Ende selbst die Verhaftung durchgeführt.

Gut einen Monat danach war die Stelle neu besetzt worden. Dass die Wahl auf Laura Decker fiel, war kein Zufall. Kriminalrat Hansen war ein Freund ihres Vaters. Dementsprechend skeptisch war Hansen von vornherein, was die Personalie betraf. Allerdings wusste sie diese Zweifel schnell durch ihre Kompetenz und ihr einnehmendes Wesen zu zerstreuen. Decker war mittelgroß, hatte eine sportliche Figur und war zumeist leger gekleidet. Ihre langen, braunen Haare waren fast immer zu einem Zopf zusammengebunden. Mit ihren fünfunddreißig Jahren sah sie nicht nur blendend aus, sondern schien Mertens in Sachen Kompetenz kaum nachzustehen, wie Hansen zugeben musste. Außerdem war sie durch und durch ein Öcher Mädche, was sie nach ihren vier Jahren als stellvertretende Leiterin der KTU im Kölner Exil wieder zeigen konnte, in dem sie die Kollegen mit ihrem Öcher Platt immer wieder in den Wahnsinn trieb. Hansen war gerade im Begriff, durch die offene Haustür einzutreten, als ihm Decker entgegenkam.

»Morgen, Karl. Schon wieder zurück aus Hamburg? Wie war es denn?«, begrüßte sie den Hauptkommissar freundlich und zündete sich eine Zigarette an.

»Morgen, Laura. Es tat gut, mal wieder norddeutsche Hafenluft zu schnuppern. Und Vater wiederzusehen war natürlich auch schön. Er hat Christine und mir zwar die üblichen Vorhaltungen gemacht, dass wir ihn nur zum Geburtstag und an Weihnachten besuchen. Aber daran habe ich mich mittlerweile gewöhnt. Und wie immer gab es bei unserer Abreise die üblichen Diskussionen mit Hansen Senior. Er kann einfach nicht nachvollziehen, dass es mich immer wieder nach Aachen treibt. Seit Mutters Tod und seiner Rückkehr nach Hamburg hat er jeglichen Bezug zu unserer schönen Stadt verloren. Ich bin halt kein Fischkopf wie er. Aber lassen wir das. Erzähle mir lieber, was mich im Haus erwartet.«

»Eins kann ich dir auf jeden Fall schon einmal verraten. Es ist kein schöner Anblick. Man kann seinen Morgen auch angenehmer beginnen«, stellte Decker nüchtern fest.

»Was genau ist denn überhaupt passiert? Ich weiß bisher nur, dass ein Wachmann seinen Kollegen tot in dessen Haus aufgefunden hat.«

»Richtig. Der Tote heißt Herbert Neumann, neunundfünfzig Jahre alt. Er lebte alleine in diesem Haus, seit seine Frau im letzten Jahr gestorben ist. Er arbeitete als Wachmann bei der Wach- und Schließgesellschaft Aachen, kurz WUSA genannt. Der Kollege, der ihn gefunden hat, heißt Kai Paulus. Er wollte seinen Kollegen heute Morgen zur Arbeit abholen. Neumann hat aber nicht geöffnet und ist auch nicht ans Telefon gegangen, was laut Aussage von Paulus sehr ungewöhnlich war. Also ist er hintenrum durch den Garten und hat dann festgestellt, dass die Terrassentür nicht abgeschlossen war. Paulus ist dann hineingegangen und hat Neumann gefunden. Ich will gar nicht wissen, wie viele Spuren er dabei zerstört hat«, seufzte die junge Kollegin. »Er wartet übrigens drinnen auf dich!«

»Ich spreche mit ihm, wenn Stefan da ist. Ich frage mich ohnehin, wo er bleibt? Er hat doch einen viel kürzeren Weg als ich. Wie ist Herbert Neumann gestorben?«

»Doktor Bode meinte, dass er zu Tode gewürgt wurde. Wahrscheinlich mit einem Strick. Es gab eindeutige Hinweise wie petechiale Blutungen und einer leichten Zyanose des Gesichts. Aber das ist leider längst nicht alles.«

»Was meinst du damit?«

»Das Opfer wurde an einen Stuhl gefesselt und vor seinem Tod brutal gefoltert. Ich habe schon lange keinen derart geschändeten Leichnam mehr gesehen.«

»Das Opfer wurde vor dessen Tod gefoltert, sagst du?«, wiederholte Hansen ungläubig.

»Ich sagte ja, dass das da drinnen kein schöner Anblick ist. Aber Doktor Bode kann dir sicherlich mehr zu den Einzelheiten sagen.«

»Der ist noch da?«

»Er hat auf dich gewartet. Da kommt übrigens gerade der Kollege Riedmann angefahren. Dann könnt ihr euch direkt selbst ein Bild von der Schweinerei machen. Ich habe nämlich noch einiges zu tun«, meinte Decker, drückte ihre Zigarette mit der Sohle ihres Schuhs aus und kehrte wieder zurück in das Haus.

Hansen ging währenddessen auf das Auto seines Kollegen Stefan Riedmann zu, der gerade im Begriff war auszusteigen.

»Guten Morgen, Stefan.«

»Hallo, Karl«, antwortete Riedmann mürrisch.

»Schlechte Laune?«

»Nein. Schlecht geschlafen. Ist gestern spät geworden.«

»Dann wird das hier nicht gerade deine Laune steigern«, bemerkte Hansen ironisch.

»Was ist denn passiert?«

»Ich habe es selbst noch nicht gesehen. Ich wollte mir das Vergnügen aufsparen, bis du hier bist. Aber Laura hat mich gerade kurz aufgeklärt, dass der Hausbewohner zunächst gefoltert und dann allem Anschein nach erdrosselt wurde. Sein Kollege, ein gewisser Kai Paulus, hat ihn heute Morgen gefunden«, fasste Hansen kurz und knapp zusammen.

»Erst gefoltert und dann erwürgt. Hört sich nach etwas Persönlichem an, wenn da so viel Wut im Spiel war.«

»Und deshalb sollten wir keine weitere Zeit vergeuden und reingehen. Ich möchte mir gerne selbst ein Bild von der Sache machen und mit Doktor Bode sprechen.«

Als die beiden das Haus betraten, registrierte Hansen als erstes die Alarmanlage im Flur. Ein Kollege der Streifenpolizei wies ihnen den Weg in das Wohnzimmer. Hansen betrat den Raum und verharrte einen Moment im Eingangsbereich des Wohnzimmers, um sich einen ersten Eindruck zu verschaffen.

»Du hast mit deiner Beschreibung nicht untertrieben Laura«, entfuhr es Hansen beim Anblick der Leiche. »Das sieht wirklich übel aus!«

»Das sieht nicht nur übel aus, Herr Kommissar. Das war auch ganz bestimmt mehr als schmerzhaft für das Opfer«, antwortete Nils Bode, der gerade dabei war, seine Instrumente einzupacken. Der trotz seiner achtundvierzig Jahre mit einem jungenhaften Aussehen ausgestattete Gerichtsmediziner war wie immer adrett gekleidet, wie Hansen feststellte. Bode galt als akribischer Arbeiter mit wachem Verstand. Gleichzeitig war er im Institut als Feingeist bekannt, der schon einmal zur Ungeduld neigte, wenn man seinen mit Fachwörtern ausgeschmückten Ausführungen nicht folgen konnte. Offenbar war er bereits mit seiner vorläufigen Untersuchung des Leichnams fertig.

»Können Sie uns schon Einzelheiten geben?«, wollte Hansen von dem Doktor wissen.

»Nun ja. Wie Sie unschwer sehen können, wurde das Opfer bestialisch gefoltert. Neumann hat diverse Hämatome am ganzen Körper, vermutlich durch Faustschläge beigebracht. Das Nasenbein ist gebrochen. Vermutlich sogar mehrfach. Dem Mann wurden beide Handgelenke und die Kniescheiben mit einem schweren Gegenstand zertrümmert. Vermutlich mit einem Hammer. Außerdem wurde er gebrandmarkt. Der Größe der Wunden nach offenbar mit einer Zigarette oder einem Zigarillo. Ich habe an die fünfundzwanzig solcher kleinen Brandwunden entdeckt. Darüber hinaus wurden die Füße des Opfers, wie ich vermute, schwer verbrüht, wenn nicht sogar gekocht.«

»Moment«, unterbrach Hansen Bodes Ausführungen. »Sagten Sie gerade wirklich, dass seine Füße gekocht wurden?«

»Ja, so sieht es jedenfalls aus. Ich habe zwar zunächst gedacht, dass das Opfer von seinem Mörder bei einem Fußbad überrascht wurde, als ich die Fußwanne gesehen habe. Aber dann habe ich mir das einmal ganz in Ruhe angesehen. Bei dem schweren Grad der Verbrühung beider Füße vermute ich, dass dies ein Teil der Folter war. Er muss furchtbar gelitten haben vor seinem Tod«, fasste der Doktor seine ersten Eindrücke zusammen.

»Wer zum Teufel tut so etwas?«, fragte Riedmann völlig konsterniert.

»Jemand, der einen tiefen persönlichen Hass gegen sein Opfer empfindet. Oder jemand, der Spaß am sadistischen Töten hat«, kam Hansen dem Doktor mit einer Antwort zuvor.

»Oder beides.«

»Können Sie uns schon etwas über den möglichen Todeszeitpunkt sagen?«, wollte Hansen wissen.

»Nicht länger als achtundvierzig Stunden. Aber genau kann ich Ihnen das erst nach der Obduktion sagen.«

»Also am Wochenende«, stellte Hansen fest.

»Richtig. Deshalb wurde er wohl auch nicht früher gefunden. Sein Kollege berichtete uns, dass Neumann am Wochenende frei hatte«, meinte Decker aus dem Hintergrund. »Und dass er ziemlich zurückgezogen lebte.«

»Dann sollten wir uns jetzt einmal mit diesem Kollegen unterhalten, Stefan. Und sobald der Obduktionsbericht vorliegt, geben Sie uns bitte Bescheid, Herr Doktor«, meinte Hansen an Bode gewandt.

»Wie immer«, entgegnete dieser mit einem Grinsen.

»Wo finden wir eigentlich den Zeugen?«, wollte Riedmann von Hansen wissen.

»In der Küche«, rief Laura Decker, die Riedmanns Frage zufällig mitbekam, aus dem Hintergrund.

»Danke, Laura«, antwortete Hansen und ging schnurstracks auf eine Tür zu, hinter der er die Küche vermutete.

»Moment, Karl«, rief Decker ihnen hinterher. »Ich habe euch noch gar nicht erzählt, was wir bei der Leiche gefunden haben.«

»Nämlich was?«, fragte Riedmann neugierig.

»Diese Polizeimarke hier«, erwiderte Laura Decker und hielt ihnen das Beweisstück, das in einem Plastikbeutel verstaut war, unter die Nase.

»Das ist ja interessant«, stellte Hansen fest.

»Das ist eine Polizeimarke aus der DDR. Sie lag im Schoß des Opfers. Wohl vom Täter hinterlassen. Das Opfer wird sie sich eher nicht selbst auf die Beine gelegt haben. Und auf der Rückseite steht sogar der Name des Opfers und das Dezernat, für das Neumann anscheinend gearbeitet hat. Vielleicht kann uns der Zeuge ja etwas darüber erzählen. Danke, Laura!«

»Stets zu euren Diensten«, erwiderte Decker mit einem Knicks und wendete sich wieder ihrer Arbeit zu. Hansen steckte das Beweisstück erst einmal in seine Manteltasche.

Kapitel 3

Als die beiden Ermittler die Küche betraten, saß Kai Paulus zusammen mit Erwin Scholz, einem Kollegen der Streifenpolizei, am Tisch und rauchte.

»Guten Morgen, Herr Paulus. Ich bin Hauptkommissar Karl Hansen und das hier ist mein Kollege Stefan Riedmann«, stellte sich Hansen kurz vor.

Scholz, den die beiden Ermittler kannten, begrüßte die Kommissare kurz und verließ anschließend den Raum. Paulus hingegen reagierte auf die Begrüßung nur mit einem kurzen Nicken. Hansen setzte sich auf den freigewordenen Stuhl, während Riedmann es vorzog stehenzubleiben.

Es war offensichtlich, dass Paulus unter Schock stand. Die Hand, in der er seine Zigarette hielt, zitterte. Hansen schätzte den Mann auf höchstens Anfang dreißig. Trotz seines muskulösen Körpers sah er aus wie ein Häufchen Elend.

»Wir können Ihnen leider nicht ersparen, dass Sie uns einige Fragen beantworten. Ich hoffe, das ist in Ordnung für Sie?«, begann Hansen die Befragung. Er hoffte, dass seine Ruhe ein wenig auf den Befragten überging. Bevor er weitersprach, holte er seinen Notizblock aus seiner Manteltasche und legte ihn vor sich auf den Tisch.

»Natürlich ist das in Ordnung. Es ist nur so, dass ich wahrscheinlich keine große Hilfe für Sie sein werde«, erwiderte Paulus und zog an seiner Zigarette.

»Wie lange kannten Sie Herbert Neumann schon?«

»So etwa vier Jahre. Seit etwas mehr als drei Jahren haben wir zusammengearbeitet.«

»Dann kannten Sie sich recht gut?«

»Das würde ich so nicht sagen.«

»Wie meinen Sie das?«

»Herbert war nicht gerade ein zugänglicher Typ. Ein Einzelgänger, wie man so sagt. Er legte keinen Wert auf private Kontakte. Selbst nach dem Tod seiner Frau war er lieber alleine, als zum Beispiel etwas mit den Jungs von der WUSA zu unternehmen. Wir treffen uns nämlich regelmäßig in unserer Stammkneipe, sofern die Schichten das zulassen.«

»Das heißt, dass Sie nicht befreundet waren, wenn ich Sie richtig verstehe?«

»Wir waren definitiv keine Freunde, Herr Kommissar. Wir waren wirklich nur Kollegen«, antwortete der Befragte.

»Und wie kommen Sie darauf, dass Neumann Ihrer Meinung nach ein Einzelgänger war? Nur, weil er nichts mit den Kollegen unternehmen wollte, muss das ja nicht unbedingt der Fall gewesen sein.«

»Na ja. Man bekommt ja so Einiges mit, wenn man zusammenarbeitet. Er hat nie von Freunden oder von irgendwelchen Unternehmungen gesprochen.«

»Dann wissen Sie wohl auch nicht, ob Neumann Feinde hatte?«

»Nee, nicht wirklich.«

»Wie war er denn als Kollege?«

»Man konnte gut mit ihm zusammenarbeiten. Vielleicht etwas überkorrekt, wenn man das so sagen kann.«

»Wie meinen Sie das?«, unterbrach Hansen den Wachmann.

»Wenn ich zum Beispiel außerhalb der Pausenzeiten einmal eine Zigarettenpause machen oder einen Kaffee trinken wollte, hielt er mir immer gleich eine Moralpredigt, dass wir zwischen Arbeits- und Pausenzeit unterscheiden müssen. Das nahm er immer sehr genau. Oder mal vorzeitig Feierabend machen, wenn wir mit unserer Runde früher fertig waren, war bei Herbert nicht drin. Aber ansonsten war er eigentlich ganz okay als Kollege. Ich kam jedenfalls immer gut mit ihm aus.«

»Er war also ein Pedant, der keine oder nur sehr wenige Freunde hatte«, resümierte Hansen. »Fragt sich also, ob er Feinde hatte? Jemand, der so korrekt durchs Leben läuft, macht sich mit Sicherheit nicht immerzu beliebt. Eine letzte Frage noch, Herr Paulus. Dann wären wir erst einmal fertig.« Hansen kramte in seiner Manteltasche nach dem Beweisstück, das ihm Laura Decker kurz zuvor gegeben hatte. Als er es gefunden hatte, zeigte er ihm die Polizeimarke. »Wissen Sie, ob diese Marke hier wirklich Herbert Neumann gehörte?« Paulus warf nur einen kurzen Blick auf das Stück Metall. Dann zog er ein letztes Mal an seiner Zigarette und drückte den Stummel im Aschenbecher aus.

»Ganz bestimmt sogar. Herbert war früher Polizist in der DDR. Hat er mir gegenüber mal erwähnt. War er wohl stolz drauf.«

»Das ist ja interessant. Können Sie uns mehr darüber erzählen?«

»Leider nein, Herr Kommissar. Als ich mehr darüber wissen wollte, meinte er nur, dass er nicht über die Vergangenheit reden wollte. Ich habe das akzeptiert. Aber Georg Fuchs wird Ihnen da mehr zu sagen können.

Das war der erste Partner von Herbert. Soviel ich weiß, hat er dem Georg öfter von seinem Leben in der DDR erzählt.«

Hansen notierte sich den Namen in sein Notizblock.

»Wissen Sie, wo Georg Fuchs wohnt?«

»Leider nein. Wir kannten uns nur flüchtig. Er ist in Rente gegangen, kurz nachdem ich bei der WUSA angefangen habe. Irgendwie habe ich mir seinen Namen gemerkt. Aber bei der WUSA kann man Ihnen das sicherlich sagen.«

»Wissen Sie, wo Neumann früher gelebt hat, bevor er nach Aachen kam?«, fragte Riedmann nach.

»Ich glaube, er hat mal erwähnt, dass er früher in Dresden gelebt hat. Aber ganz sicher bin ich mir nicht.«

»Vielen Dank, Herr Paulus. Ich habe zunächst einmal keine weiteren Fragen. Sollte Ihnen noch etwas einfallen, können Sie mich jederzeit unter meiner Handynummer erreichen«, meinte Hansen und reichte Paulus seine Visitenkarte, bevor er sich von dem Mann verabschiedete. Paulus steckte die Karte ein und verließ sichtlich erleichtert das Haus des ermordeten Kollegen.

Auch Hansen und Riedmann sahen keinen Grund dafür, dass ihre Anwesenheit am Tatort weiter erforderlich war. Sie verabschiedeten sich bei Laura Decker.

»Wir müssen schnellstens klären, ob Neumann Polizist in Dresden oder einer anderen Stadt war, Stefan. Das könnte eine im Hinblick auf die Polizeimarke, die wir bei dem Toten gefunden haben, wichtige Spur sein«, meinte Hansen, als sie das Haus verließen.

»Oder aber eine falsche Fährte«, erwiderte Riedmann.

»Du glaubst doch nicht ernsthaft, dass es nur ein Zufall war, dass wir die Polizeimarke bei Neumann gefunden haben? Wir müssen alles über seine Vergangenheit als Polizist zusammentragen, was wir nur finden können. Oder siehst du das anders?«

Hansen war angesichts Riedmanns destruktiver Haltung, die er an den Tag legte, leicht genervt. Schlafmangel hin oder her.

»Ist ja schon gut. Du hast ja recht. Ich kümmere mich darum, sobald wir wieder im Präsidium sind«, erwiderte Riedmann.

Just in dem Moment, wo die Ermittler auf den Bürgersteig traten, hielt das Auto der beiden Kollegen Markus Beck und Jens Marquardt vor dem Haus.

»Ach nee, die Herren Beck und Marquardt geben sich auch noch die Ehre. Ich wollte schon eine Vermisstenanzeige aufgeben.«

»Da können wir uns bei Jens bedanken«, erwiderte Beck genervt. »Dank seiner neuesten Bekanntschaft vom Wochenende, durfte ich einmal quer durch die Innenstadt und wieder zurückfahren, um ihn abzuholen. Und das bei den vielen Baustellen.«, erklärte Beck mit vorwurfsvollem Blick in Richtung Marquardt.

»Jetzt seid ihr ja da und könnt euch nützlich machen. Ich möchte, dass ihr alle Nachbarn hier in der Straße befragt. Vielleicht ist ihnen am Wochenende etwas Ungewöhnliches aufgefallen. Außerdem möchte ich, dass ihr herausfindet, was sie über den Toten zu sagen haben. Tragt alles zusammen und erstellt mir bitte ein Profil. Und wir beide fahren dann jetzt gleich zur WUSA«, meinte Hansen an Riedmann gewandt. »Mal sehen, was Neumanns Chef und seine Kollegen uns über den Toten berichten können. Außerdem will ich so schnell wie möglich mit diesem Georg Fuchs reden.«

»Wer von uns beiden fährt?«, wollte Riedmann wissen.

»Hatte ich doch glatt vergessen. Wir sind ja beide mit dem Wagen da. Ich fahre. Auf dem Rückweg kannst du dann dein Auto abholen. Okay?«

»Dein Wunsch ist mir Befehl«, witzelte Riedmann.

Kapitel 4

Schon wenige Minuten später erreichten die beiden das Betriebsgelände der WUSA in der Zieglerstraße im Gewerbegebiet Eilendorf Süd. Die Befragung starteten die Ermittler mit dem Chef der Firma, Markus Schmitz, in dessen karg ausgestattetem Büro.

Doch der konnte leider nicht viel über seinen Mitarbeiter berichten. Neumann wäre ein korrekter Angestellter gewesen, der seinen Dienst gewissenhaft verrichtete. Privaten Kontakt hatte es zwischen dem Chef und seinem Angestellten allerdings so gut wie nie gegeben. Sah man einmal davon ab, dass Neumann im vergangenen Jahr seine Kollegen allesamt zum Beerdigungskaffee anlässlich der Trauerfeier seiner Frau eingeladen hatte. Im Großen und Ganzen deckten sich Schmitz' Aussagen mit denen von Paulus. Deshalb konnte Neumanns Chef ihnen auch keine Informationen über das soziale Umfeld des Ermordeten geben. Da außer der Sekretärin, die ebenfalls keine nennenswerten Angaben zu Herbert Neumann machen konnte, kein anderer Mitarbeiter der WUSA anwesend war, war die Befragung schnell beendet.

Immerhin verließen die Ermittler die Firma nicht gänzlich mit leeren Händen. Schmitz' Sekretärin hatte ihnen die Personalakte von Herbert Neumann ausgehändigt und auch Georg Fuchs' Adresse hatten sie jetzt. Eine kurze Überprüfung ergab, dass die Anschrift in Richterich immer noch gültig war.

Unverzüglich machten sich die Kommissare auf den Weg zu Neumanns ehemaligem Partner. Keine Viertelstunde, nachdem sie das Firmengelände verlassen hatten, standen Hansen und Riedmann vor dem Mietshaus in der Berensberger Straße. Sie klingelten und nach wenigen Augenblicken ertönte der elektrische Türöffner. Als Georg Fuchs seine Wohnungstür öffnete und sich die beiden Ermittler vorstellten, war er sichtlich irritiert.

»Mordkommission?«, fragte er verdutzt nach. »Was ist denn passiert?«

»Das würden wir Ihnen lieber in der Wohnung erklären und nicht unbedingt hier auf dem Flur«, erwiderte Hansen.

»Sicher. Kommen Sie erst mal rein. Und entschuldigen Sie bitte, wie es bei mir aussieht. Ich bin gerade dabei, die Wohnung zu renovieren.«

Fuchs führte die beiden Ermittler in sein Wohnzimmer, wo absolutes Chaos herrschte. Aber irgendwie schafften es die drei, sich auf das Sofa zu quetschen, das eigentlich nur für zwei gemacht war. Hansen, der in der Mitte saß, wandte sich an Fuchs.

»Herr Fuchs. Der Grund unseres Besuches ist leider wenig erfreulich. Heute Morgen wurde Ihr ehemaliger Kollege Herbert Neumann tot in seinem Haus aufgefunden. Genauer gesagt: Er wurde ermordet!«

»Ermordet?«, echote Georg Fuchs bestürzt. »Das kann doch nicht sein. Wie? Wann?«, stammelte er.

»Vermutlich ist er seit letztem Samstag tot. Zu den Einzelheiten seiner Ermordung möchten wir aus ermittlungstechnischen Gründen keine Angaben machen. Wann haben Sie Herrn Neumann zuletzt gesehen oder gesprochen?«

»Sie denken doch hoffentlich nicht, dass ich etwas mit Herberts Tod zu tun habe, Herr Kommissar?«

»Wir stehen gerade erst am Anfang unserer Ermittlungen, Herr Fuchs. Das ist also erst einmal eine reine Routinebefragung«, erwiderte Hansen ruhig. »Wir befragen zunächst alle Menschen aus dem direkten Umfeld des Ermordeten. Und Sie wurden uns als einer der engsten Vertrauten von Herbert Neumann genannt. Also, wann haben Sie ihn das letzte Mal gesehen?«

»Ich verstehe. Wobei das mit dem engen Vertrauten mehr als übertrieben ist. Ich habe Herbert schon länger nicht mehr gesehen, das letzte Mal auf der Beerdigung seiner Frau. Und dann haben wir vielleicht noch ein- oder zweimal telefoniert. Seit ich Frühpensionär bin, hatten wir kaum noch Kontakt.«

»Was für ein Mensch war er?«

Georg Fuchs überlegte nur einen kurzen Moment, bevor er antwortete.

»Ganz am Anfang war Herbert echt in Ordnung. Wir haben uns gut verstanden, nicht nur beruflich, sondern auch privat. Aber das war nur der erste Eindruck. Je länger wir uns kannten, desto mehr habe ich meine Meinung diesbezüglich geändert.«

»Und was heißt das konkret?«, bohrte Hansen nach.

»Um ehrlich zu sein, war er ein Arschloch. Ein richtig blödes Arschloch!«

Die Vehemenz der Antwort und der Wortwahl irritierte die beiden Ermittler.

»Können Sie uns das etwas genauer erklären?«

»Es war ein schleichender Prozess. Es ist ihm wirklich lange gelungen, seine Fassade aufrechtzuerhalten. Aber nach und nach ist ihm das nicht mehr gelungen. Herbert war ein absoluter Pflichtfanatiker. Er hatte immer etwas an mir zu nörgeln, was meine Arbeitsdisziplin anging. Ich glaube, er kam nicht damit klar, dass er nach der Wende in einem demokratischen Rechtsstaat leben musste. Er hat wohl schon kurz nach dem Mauerfall seinen Job bei der Polizei drüben verloren. Irgendwas muss da vorgefallen sein. Aber bevor Sie nachfragen, ich weiß nicht, was das gewesen sein könnte. Nur eins war klar, er hatte definitiv ein Problem mit der politischen Neuorientierung. Die Uhren im Westen gingen halt ein bisschen anders als im Osten. Gegen Zucht und Ordnung ist ja nichts einzuwenden. Aber er war ein regelrechter Fanatiker, wenn Sie mich fragen.«

»Das klingt interessant. Was kann ich mir genau darunter vorstellen?«, wollte Hansen wissen.

»Gefühlt jeder zweite Satz begann damit, dass sie in der DDR ja alles ganz anders gemacht haben und dass ja sowieso damals alles viel besser war. Es gab keine Arbeitslosigkeit, die Kindererziehung war besser, die Kriminalitätsrate war niedriger als hier im Westen. Und mit Verbrechern ginge man ja in der BRD ohnehin viel zu lasch um. Lauter solches Zeug! Irgendwann ist mir mal der Kragen geplatzt und ich bin mit ihm aneinandergerasselt. Ich habe meinen Chef anschließend darum gebeten, mit einem anderen Partner auf Schicht gehen zu dürfen. Und das, obwohl ich nicht mehr lange hatte bis zur Rente. Es ging einfach nicht mehr.«

»Und was haben Sie Ihrem Chef gesagt?«

»Es ist nicht ungewöhnlich, dass die Partner hin und wieder getauscht werden. Außerdem habe ich ihm nicht erzählt, warum ich einen neuen Partner wollte. Solange die Arbeit gut erledigt wird, stellt der Chef keine Fragen!«

»Und so wurde Kai Paulus der neue Partner von Herbert Neumann. Komisch nur, dass weder Paulus noch Ihr ehemaliger Chef uns etwas von diesen Besonderheiten Ihres Kollegen erzählt haben«, wunderte sich Hansen.

»Das wundert mich nicht im Geringsten. Herbert war ja nicht dumm. Ihm war klar, dass er es sich nicht erlauben konnte, auch noch mit Kai anzuecken. Und im Gegensatz zu mir hätte Kai dem Chef auch sicherlich die wahren Gründe für einen Streit genannt. Außerdem hatte ich Neumann klar zu verstehen gegeben, dass er seine Klappe halten sollte, wenn er seinen Job behalten wollte. Offensichtlich hatte er seine Lektion gelernt.

»Können Sie uns etwas über das Privatleben von Herrn Neumann erzählen?«

»Ich weiß nicht mal, ob er überhaupt eins hatte, Herr Kommissar. Selbst in der Anfangszeit, wo wir uns noch gut verstanden haben, lebte er ziemlich zurückgezogen mit seiner Frau. Ich war nur zwei- oder dreimal bei ihm zu Hause. Nachdem sie letztes Jahr gestorben ist, hat er sich noch mehr zurückgezogen. Freunde hatte er unter den Kollegen jedenfalls nicht.«

»Und Feinde?«, fragte Riedmann, der sich die ganze Zeit zurückgehalten hatte, um Notizen zu machen.

»Nicht dass ich wüsste. Aber er war ein schwieriger Zeitgenosse. Würde mich also nicht sonderlich überraschen, wenn er Feinde hatte.«

»Hatte Herbert Neumann Kinder?«

»Glücklicherweise nicht. Er hasste Kinder. Er hat sich immer sehr abfällig über sie geäußert. Sie kosteten nur Zeit und Geld, hat er einmal gesagt. Da war er bei mir natürlich an der richtigen Stelle. Meine Frau und ich haben zwei Kinder und mittlerweile sind wir stolze Großeltern eines kleinen Jungen!«

»Dann haben wir für den Moment keine weiteren Fragen. Sollten wir noch einmal Redebedarf haben, wissen wir ja, wo wir Sie finden können. Viel Spaß noch bei den weiteren Renovierungsarbeiten«, meinte Hansen und reichte Fuchs zum Abschied die Hand.

»Ich hoffe, dass Sie den Mörder schnappen. Herbert war zwar sicherlich nicht der liebenswerteste Mensch auf Erden, aber einen gewaltsamen Tod hatte er ganz bestimmt nicht verdient.«

Georg Fuchs verabschiedete sich noch von Stefan Riedmann und schloss dann seine Wohnungstür hinter den beiden Polizisten.

»Was sollte denn die Frage nach den Kindern?«, erkundigte sich Riedmann, als sie die Treppe zum Ausgang hinabstiegen.

»Denk doch mal nach, was wir schon am Tatort festgestellt haben. Zu solch einer Tat ist nur jemand fähig, der entweder tiefen Hass empfindet oder aber einfach nur Spaß am sadistischen Töten hat.«

»Ja und?«

»Herbert Neumann war ein schwieriger Mensch, wie wir gerade festgestellt haben. Es wäre ja möglich gewesen, dass sich sein Sohn auf diese

Weise von seinem tyrannischen Vater befreit hat. Aber diese Möglichkeit scheidet jetzt aus.«

»Trotzdem sollten wir mal das private und berufliche Umfeld weiter durchleuchten. Soll ich mich darum kümmern?«

»Das mache ich. Mir wäre lieber, wenn du etwas über seine DDR-Vergangenheit herausfindest. Die Kollegen Beck und Marquardt können dir ja später dabei helfen.«

Kapitel 5

Später im Büro begann Riedmann sofort damit, ein paar allgemeine Informationen über die Polizei der DDR zusammenzutragen. Er wollte vor allem verstehen, welche Strukturen innerhalb der Polizeibehörden geherrscht haben und in welche Aufgabenbereiche die einzelnen Abteilungen aufgeteilt gewesen waren. Darüber wusste er so gut wie gar nichts. Es überraschte ihn zu sehen, dass gewisse Sektionen der DDR-Polizei im Grunde direkt dem politischen Staatsorgan der SED untergeordnet waren. Riedmann hatte diesbezüglich eine sehr aufschlussreiche Dissertation im Netz gefunden. K1, wie auf Neumanns Polizeimarke zu lesen war, war die politische Polizei der DDR, genauer gesagt des Ministeriums des Innern, MdI. Neben der allgemeinen Arbeitsgebiete, wie dem Vorgehen gegen organisierte Wirtschaftskriminalität oder Straftaten gegen Leben und Gesundheit, zeichnete sich die Abteilung vor allem durch ein Arbeitsgebiet aus: Ermittlungen mit geheimdienstlichen Mitteln gegen potenzielle Staatsfeinde der DDR! Da Georg Fuchs ausgesagt hatte, dass Neumann vor der Wende in Dresden gewohnt hatte, musste er hier ansetzen und die Dresdner Kollegen um Amtshilfe bitten. Er konnte nur hoffen, dass es überhaupt noch Unterlagen über Neumann aus der Zeit bis 1989 gab.

Kapitel 6

Hansen wollte gerade einen Blick in Neumanns Personalakte werfen, als es an der Tür klopfte. Laura Decker reckte ihren Kopf ins Zimmer.

»Hallo, Laura. Was kann ich für dich tun?«

»Die Frage sollte eher lauten, was ich für dich tun kann, Karl?«, erwiderte sie keck und trat ein. »Ich wollte dich an meinem profunden Wissen hinsichtlich des Tatortes in Herbert Neumanns Haus teilhaben lassen.«

»Na dann lass mal hören.«

»Der Täter muss Handschuhe getragen haben. Wir haben im gesamten Haus nur Fingerabdrücke vom Hausbesitzer selbst gefunden. Wir haben sowohl in der Küche als auch im Wohnzimmer Faserspuren sicherstellen können, die wir natürlich noch auswerten müssen. Auch am Hals, genauer gesagt an den Wundrändern der Strangulationsmale, haben wir Fasern sichergestellt. Ich vermute, dass es sich bei dem Seil, das verwendet wurde, um handelsübliche Massenware aus dem Baumarkt handelt. Der Abgleich mit der Datenbank läuft aber noch. Die Brandwunden, die wir auf dem Körper des Opfers gefunden haben, wurden dem Mann definitiv mit Zigaretten zugefügt. Wir haben Aschereste an der Leiche und im Bereich rund um den Stuhl sicherstellen können. Leider war der Mörder clever genug, die Zigarettenstummel einzustecken. Sonst hätten wir ein wunderbares Genprofil gehabt. Aber da wir diverse Hautschuppen an der Kleidung des Opfers gefunden haben, die vom Täter stammen könnten, bin ich zuversichtlich, dass wir da bald einen Schritt weiter sein werden.«

»Das hört sich schon einmal vielversprechend an.«

»Außerdem haben wir ein paar Haarproben am Opfer sicherstellen können. Wir gehen davon aus, dass die Haare zum Täter gehören, da sie nicht zu Herbert Neumann passen. Demnach hatte unser Mörder kurzes schwarzes Haar. Aber da sie keine Wurzeln hatten, wird uns das im Moment nicht weiterbringen.«

»Habt ihr das Handy des Toten im Haus gefunden?«

»Haben wir. Ist bereits zur Auswertung im Labor. Ich habe auch schon eine Anfrage gestartet, ob ein andreres Handy am Wochenende am Tatort eingeloggt war.«

»Gibt es irgendeinen Hinweis darauf, ob bei dem Einbruch Wertgegenstände entwendet wurden? Vielleicht wurde Neumann ja gefoltert, weil er das Versteck für seinen Schmuck, sein Bargeld oder was auch immer nicht preisgeben wollte.«

»Da muss ich dich leider enttäuschen. Der Schmuck seiner verstorbenen Ehefrau lag unberührt in einer Schmuckschatulle. Es sah nicht so aus, als ob sich da jemand zu schaffen gemacht hat. Außerdem haben wir in einem Möbeltresor im Schlafzimmer ein paar Goldmünzen gefunden. Die hätte der Mörder wohl kaum dagelassen, wenn es ihm um Wertgegenstände gegangen wäre.«

»Nein, wohl kaum. Wie ist der Täter eigentlich in das Haus gelangt? Habt ihr Einbruchsspuren gefunden?«

»Ich kann dir mit Sicherheit sagen, dass er die Terrassentür aufgebrochen hat. Allerdings sind auch in diesem Fall unsere Untersuchungen noch nicht abgeschlossen. Das erkläre ich dir aber später noch ausführlich. Und sobald mir die Ergebnisse der Auswertungen der Fasern, Hautpartikel und Handy-daten vorliegen, melde ich mich wieder bei dir.«

»Alles klar, danke, Laura.«

Damit verließ Laura Decker Hansen wieder und der Hauptkommissar konnte sich Neumanns Personalakte widmen. Gerade, als er sie wieder schließen wollte, weil keine neuen Erkenntnisse daraus zu gewinnen waren, klopfte es. Die Kollegen Beck und Marquardt hatten ihre Befragung von Neumanns Nachbarn beendet und wollten Bericht erstatten.

»Besonders ergiebig war unsere Befragung nicht gerade«, begann Marquardt, der normalerweise eher seinem Kollegen das Wort überließ. Offenbar hatte er wegen der Verspätung am Tatort heute Morgen ein schlechtes Gewissen, dachte Hansen. »Die Nachbarn meinten, dass Neumann ein komischer Kauz war. Irgendwie immer schlecht gelaunt. Er schlug regelmäßig Einladungen aus, und wenn er ausnahmsweise einmal auf einen Geburtstag ging, war er sehr wortkarg. Seit dem Tod seiner Frau war das alles noch schlimmer geworden. Sonja Neumann war laut übereinstimmenden Aussagen aller Nachbarn überhaupt der Grund, warum die Neumanns so etwas wie ein nachbarschaftliches Verhältnis hatten. Sie war wohl das genaue Gegenteil von ihrem Mann. Wahrscheinlich hätte Neumanns Leiche noch einige Zeit unbemerkt im Haus gelegen, wenn Paulus ihn nicht zur Arbeit hätte abholen wollen. Jedenfalls konnten uns die Nachbarn nicht wirklich viel über den Mann erzählen. Allerdings haben wir mehrfach zu hören bekommen, dass er sich Kindern gegenüber nicht besonders einfühlsam gezeigt hatte. Das hat wohl auch immer mal wieder zu kleineren Streitigkeiten geführt, weil er zum Beispiel strikt die Einhaltung der Ruhezeit einforderte.«

»Das dürfte wohl kaum als Motiv für die Tat ausreichen«, unterbrach Hansen Marquardts Ausführungen. »Aber das passt zu der Aussage des ehemaligen Kollegen Georg Fuchs, der uns auch erzählt hat, dass Neumann kein Kinderfreund gewesen sein soll.«

»Keiner der Befragten konnte sich vorstellen, wer ein Motiv haben könnte, Neumann zu ermorden, obwohl er ganz offensichtlich nicht sonderlich beliebt war«, ergänzte Beck abschließend.

»Und doch hat es jemand getan«, erwiderte Hansen genau in dem Moment, als Riedmann ins Büro stürmte.

»Die Kollegen aus Dresden konnten mir nicht weiterhelfen. Sie haben keine Unterlagen mehr aus der Zeit vor der Wende. Allerdings haben sie mir den Tipp gegeben, mich einmal an die Behörde des Bundesbeauftragten für Stasi-Unterlagen zu wenden. Die BStU könnte noch Akten von Herbert Neumann haben.«

»Dann weißt du ja, was du zu tun hast, Stefan«, meinte Hansen nur. »Und wir drei durchleuchten mal intensiv das Umfeld des Toten. Finanzen, Familie, einfach alles, was uns hilft, uns ein Bild von dem Toten zu machen. Nach allem, was wir bisher wissen, fürchte ich, dass die Aufklärung der Todesumstände eine harte Nuss werden könnte.«

Kapitel 7

Dienstag, 19. September 2017

Hansens erster Weg an diesem Dienstagmorgen führte ihn geradewegs in das Büro seines Vorgesetzten, Kriminalrat Hellhausen. Der Leiter der Mordkommission wollte seinen Chef auf den neuesten Stand der Dinge bringen. Hellhausen erwartete Hansen bereits.

»Guten Morgen, Karl. Setz dich doch bitte.«

Hansen erwiderte den Gruß und nahm auf dem Besucherstuhl, der direkt vor Hellhausens Schreibtisch stand, Platz. »Ich wollte dir berichten, was wir bisher im Fall Neumann herausgefunden haben. Auch wenn das zugegebenermaßen nicht allzu viel ist. Unser Opfer wurde nach unserem bisherigen Ermittlungsstand am Samstag zunächst gefoltert und später erdrosselt. Letzteres lässt vermuten, dass es sich bei dem Mörder um einen Mann handelt, da für diese Tötungsart statistisch eher ein männlicher Täter in Betracht kommt. Allerdings haben wir dafür noch keinen Beweis.«

»Gibt es brauchbare Zeugen?«

»Leider nein. Überhaupt niemand. Wenn Neumanns Kollege nicht so hartnäckig gewesen wäre, hätte man Neumann wahrscheinlich bisher noch nicht einmal gefunden. Er lebte seit dem Tod seiner Frau alleine und sehr zurückgezogen. Neumann galt sowohl bei den Nachbarn als auch bei seinen Kollegen als Einzelgänger ohne Freunde und ohne Feinde, wie die Befragten sagen.«

»Weder Freund noch Feind, hm«, dachte Hellhausen laut nach.

»Dann haben wir noch eine ganz interessante Spur. Neumann war ganz offensichtlich mal ein Kollege von uns, Polizist. In der DDR. Wir haben am Tatort seine Dienstmarke gefunden. Sofern es sich bei der Marke um keine Fälschung handelt, arbeitete Neumann in Dresden für das K1. Das Dezernat war bekannt für delikate Einsatzgebiete, wie wir mittlerweile wissen. Republikflüchtlinge, politische Gegner und so weiter. Vielleicht ein Rachedelikt mit Bezug zu seiner DDR-Vergangenheit? Auf jeden Fall war bei der Ermordung des Mannes eine Menge Hass im Spiel«, fasste Hansen zusammen.

»Ein Motiv, das so weit zurückreichen könnte. Interessanter Ansatz. Wie wollt ihr weiter vorgehen?«

»Da uns die Kollegen in Dresden keine Akten von Herbert Neumann zur Verfügung stellen konnten, hat Stefan Kontakt zur Behörde des Bundesbeauftragten für Stasi-Unterlagen aufgenommen.«

»Da bin ich ja mal gespannt, ob es eine Akte über Neumann gibt. Schließlich hat man kurz nach der Wende versucht, alles, was die DDR in schlechtem Licht dastehen lassen konnte, zu vernichten«, stellte der Kriminalrat fest.

»Man bekommt langsam das Gefühl, dass sich Aachen zum Paradies für Mörder entwickelt.«

»Das wollen wir doch nicht hoffen, Karl. Wenn du mich jetzt entschuldigen würdest. Ich habe gleich einen Termin.«

»Ein galanter Rausschmiss«, erwiderte Hansen und verließ das Büro des Kriminalrates.

Auf dem Weg in sein Büro traf Hansen auf seinen Kollegen Riedmann.

»Gibt es schon was Neues?«, fragte Hansen beiläufig.

»Nihil novi sub sole, leider nein«, antwortete Riedmann. »Bei dir?«

»Ebenfalls Fehlanzeige, du alter Lateiner! Ich war gerade bei Cäsar, äh Hellhausen, und habe ihm erzählt, was wir bislang herausgefunden haben.«

»Das wird ja ein kurzes Gespräch gewesen sein«, scherzte Riedmann.

»War es auch. Lass mich wissen, wenn dir die Informationen von der BStU vorliegen.«

Ohne ein weiteres Wort zu verlieren, drehte sich Hansen um und ging zu seinem Büro. Noch bevor er die Tür öffnete, machte er kehrt in Richtung Kantine. Er hatte jetzt Lust auf einen Kaffee. Dort gab es wenigstens noch einen frisch aufgesetzten Kaffee. Die Brühe aus dem Automaten mochte er gar nicht und trank sie nur, wenn er keine Zeit hatte, extra in die Kantine zu laufen.

Wieder im Büro beschloss er, erst einmal im Internet die neusten Zeitungsartikel zur Ermordung von Herbert Neumann zu studieren. Dabei stellte er zufrieden fest, dass die Reporter mehr oder weniger die offizielle Version der Polizeipressestelle übernommen hatten, und zwar ohne weitere Spekulationen anzustellen.

Schließlich begann er, seinen Tagesbericht vom Vortag zu schreiben. Er hasste diesen Teil seiner Arbeit. Hansen fasste die Ereignisse des Vortages anhand der Notizen, die er gemacht hatte, zusammen und listete die Namen und Adressen der Zeugen auf, die er gemeinsam mit Riedmann befragt hatte. Als er mit dem Bericht fertig war, fiel ihm ein, dass er umgehend noch etwas mit Laura Decker klären musste. Hansen wählte die Nummer und hatte die Kollegin direkt am Telefon.

»Hallo, Laura. Mir ist da etwas eingefallen, als ich den Tagesbericht geschrieben habe«, sagte Hansen.

»Ist das also doch für etwas gut?«, fragte Decker gewohnt flapsig zurück.

»Seid ihr euch eigentlich wirklich sicher, dass der Täter das Haus durch die Terrassentür in der Küche betreten hat? Wäre es nicht möglich, dass Neumann seinen Mörder selbst ins Haus gelassen hat? Soweit ich mich erinnere, war die Tür doch durch ein Sicherheitsschloss gesichert. Und eine Alarmanlage gab es auch.«

»Gut beobachtet, Karl. Aber wir haben keine Zweifel daran, dass sich der Täter mit einem speziellen Werkzeug, wie es auch Schlüsseldienste verwenden, Zutritt verschafft hat. Aber um das vorwegzunehmen, solche Werkzeuge, sogenannte Lock Pick Guns, kann sich heute jedes Kind im Internet bestellen. Ich befürchte, dass uns die Suche nach der Herkunft dieses Werkzeuges nicht sonderlich weiterbringt. Trotzdem sollten wir es natürlich versuchen. Das steht übrigens auch in meinem Bericht, den ich dir eben gemailt habe.«

»Den habe ich noch nicht gelesen. Ich war bis gerade mit meinem eigenen Bericht beschäftigt. Und was ist mit der Alarmanlage? War sie ausgeschaltet?«

»Das ist in der Tat eine gute Frage. Ich habe dazu bereits einen Bekannten von der RWTH konsultiert und er kam zu dem Schluss, dass die Anlage zwar eingeschaltet war, sie aber manipuliert wurde.«

»So etwas geht?«

»Wenn du das entsprechende Wissen hast, ja. Bei der Alarmanlage in Neumanns Haus handelt es sich um ein veraltetes System. Mein Bekannter vermutet, dass der Täter einen Störsender verwendet hat. Jammer nennt man die auch in Fachkreisen. Ebenfalls sehr beliebt bei Autodieben, die es auf Luxusautos abgesehen haben. Jedenfalls müssen wir uns das so vorstellen, dass mit einem solchen Gerät die Funkschärfungs- und Unschärfungsbefehle der Funkhandsender der Alarmanlage aufgezeichnet werden. Der Täter muss dieses Signal also irgendwann einmal aufgenommen haben, und zwar in dem Moment, als Neumann die Anlage mittels seiner Fernbedienung aktiviert hat. Der übermittelte Code ist nämlich immer derselbe. Vor dem Einbruch wird die Aufnahme mit dem Jammer abgespielt und schon ist das Sicherheitssystem abgeschaltet. Neue Anlagen verwenden verschiedene Codes. Beim Abspielen der aufgezeichneten Aufnahme stellt das System fest, dass der Code schon einmal verwendet wurde, und löst den Alarm aus. Was bei Neumann nicht der Fall war, weil die Anlage veraltet ist.«

»Also verfügt Neumanns Mörder über ein gewisses Maß an technischem Verständnis und weiß dieses auch anzuwenden«, stellte Hansen fest. »Diese Jammer sind wahrscheinlich der Verkaufsschlager im Internet beziehungsweise Darknet, oder?«

»So ungefähr. Dennoch könnte man da mal ansetzen und Firmen, die Sicherheitstechnik verkaufen, aufsuchen. Sie besitzen zu Demonstrationszwecken auf jeden Fall solche Geräte. Diese Spur ist auf jeden Fall vielversprechender als die Suche nach der Herkunft der verwendeten Lock Pick Gun zum Öffnen der Terrassentür. Das könnt ihr ja übernehmen. Wir versuchen bereits, von den Internetanbietern des Jammers eine Auflistung aller Käufer zu bekommen. Sie sind nicht gerade erpicht darauf, uns zu helfen.«

»Das ist doch schon mal ein vielversprechender Anfang. Vielen Dank, Laura.«

»Adieda, Karl.«

»Bis bald«, erwiderte Hansen und legte auf.

Kapitel 8

Hansen hatte den Telefonhörer noch nicht ganz aufgelegt, als es an der Tür klopfte und die Kollegen Beck, Marquardt und Riedmann das Büro betraten.

»Wir haben wie gewünscht den Backgroundcheck von Neumann gemacht. Damit ich nicht alles zweimal erzählen muss, haben wir Stefan gebeten dazuzukommen«, erklärte Beck.

»Also gut, setzt euch. Dann lass mal hören, Markus«, erwiderte Hansen.

»Ich hoffe, du hast dir davon nicht zu viel versprochen. Wir haben nämlich nichts Auffälliges gefunden, wenn ich das vorwegnehmen darf. Aber der Reihe nach. Neumann hatte keine Schulden. Im Gegenteil, er hatte knapp zwanzigtausend Euro auf dem Sparbuch. Verdächtige Ein- oder Auszahlungen gab es keine. Darüber hinaus besaß er eine kleine Münzsammlung. Ein paar Gold- und Silbermünzen. Wenn wir den aktuellen Gold- und Silberkurs zugrunde legen, hatte die Sammlung einen Wert von knapp fünftausend Euro. Ansonsten hatte er keine Hobbys. Neumann ging auch nicht großartig aus. Hin und wieder ist er allerdings zum Fußball gegangen. Wir haben ein paar Eintrittskarten vom Tivoli gefunden. Alles Spiele der Alemannia gegen Clubs aus dem Osten der Republik. Aber auch das ist schon eine Weile her, so lange wie die Kartoffelkäfer schon in der vierten Liga spielen«, erklärte Beck und als bekennender Alemannia-Fan klang ein wenig Wehmut in seiner Stimme. »Der Mann lebte ein durch und durch normales, langweiliges Leben hier in Aachen.«

»Wann ist er eigentlich von Dresden hierher gezogen?, wollte Hansen wissen.

»Er lebte mit seiner Frau seit Anfang 1991 in Aachen. Hatte Verwandtschaft hier. Die Cousine des Verstorbenen, eine Frau Lentzen, lebt in Richterich. Wir haben bereits mit ihr gesprochen. Sie hatte in den letzten Jahren keinen Kontakt mehr zu Neumann. Deshalb konnte oder wollte sie uns nicht viel über ihren Cousin erzählen. Allerdings hat sie erwähnt, dass Neumann ihrer Meinung nach nie richtig hier angekommen ist. Er hat immer gegen die Politik gewettert und ein Loblied auf die DDR gesungen. Das war auch einer der Gründe, warum sie sich entzweit haben. Es soll noch Verwandte in der Nähe von Dresden geben. Die Namen und Adressen haben wir. Darum kümmern wir uns später.«

»Unser Opfer scheint wirklich ein durch und durch unsympathischer Zeitgenosse gewesen zu sein. Wenn nicht mal die eigene Verwandtschaft mit ihm zu tun haben wollte«, fasste Hansen zusammen.

»Nach allem, was wir wissen, ist es nicht sehr unwahrscheinlich, dass sich der Mann Feinde gemacht hat«, meinte Riedmann.

»Das denke ich auch, Stefan. Wir müssen nur tief genug graben, dann werden wir diese Person auch finden. Markus und Jens, ich möchte, dass ihr die Anbieter für Sicherheitstechnik überprüft. Laura hat mich eben angerufen und mir von einem Gerät erzählt, mit dem Neumanns Mörder die Alarmanlage überlistet hat. Man nennt sie Jammer. Wir müssen herausfinden, welche Firmen hier im Umfeld über solche Geräte verfügen oder sie sogar verkauft haben in letzter Zeit.«

»Was bitteschön ist ein Jammer?«, hakte Marquardt nach.

»Wenn du das genau wissen möchtest, lass es dir von Laura erklären. Mir war das auch zu technisch. Sie wird sich freuen, wenn sie ihr Wissen teilen kann.«

»Dann machen wir besser einen Abstecher in die KTU, bevor wir losfahren«, entgegnete Marquardt und gab Beck ein Zeichen, dass er sofort loswollte. Hansen ahnte, dass es dem Kollegen mehr darum ging, Decker zu besuchen, als sich die Arbeitsweise des Jammers erklären zu lassen. Es war offensichtlich, dass er ein Auge auf die neue Kollegin geworfen hatte. Aber Hansen hatte ja selbst den Vorschlag gemacht. Außerdem wusste Decker sehr gut mit Avancen wie denen Marquardts umzugehen. Auch Riedmann folgte den beiden Kollegen zunächst auf den Flur. Doch kaum, dass er Hansens Büro verlassen hatte, kam er auch schon wieder zurück.

»Die Unterlagen der BStU sind gerade per Eilkurier angekommen«, berichtete er seinem Chef. »Das sind aber laut Inventarliste nicht nur Unterlagen von Herbert Neumann. Man hat uns auch diverse andere Akten vom K1 geschickt, damit wir uns ein besseres Gesamtbild machen können.«

»Das nenne ich mal unbürokratische und schnelle Hilfe«, entgegnete Hansen.

»Allerdings. Wir haben einige kopierte Akten erhalten und eine DVD hat man uns auch mitgeschickt. Darauf sind die bereits digitalisierten Daten enthalten.«

»Dann sollten wir keine Zeit verlieren und sofort loslegen. Das ist unsere heißeste Spur.«

Kapitel 9

Einige Stunden später hatten Hansen und Riedmann erst einmal die Nase gestrichen voll von der Aktendurchsicht. Die Unterlagen reichten zurück bis in die späten siebziger Jahre und waren mit größter Akribie geführt. Die sprichwörtliche deutsche Gründlichkeit war also ganz offensichtlich auch eine der wenigen Tugenden, die Ost- und Westdeutschland gemeinsam hatten. Das Aufgabengebiet des K1 der Deutschen Volkspolizei war viel umfangreicher, als Hansen gedacht hatte. Zwar hatte Riedmann bereits vorab ein kurzes Dossier dazu erstellt. Aber was sich jetzt zeigte, war, dass Neumann und seine Abteilung fast überall ihre Finger im Spiel gehabt hatten, wenn es um Straftaten in und um Dresden herum ging. Es gab ganz offensichtlich keine klassische Trennung der Zuständigkeitsbereiche, so wie Hansen das aus den alten Bundesländern kannte.

Bis zum Mittag hatten die beiden Ermittler gerade einmal gut die Hälfte des vorliegenden Aktenmaterials gesichtet. Das Schlimmste daran war, dass sie trotzdem noch keinen Schritt weitergekommen waren. Weder Hansen noch Riedmann hatten bisher verwertbare Hinweise auf ein mögliches Rachemotiv gefunden. Gegen dreizehn Uhr dreißig beschlossen die beiden Ermittler, eine Pause einzulegen und in die Kantine zu gehen.

Riedmann bestellte den Kantinenklassiker Fritten mit Currywurst und trank dazu ein Glas Cola. Hansen orderte das Tagesmenü Spaghetti Bolognese und genehmigte sich ein alkoholfreies Bier. Beide Ermittler aßen schweigend. Sie wirkten angespannt und müde. Nachdem Hansen sein Essen beendet hatte, Riedmann war wie üblich schon längst fertig, widmeten sie sich wieder ihren Akten. Hansen schätzte, dass sie damit noch bis zum Mittag des nächsten Tages beschäftigt sein würden. Und mit der Überprüfung der DVD hatten sie noch nicht einmal angefangen. Der Gedanke daran ließ Hansen laut aufseufzen.

Immerhin hatten sie anhand der vorliegenden Akten bis zum Nachmittag eine Namensliste ehemaliger Kollegen von Neumann aus der Zeit vor dem Mauerfall zusammengestellt. Riedmann schickte die Liste per Mail an die Kollegen in Dresden, mit der Bitte herauszufinden, wer von Neumanns ehemaligen Kollegen noch lebte. Hansen zog in Erwägung, auch diese Personen zu Neumanns Vergangenheit zu befragen, wenn sie mit den Ermittlungen in Aachen nicht weiterkamen. Außerdem wollten sie diese Namen später noch mit den Kontaktdaten aus Neumanns Handy vergleichen. Die Auswertung des Handys war mittlerweile ergebnislos beendet, wie Laura Decker Hansen zwischenzeitlich mitgeteilt hatte. Bis auf die Telefonnummern seines Arbeitgebers, einiger Kollegen, seines Hausarztes und zweier Personen, von denen man noch nicht wusste, in welchem Verhältnis sie zum Opfer standen, waren keine Nummern gespeichert oder in den Anruflisten. Aber wenigstens wussten sie jetzt, mit wem das Mordopfer in Kontakt gestanden hatte. In einer zweiten Liste wollten die Ermittler die Personen erfassen, die ein Motiv für späte Rache gehabt haben könnten. Aber wie schon vor der Mittagspause zeichnete sich im weiteren Verlauf der Recherchen ab, dass hierfür kaum jemand infrage kam. Bis zum späten Abend hatten sie gerade einmal zwei Namen in die Liste »potenzielle Tatverdächtige« aufgenommen. Bei beiden Männern handelte es sich um jeweils des Mordes überführte Täter, die laut psychologischem Gutachten ein immenses Gewaltpotenzial besaßen. Aber diese Überprüfung wollte Hansen auf den morgigen Tag verschieben. Müde und kaum noch fähig, sich nach stundenlangem Lesen der Akten zu konzentrieren, beendeten Hansen und Riedmann gegen neunzehn Uhr ihre Arbeit und fuhren nach Hause.

Kapitel 10

Mittwoch, 20. September 2017

Der neue Ermittlungstag begann mit einer Frühbesprechung. Neben Hansen hatten sich Riedmann, Beck und Marquardt im Besprechungsraum eingefunden. Auch Laura Decker nahm teil.

»Wer möchte anfangen?«, fragte Hansen in die Runde.

»Wenn es den Herren recht ist, würde ich das gerne tun«, ergriff die Leiterin der KTU sogleich das Wort. »Ich habe nämlich nicht viel Zeit.«

»Ich mag Frauen, die die Initiative ergreifen«, meinte Marquardt, der sich sogleich einen tadelnden Blick seines Chefs einfing.

»Och herrm, Jens. Mir war nicht klar, dass du es so nötig hast. Aber na ja. Lassen wir das. Ich fasse mich kurz. Wir konnten kein weiteres Handy lokalisieren, das zum vermuteten Tatzeitpunkt im Haus oder der unmittelbaren Nähe eingeloggt war. Sieht man einmal von den direkten Nachbarn ab. Der Täter hatte entweder kein Handy dabei oder es war nicht eingeschaltet. Die Fasern des Verdächtigen, die wir am Tatort sichergestellt haben, bringen uns wie befürchtet nicht weiter. Sie stammen von kaufhausüblicher Massenware, nicht rückverfolgbar. Und unsere Internetrecherche bezüglich dieses Störungsgerätes, das man zum Ausschalten der Alarmanlage braucht, stockt ein wenig. Die Verkäufer im Internet sind nicht gerade auskunftsfreudig. Allerdings gibt es auch eine gute Nachricht. Und hier muss ich zu meiner Schande gestehen, dass ich das gestern im Eifer des Gefechts vergessen habe zu erwähnen. Mein Team konnte im Garten einen Schuhabdruck sicherstellen, den wir dem Täter zuordnen, da er vom Haus wegführte. Schuhgröße fünfundvierzig. Das Opfer hatte zweiundvierzig. Dem Profil des Abdrucks nach zu urteilen, trug der Täter Turnschuhe. Es handelt sich um einen Sneakerschuh der Marke Adidas, Modell Samba. Und genau da liegt das Problem. Es ist das meistverkaufte Modell. Eine Freundin von mir arbeitet in einem hiesigen Geschäft für Sportartikel. Ich habe sie gebeten zu überprüfen, wie oft der Schuh dieses Jahr bei ihnen im Laden verkauft wurde.«

»Und?«, wollte Hansen wissen.

»Alleine in diesem Geschäft seit Jahresbeginn über fünfhundert Mal! Die Spur brauchen wir nicht weiter verfolgen.«

»Immerhin haben wir jetzt mehr oder weniger Gewissheit, dass es sich bei dem Mörder um einen Mann handelt«, meinte Hansen.

»Damit liegst du zwar richtig, allerdings hätte ich das jetzt nicht unbedingt an dem Fußabdruck festmachen wollen. Aber einen Trumpf habe ich mir noch bis zum Schluss aufbewahrt, der auch dieses Rätsel löst. Die Auswertung der Hautpartikel, die wir an der Leiche von Herbert Neumann sichergestellt haben und eindeutig nicht vom Opfer selbst stammen, liegt vor. Und demnach ist diese Person männlich.«

»Gute Arbeit, Laura.«

»Danke. Ich muss dann auch schon wieder los. Solltet ihr noch irgendwelche Fragen haben, habt ihr ja meine Nummer. Tschüss die Herren.«

»Wie weit seid ihr gestern noch mit der Überprüfung hinsichtlich des Jammers gekommen, Markus?«, wollte Hansen nun von Beck wissen.

»Wir haben gestern nur zwei Firmen geschafft. Beide verfügten über ein derartiges Gerät, das sie uns auch bereitwillig vorgeführt haben. War ganz interessant. Und zugleich erschreckend zu sehen, wie leicht man eine Alarmanlage damit übertölpeln kann. Die Mitarbeiter konnten uns alle ein Alibi nennen. Wir haben das bereits überprüft. Die Firmeninhaber haben uns versichert, dass sie dieses Werkzeug nicht an Privatpersonen verkaufen würden. Wir machen heute mit unserer Überprüfung in Aachen und Umgebung weiter.«

»Einer der Mitarbeiter hätte so einen Jammer mitnehmen und an andere Personen weitergeben können«, gab Riedmann zu bedenken.

»Die Möglichkeit besteht. Aber ich kann mir nicht vorstellen, dass das so gelaufen ist. Als wir den Mord erwähnten, gaben sich alle sehr offenherzig.«

»Wenn ich unsere bisherigen Ergebnisse einmal Revue passieren lasse, haben wir nicht viel in der Hand. Wir gehen davon aus, dass Neumann aus einem bestimmten Grund ermordet wurde und nicht ein willkürliches Opfer eines sadistischen oder räuberischen Mörders ist. Beweisen können wir das im Moment nicht. Genauso wenig wie unsere Vermutung, dass seine Ermordung mit einem Ereignis in der DDR zu tun haben könnte.«

»Mühsam ernährt sich das Eichhörnchen.«

»Also gut. Die Tagesaufgaben sind klar. Markus und Jens kümmern sich weiter um die Überprüfung der Sicherheitsfirmen und wir beide beschäftigen uns wieder mit den Akten.«

Damit war die Frühbesprechung beendet und alle erhoben sich von ihren Sitzen.

Kapitel 11

Hansen und Riedmann verloren keine Zeit und machten sich gleich nach Ende der Besprechung an die Arbeit. Nach zwei Stunden ergebnisloser Recherche vor dem Bildschirm brauchte Hansen erst mal einen Kaffee. Ausnahmsweise begnügte er sich mit einem Wachmacher aus dem Automaten auf dem Flur. Als er mit zwei Bechern in der Hand in Riedmanns Büro zurückkehrte und sie abstellen wollte, schlug dieser mit der flachen Hand auf die Schreibtischplatte, sodass Hansen beinahe die Becher fallen ließ.

»Ich glaube, ich habe hier was. Neumann hat nicht nur im K1 gearbeitet. Er wurde 1987 nach Bautzen versetzt, das berühmt berüchtigte Gefängnis für politische Häftlinge.

Den Akten zufolge wurde Ende 1990, also nach der Wende, kurzzeitig gegen Neumann ermittelt. Es gab drei Anzeigen ehemaliger Insassen gegen ihn. Ihm wurden brutale Verhörmethoden nachgesagt. Neumann war laut Aussage von damaligen Gefangenen wohl so eine Art Verhörspezialist und hat sich vor allem einen gewissen Ruf im Kampf gegen Republikflüchtlinge gemacht. Was immer das auch heißen soll.

»Und was ist bei den Ermittlungen rausgekommen?«

Riedmann antwortete nicht sofort, sondern überflog den restlichen Bericht. Hansen konnte beobachten, wie die Augäpfel seines Kollegen wild hin und her wanderten, so schnell las er die restlichen Textzeilen.

Nach kurzer Zeit fasste Riedmann seine Lektüre so zusammen: »Die Untersuchungen wurden aus Mangel an Beweisen eingestellt. Aber es kommt noch besser. Es gibt hier ein Zusatzprotokoll, das einer der Ermittler damals erstellt hat. Gegen Neumann wurde bereits vor dem Mauerfall ermittelt, und zwar kurz vor seiner Versetzung nach Bautzen. Ein Häftling wurde nach der Vernehmung leblos in der Arrestzelle des Dresdner Präsidiums gefunden. Der Mann hieß Guido Sommer, neunzehn Jahre alt. Die Ermittlungen wurden aber recht bald wieder eingestellt. Die DDR-Justiz hat den Fall laut dieses Berichtes nur sehr halbherzig verfolgt. Es kam nicht einmal zu einer Anklage. Laut Totenschein, der hier als Kopie vorliegt, handelte es sich um Herzversagen. Die Familie hat natürlich Zweifel daran geäußert. Ihr Sohn war laut Aussage der Eltern nicht herzkrank.«

»Der Sohn war neunzehn. Kein Wunder, dass die Eltern daran gezweifelt haben. Erstaunlich finde ich allerdings, dass die Anzeigen der

Insassen aus Bautzen nicht weiter verfolgt wurden. Gerade wegen des Zusatzberichts und der Ermittlungen im Fall Sommer gegen Neumann.«

»Wer weiß, wer da seine Strippen gezogen hat? Du ersetzt ja nicht zwangsläufig alle wichtigen Ämter und kappst alle bedeutenden Verbindungen, nur weil es einen politischen Wechsel gibt. Das hat ja schon bei der Entnazifizierung nicht funktioniert.«

»Aber es ist schon interessant, dass Neumann kurze Zeit später nach Bautzen gewechselt ist. Entweder war an den Vorwürfen der Eltern doch etwas dran und man wollte Neumann aus dem Weg haben. Oder es war gerade wegen seiner Verhörpraktiken eine Art Beförderung, wenn man berücksichtigt, was du eben von den anderen Vorwürfen ehemaliger Insassen des Gefängnisses vorgelesen hast. Stehen da zufällig auch die Namen der Personen, die damals Anzeige erstattet haben?«

»Da haben wir ausnahmsweise einmal Glück. Rico Stern, Marco Stein und Thea Wunderlich. Ich führe sie unserer Liste der potenziell Verdächtigen hinzu.«

»Ja, tu das. Vielleicht hat er seine Heimatstadt auch deswegen verlassen.«

»Gut möglich. Ich hoffe nur, dass die Kollegen in Dresden bei unserer Anfrage helfen können.«

»Och, ich hätte nichts gegen eine Dienstfahrt in die schöne Elbstadt, um zu helfen«, erwiderte Hansen mit einem Grinsen.

Kapitel 12

November 1988 in der Nähe von Großburschla

Birgit Schneider, von ihren Freunden nur Biggi genannt, saß auf dem Sofa und starrte an die weiße Raufasertapete an der gegenüberliegenden Wand ihres Wohnzimmers. Peter war verschwunden. Gerade überlegte sie, wie viele Motive es dafür geben und welche man ausschließen könnte, als es klingelte. Zwei Männer hielten ihr, nachdem sie geöffnet hatte, einen Dienstausweis vor die Nase, der sie als Mitarbeiter des Ministeriums für Staatssicherheit auswies. Sie hielten sich nicht lange mit Reden auf und baten sie mitzukommen. Kaum hatte sie sich ihren Mantel und ihre Stiefel angezogen, saß sie auch schon auf der Rückbank eines himmelblauen Wartburgs. Sie ahnte inzwischen, dass der unerwartete Besuch im Zusammenhang mit Peters Verschwinden stand.

Es war eine lange Fahrt, aber sie hatte schnell erkannt, wohin es ging, obwohl es draußen dunkel war. Die Männer fuhren nach Dresden, in ihre Heimatstadt. Jede Frage, die sie den beiden Männern stellte, wurde mit stummer Verachtung beantwortet. Als das Fahrzeug sein Ziel erreichte und sie die von den Strahlern angeleuchtete gelbe Klinkerfassade sah, wusste sie, wo sie waren. Es überraschte sie nicht. Wenigstens hatte sie jetzt Gewissheit. Sie standen vor dem Einfahrtstor von Bautzen, dem meist gefürchtetsten Gefängnis der DDR. Die Bevölkerung nannte den Knast in Anlehnung an die gelbe Fassade nur „Gelbes Elend". Schon eine halbe Stunde später begann das erste Verhör.

»Sie wissen, warum Sie hier sind, Fräulein Schneider?« Der Mann mit dem bestimmten Gesichtsausdruck und der scharfen Stimme strahlte eine unheimliche Autorität aus. Der Kurzhaarschnitt, die betont gerade Sitzhaltung und die ausdruckslosen Augen unterstrichen diesen Eindruck. Vor dem Mann lag auf dem Tisch eine geschlossene Akte. Aber Birgit Schneider konnte nicht erkennen, was auf dem Deckblatt stand.

»Nein, das weiß ich nicht. Und ich möchte jetzt endlich wissen, was hier eigentlich los ist.«

»Glauben Sie ernsthaft, dass Sie in der Position sind, irgendwelche Fragen oder gar Forderungen zu stellen, Fräulein Schneider?«, erwiderte der Mann mit eisiger Stimme. »Die einzige Person in diesem Raum, der es erlaubt ist, Fragen zu stellen, bin ich! Haben Sie das verstanden?«

Mehr als ein vorsichtiges Nicken bekam Biggi nicht zustande. Sie war eigentlich kein ängstlicher Mensch. Aber der Mann, der ihr gegenübersaß, schien ihr unheimlich.

»Gut! Wo befindet sich Ihr Freund Peter Dreschers?«

»Ich weiß es nicht. Ich habe ihn seit gestern Morgen nicht mehr gesehen!«, antwortete sie wahrheitsgemäß. Sie hatten schon oft über seine Pläne gesprochen. Aber sie war immer die Unentschlossene gewesen. Und Peter wollte nicht ohne sie gehen. Eigentlich ...

»Ich frage Sie noch einmal: Wo ist Peter Dreschers?«

»Ich weiß es wirklich nicht.«

»Sie wollen uns also ernsthaft erzählen, dass sie nicht darüber informiert waren, dass ihr Verlobter einen Fluchtversuch unternommen hat?«

»Fluchtversuch? Wovon reden Sie da eigentlich?«

Doch es klang längst nicht so überzeugend, wie sie es wollte. Außerdem stieg langsam Panik in ihr auf. War Peter die Flucht gelungen oder saß sie hier, weil sie ihn geschnappt hatten? Die Art, wie der Beamte fragte, ließ Vermutungen in beide Richtungen zu.

»Ich wiederhole meine Frage noch einmal, Fräulein Schneider. Sie wissen weder, wo sich Peter Dreschers zurzeit befindet, noch haben Sie jemals mit ihm über eine Flucht aus der DDR gesprochen?«

»Nein, ich weiß nichts darüber«, blieb sie bei ihrer Version.

»Natürlich ist Ihnen auch nicht bekannt, dass Peter Dreschers bei Heldra, wo ihr Verlobter zufällig für die Instandhaltung der Grenzschutzanlage verantwortlich ist, versucht hat, die Grenze zu übertreten? Er hat nie mit Ihnen darüber gesprochen?«

»Nein, das hat er nicht!« Und auch das entsprach der Wahrheit. Peter hatte sie wohl schützen wollen, indem er ihr nichts erzählt hatte.

»Dann wissen sie natürlich auch nicht, ob ihm jemand bei dem Versuch geholfen hat?«

»Nein, verdammt noch mal. Wie oft soll ich Ihnen noch sagen, dass ich nichts darüber weiß. Wie geht es Peter denn? Geht es ihm gut?«

»Wir gehen davon aus, dass er auf der Flucht ertrunken ist«, erwiderte der Vernehmer, der keine Miene verzog.

»Das ist gelogen«, erwiderte sie schließlich trotzig. »Wenn Peter tot wäre, würde ich nicht hier sitzen«, fuhr sie mit einem triumphalen Lächeln fort.

»Wer war in die Fluchtpläne Ihres Verlobten eingeweiht, Fräulein Schneider?«, wiederholte der Mann, ohne auf ihre letzte Bemerkung einzugehen.

»Und wenn Sie mich noch hundert Mal fragen, ich weiß nichts darüber. Und selbst, wenn ich etwas wüsste, würde ich Ihnen nichts über die Einzelheiten erzählen«, erwiderte Biggi trotzig, die in diesem Moment wusste, dass sie einen Fehler gemacht hatte.

Der Mann ihr gegenüber zündete sich daraufhin eine Zigarette an, zog einmal daran und mit einer schnellen Bewegung, die Birgit Schneider nicht einmal im Ansatz erahnt hatte, packte er ihr Handgelenk der rechten Hand. Was dann folgte, war ein Schmerz, wie sie ihn nie zuvor erlebt hatte.

Kapitel 13

Mittwoch, 20. September 2017, abends

Geduldig saß die Spinne an der Bar des Belvederes. Das Belvedere befand sich in einem alten Wasserturm auf dem als Ausflugziel beliebten Lousberg in Aachen. Der Lousberg im Norden Aachens war neben dem Salvatorberg und dem Wingertsberg der höchste Berg Aachens und schon zur napoleonischen Zeit diente er als Ausgangspunkt der topografischen Aufnahme des Rheinlandes. Einer Aachener Sage nach verdankten die Aachener den Lousberg dem Teufel selbst. Weil den Aachenern beim Dombau das Geld ausgegangen war, schlossen sie einen Pakt mit dem Teufel. Sie erhielten Gold und versprachen im Gegenzug dem Teufel die Seele des ersten Lebewesens, das den Dom betrat. Von den Aachenern betrogen, weil sie einen Wolf in den Dom hinein jagten, wollte sich der Teufel rächen. Er sammelte an der Nordseeküste Sand, packte ihn in große Säcke und trug sie Richtung Aachen. Auf dem Weg ermüdet von der schweren Last, wurde er abermals von einer schlauen Aachenerin getäuscht, die ihm weismachte, dass er noch einen langen Weg vor sich hatte. Er ließ den Sand kurzerhand da, wo er gerade rastete, und so entstand der Legende nach der Lousberg.

Doch all das interessierte die Spinne nicht im Geringsten. Sie war nicht wegen der tollen Aussicht hier. Oder wegen der Geschichtsträchtigkeit des Ortes. Sie war nur aus einem einzigen Grund im Belvedere. Um sich auf die Lauer zu legen. Zu diesem Zweck hatte sie ihr Netz schon längst gespannt. Es würde nicht mehr lange dauern, bis sich das ahnungslose Opfer näherte, sich in ihrem Netz verfing, um dann durch eine tödliche Giftinjektion zu sterben. Sie lächelte bei dem Gedanken daran. Und dann war der Moment gekommen. Doktor Michael Lessing hatte sein Abendessen in seinem Stammrestaurant beendet und machte sich bereit um Aufbruch. Auch die Spinne erhob sich in diesem Moment von ihrem Barhocker und bewegte sich Richtung Ausgang. Sie inszenierte einen Zusammenprall, der Rest war ein Kinderspiel. Ein koketter Blick sowie ein paar schmeichelnde Worte reichten aus und er nahm ihre Einladung auf einen Entschuldigungsdrink dankend an. Eine Stunde später waren sie schon auf dem Weg zu seinem Haus in der Aachener Innenstadt. Im Belvedere würde man sich später an eine hübsche Blondine mit langem Haar erinnern. Der letzte Akt begann.

Kapitel 14

Gegen zweiundzwanzig Uhr erreichte Doktor Lessing, der deutlich jünger aussah, als er mit seinen sechsundfünfzig Jahren eigentlich war, mit seiner Eroberung sein Praxishaus in der Oppenhoffallee. Er machte regelmäßig Sport, was man seiner Figur auch ansah. Und auch die Gene hatten es gut mit ihm gemeint. Er hatte bisher keine einzige Falte im Gesicht und er hatte immer noch volles, braunes Haar. Er freute sich auf ein paar schöne Stunden mit der geheimnisvollen Frau, die ihn auf so plumpe Weise angerempelt hatte. Natürlich hatte er ihre wahre Absicht schnell erkannt und war auf das Spiel eingegangen. Schließlich war sie ihm bereits vorher an der Bar aufgefallen und hatte sein Interesse geweckt. Irgendwie kam ihm ihr Gesicht bekannt vor. Wenn er auch nicht wusste, woher. Letztlich war es ihm auch egal. Hauptsache, er musste den Abend nicht allein verbringen. Er öffnete eine Flasche Cabernet Sauvignon und schüttete ihn in einen Dekanter, damit er noch etwas atmen konnte. Er legte Musik auf und gesellte sich zu seinem Gast auf die Couch. Nach ein paar Takten gepflegten Smalltalks goss er zwei Gläser des Weines ein und verschwand für einen Moment auf die Toilette.

Die Zeit reichte der Spinne, um in Lessings Glas ein paar KO-Tropfen zu träufeln. Gerade so viel, dass er nicht allzu lange außer Gefecht sein würde. Als er zurück ins Wohnzimmer kam, hatte sie bereits die oberen beiden Knöpfe ihrer Bluse geöffnet. Aber bevor es zur Sache ging, wollte sie erst einmal mit ihm anstoßen. Mit einem einzigen Zug trank Lessing das Glas leer. Dann rückte er näher an sie heran und küsste sie leidenschaftlich. Sie ließ es über sich ergehen. Dann übernahm sie die Initiative. Sie wollte nicht, dass die Wirkung des Betäubungsmittels einsetzte, bevor sie das Schlafzimmer erreichten. Sie stand auf, das Weinglas in der Hand, und fragte ihn lächelnd: »Hast du eigentlich auch ein Schlafzimmer?«

Schon auf dem Weg hatte er ihren Rock geöffnet. Vor dem Bett zog er ihn ihr hastig herunter. Er atmete intensiv, während er ihre langen, schlanken Beine betrachtete. Wieder küsste er sie leidenschaftlich, und kurze Zeit später lagen sie auf dem großen Bett. Gierig griff er ihr zwischen die Beine, um ihr den Slip herunterzuziehen. Dann, ganz plötzlich fiel sein Kopf zur Seite und er schlief ein.

Erst langsam kam er wieder zu sich. Er öffnete seine Augen, nahm aber die Umgebung zunächst nur sehr verschwommen wahr. Michael

Lessing hatte nicht die geringste Ahnung, was geschehen war. Aber ihn ergriff die Angst, als er sah, dass seine Hände und Füße mit Kabelbindern an die Metallstäbe seines Bettes gefesselt waren. Sein Mund war mit Klebeband zugeklebt, was ihm das Atmen erschwerte. Lessing versuchte, sich zu beruhigen und auf die Atmung zu konzentrieren. Allmählich gelang ihm das auch halbwegs. Auch der nebelige Schleier vor seinen Augen legte sich wieder. Jetzt erkannte er, dass die Rollladen des Schlafzimmerfensters geschlossen waren. Lediglich die Lampe auf dem Nachttisch neben dem Bett erfüllte den Raum mit gedämpftem Licht. Erst jetzt registrierte er, dass am Fußende seines Bettes die Frau saß, die er eben noch begehrt hatte, und ihn anstarrte. Allerdings waren ihre Haare jetzt nicht mehr lang und blond, sondern pechschwarz und kurz. Sie hatte also eine Perücke getragen.

»Schön, dass du das kleine Nickerchen beendet hast«, sagte sie mit ruhiger, gefasster Stimme.

Michael Lessing wollte etwas erwidern, aber das war mit dem zugeklebten Mund natürlich unmöglich. Er kam sich vor wie in einem schlechten Film. Allerdings war das hier die Wirklichkeit. Und das ließ die Situation weitaus bizarrer erscheinen. Auf Hilfe seiner Nachbarn konnte er nicht hoffen. Erwin Paulus, der Nachbar von der Wohnung gegenüber, war schwerhörig. Der Mieter, der direkt unter ihm wohnte, war in Urlaub, und die andere Mieterin aus dem ersten Stock war Flugbegleiterin und ohnehin so gut wie nie zu Hause. Michael Lessing starrte verzweifelt in das Gesicht seiner Peinigerin.

»Du fragst dich sicherlich, was das hier alles soll und was ich von dir will?«

Lessing nickte.

»Nun«, fuhr die Frau fort, »so viel kann ich dir schon einmal vorab verraten. Es wird dir auf keinen Fall gefallen. Aber alles der Reihe nach«, sagte sie kühl und lachte.

Michael Lessing war klar, dass es hier um mehr als nur um einen einfachen Raubüberfall ging. Er musste davon ausgehen, dass er sich in Lebensgefahr befand. Plötzlich stand die Frau auf und ging auf den Kommodenschrank, der seitlich an der Wand stand, zu. Sie öffnete die Handtasche, die auf der Kommode stand und holte einen Gegenstand hervor. Lessing konnte zunächst nicht erkennen, worum es sich handelte. Erst, als sie sich wieder umdrehte, erkannte er, dass sie einen Schlagring in der Hand hielt.

»Kommen wir nun zum eigentlichen Grund meines spätabendlichen Besuchs. Weißt du, wie es ist, wenn ein Mensch misshandelt wird? Und ich meine jetzt nicht aus deiner Sicht als Arzt, sondern aus eigener Erfahrung?«

Michael Lessing verneinte die Frage mit einem heftigen Kopfschütteln.

»Dann ist es an der Zeit, dass du diese Erfahrung endlich einmal machst!«, stellte die Frau kühl fest. Dann zog sie den Schlagring über die vier Finger der rechten Hand und machte einen Schritt auf das Kopfende des Bettes zu.

Mit flehendem Blick schaute Lessing ihr in die Augen in der Hoffnung, dass dies die Frau von ihrem Vorhaben abhalten würde. Aber er erkannte darin nichts weiter als blanken Hass. Dann folgte auch schon der erste Schlag. Der Schlagring traf ihn oberhalb des rechten Auges. Offenbar verursachte der Schlag eine Platzwunde, denn nun spürte er, wie warmes Blut die Wange hinab lief. Er überlegte, wer die Frau war. Woher kannte er sie? Er hatte aber kaum Zeit, darüber nachzudenken, denn schon traf ihn ein zweiter, härterer Schlag ins Gesicht. Er begann zu weinen. Doch Mitleid schien er damit keineswegs zu erwecken. Stattdessen schlug sie weiter auf ihn ein. Nach dem fünften Schlag hörte sie auf.

»Ist schon ein Scheißgefühl, wenn man jemandem so ausgeliefert ist, oder?«, meinte sie plötzlich.

Doch Lessing war nicht fähig, diese Bemerkung mit einem Kopfnicken zu beantworten. Stattdessen rannen ihm weitere Tränen über die Wangen.

»Dann kannst du ja jetzt halbwegs nachvollziehen, wie es dieser Frau hier auf dem Foto ergangen ist! Und sie musste noch weitaus Schlimmeres durchstehen.«

So sehr sich der Arzt auch bemühte, er erkannte die Frau auf dem Foto nicht, das sie ihm zeigte.

»Erinnerst du dich?«, rief sie und schlug ihm erneut ins Gesicht. Eingeschüchtert von dem neuerlichen Gewaltausbruch schüttelte er langsam den Kopf.

»Dann will ich deinem Gedächtnis ein klein wenig nachhelfen: Bautzen 1989.«

Lessing dachte fieberhaft nach und dann fiel es ihm plötzlich wieder ein. Der Schatten der Vergangenheit senkte sich also nach all den Jahren wieder über ihn. Damit hatte er nun wirklich nicht gerechnet. Nach der

Wende, als vieles Vergangene noch einmal aufbereitet und kritisch unter die Lupe genommen worden war, hatte er in der Angst gelebt, dass das Unrecht, an dem er beteiligt war, ans Licht kommen würde. Aber diese Befürchtungen hatten sich schon bald als unbegründet herausgestellt. Und das, obwohl gegen ihn in einem anderen Fall ermittelt wurde. Irgendwann hatte er die alten Geschichten dann verdrängt, wenn auch nicht vergessen. Bis zu diesem Moment. Aber was hatte die junge Frau damit zu tun? Wie hatte sie ihn gefunden?

»Ja, das war eine tolle Zeit. Ich denke aber, wir haben jetzt lange genug in alten Erinnerungen geschwelgt und sollten weitermachen. Schließlich habe ich ja nicht ewig Zeit«, sagte sie mit einem Grinsen und nahm ein schwarzes Küchenmesser aus ihrer Handtasche. Lessing begann wie wild an seinen Fesseln zu zerren. Aber es war zwecklos. Die Kabelbinder saßen einfach zu fest. Langsam beugte sich die Frau über ihn. Die Klinge des Messers blitzte im schwachen Licht der Nachttischlampe auf, bevor sie sich langsam auf das untere Ende seines Hemdes zubewegte. Lessing keuchte. Sein Hemd klebte an seinem Oberkörper. Ein kleiner Schnitt, und der erste Knopf war abgetrennt. Dann der zweite. Diesen Vorgang wiederholte sie, bis schließlich alle Knöpfe des Oberteils entfernt waren und der nackte Brustkorb des Mannes zu sehen war. Dann spürte er, wie die Messerklinge die Brustwarzen berührte. Was immer jetzt kommen sollte, er hoffte, dass es schnell vorüber war. Dann spürte er, wie die andere Hand der Frau in seine Hose glitt und seinen Penis berührte.

»Ach, vielleicht fangen wir doch lieber mit diesem kleinen Lessing an«, sagte sie und grinste ihn an. Der Doktor zerrte erneut wie wild an den Fesseln. Ohne Erfolg. Und dann, ohne jegliche Vorwarnung, machte sie zwei lange Schnitte quer über seine Brust. Die Wunden waren nicht sehr tief, aber sie bluteten stark. Gleich darauf folgten zwei weitere Schnittwunden. Diesmal an den Innenseiten des rechten und linken Arms. Diese Schnitte waren deutlich tiefer und legten ein großes Stück des Muskels frei. Lessing schrie aus Leibeskräften, aber durch den Knebel kam nur ein dumpfes Geräusch. Ihm dämmerte, dass seine Peinigerin plante, ihn langsam ausbluten zu lassen. Doch dann geschah erst einmal nichts mehr. Die Frau wandte sich von ihm ab und ging wieder auf die Kommode zu, wo sie etwas aus der Handtasche herausholte. Allerdings konnte er in dem schwachen Licht zunächst nicht erkennen, was das für ein Gegenstand war. Erst als sie näherkam, sah er, dass sie eine Spritze, eine Ampulle und ein Gummiband in ihren Händen hielt.

»Du möchtest sicher gerne wissen, was das hier für ein leckeres Zeug ist?«, fragte sie ihn, erhielt aber keine Reaktion.

»Ein bisschen mehr Aufmerksamkeit hätte ich mir jetzt schon gerne gewünscht, Herr Doktor. Was ich dir jetzt verabreichen werde, ist nämlich Curare. Ich nehme einmal an, dass du die Wirkungsweise dieses Giftes kennst. Trotzdem werde ich es dir sicherheitshalber erklären. Für alle Fälle.«

In der Tat kannte Lessing die Wirkungsweise der ursprünglich als Pfeilgift zur Jagd von den Ureinwohnern Kolumbiens und Venezuelas angewendeten Substanz nur zu gut. Richtig dosiert wurde es in der Medizin heutzutage ebenfalls eingesetzt und erzielte dabei gute Wirkungen. Aber bei einer Überdosierung war dieses Mittel absolut tödlich.

»Dir als Arzt brauche ich ja sicherlich nichts über das Zusammenspiel von Muskeln und Nervenzellen, die durch den synaptischen Spalt getrennt sind, zu erklären?«, fuhr die junge Frau fort und klang dabei wie ein Professor, der seinen Studenten einen Vortrag hielt. »Damit ein Reiz von den Nerven an die Muskeln weitergegeben werden kann, müssen über den synaptischen Spalt Neurotransmitter, das sogenannte Acetylcholin über die Nervenenden an die Muskelmembran abgegeben werden. Nun, und da kommt dann jetzt das Curare ins Spiel. Das verhindert nämlich den Austausch dieser Botenstoffe. Und das wiederum bedeutet, dass die Muskeln allmählich gelähmt werden. Das führt zwangsläufig zur Lähmung der Atemmuskulatur und somit zum Tod durch Atemstillstand. Aufhalten kann man diesen Prozess eigentlich nur, wenn man den Patienten, dem das Gift verabreicht wurde, ausreichend beatmet, bis die Wirkung der Substanz nachlässt. Oder man spritzt ihm ein Mittel wie Neostigmin, das zu einer Erhöhung des Acetylcholinspiegels führt, was wiederum eine Verdrängung des Curares von der motorischen Endplatte nach sich zieht. Allerdings ist keine der beiden genannten Optionen bei dir angedacht. Ich hoffe, ich habe jetzt nichts vergessen zu erklären. Es ist ja nicht gerade mein Fachgebiet«, legte sie erst einmal eine Pause ein.

Lessing lag einfach nur da und starrte sie mit weit aufgerissenen Augen an.

»Da ich keine Einwände höre, gehe ich davon aus, dass ich soweit alles richtig wiedergegeben habe«, fuhr sie fort und lachte über ihren eigenen Scherz. »Ach ja, warum ich dir das Curare verabreichen werde, ist dir sicherlich längst klar. Du sollst nachempfinden können, wie qualvoll ein langsamer Tod durch

Ersticken ist. Da Curare die eben genannten schönen Eigenschaften nur bei Aufnahme über die Blutbahn entfaltet, muss ich dir die tödliche Dosis intravenös verabreichen.«

Damit endete der Vortrag und der praktische Teil begann. Langsam zog sie die Spritze auf. Dann kam sie auf das Bett zu und beugte sich über ihn. Sie band seinen rechten Arm mit einem Gummiband ab, damit sich durch den leichten Blutstau die Venen besser abzeichneten. Lessing schaute teilnahmslos zu. Er wehrte sich nicht einmal mehr. Er hatte eingesehen, dass es zwecklos war. Dann spürte er, wie die Nadel der Spritze die Haut durchstieß und die Flüssigkeit injiziert wurde. Nachdem die Frau ihr Werk beendet hatte, löste sie das Gummiband, richtete sich auf, und verstaute die Utensilien in ihrer Handtasche. Anschließend stellte sie sich mit verschränkten Armen vor das Bett und betrachtete ihr Opfer. Es dauerte nicht lange, bis sein Körper sich bis zur völligen Unbeweglichkeit hin entspannte. Erst seine Beine, dann die Arme und zuletzt der Kopf. Schon bald wurde auch die Atmung immer flacher. Mit zunehmender Luftknappheit und abnehmendem Sauerstoffgehalt in seinem Blut, verlor er schließlich das Bewusstsein. Fünf Minuten später hörte das Herz des Mannes auf zu schlagen und er war tot. Die Spinne nahm ihre Handtasche und verließ die Wohnung von Michael Lessing. Sie hatte es tatsächlich getan!

Kapitel 15

Donnerstag, 21. September 2017

Der Morgen begann für die Ermittler der Aachener Mordkommission mit ernüchternden Neuigkeiten aus Dresden. Per Mail hatten sich die Kollegen gemeldet und die Anfrage der Ermittler beantwortet.

Ein langjähriger Kollege Neumanns, Ferdinand Schmitz, war vor vier Jahren gestorben. Und auch die Recherchen bezüglich der fünf Personen mit möglichem Tatmotiv, die Hansen und Riedmann mühselig aus den Akten der BStU zusammengetragen hatten, erwiesen sich allesamt als Sackgassen. Den Unterlagen der Dresdner Kollegen zufolge saß Rico Stern seit einem Unfall im Rollstuhl. Marco Stein verbüßte aktuell eine Haftstrafe und Thea Wunderlich war ebenso wie die beiden verbliebenen Männer der Liste im Altersheim und kam somit auch nicht als Mörderin von Herbert Neumann infrage.

Drei Tage waren seit Auffinden der Leiche vergangen und es gab immer noch keine heiße Spur. Hansen und Riedmann wollten sich gerade einen Kaffee aus der Kantine holen, als Hansens Telefon klingelte.

Ein Kollege von der Leitstelle, den Hansen nicht kannte. Der Mann stellte ihm den Anruf einer aufgeregt wirkenden jungen Frau durch. Gerade schniefte sie offenbar in ein Taschentuch.

»Entschuldigen Sie, Herr Kommissar«, sagte sie dann. »Aber ich bin etwas nervös. Ich rufe nicht so oft bei der Polizei an. Mein Name ist Diana Leuffgen. Ich bin die Sprechstundenhilfe von Herrn Doktor Michael Lessing. Ich bin gerade in der Wohnung meines Chefs.«

Sie stockte. Hansen wartete, bis sie weiter sprach.

»Er ... er ist tot!« Dann brach die Anruferin wieder in Tränen aus. Offenbar hatte sie sich für einen kurzen Moment zusammenreißen können, aber jetzt verlor sie wieder die Fassung. Hansen war nicht in der Lage, die Frau zu beruhigen. Sie konnte dem Kommissar nicht einmal die Adresse von Michael Lessing durchgeben.

»Bleiben Sie einfach da und rühren Sie bitte nichts an. Wir kommen sofort zu Ihnen«, brach er schließlich das Gespräch ab und wandte sich umgehend an seinen Kollegen.

»Stefan. Ich brauche die Adresse von einem Doktor Michael Lessing. Und beeile Dich bitte.«

»Was ist denn passiert?«, wollte Riedmann wissen, drückte Hansen aber gleichzeitig die beiden Kaffeebecher in die Hand.

»Die Anruferin, eine Diana Leuffgen, meinte, dass sie ihren Chef tot in dessen Wohnung aufgefunden hat. Mehr konnte ich nicht von ihr erfahren. Ich fürchte, die Frau hat einen Nervenzusammenbruch. Wir machen uns sofort auf den Weg.«

Riedmann eilte in sein Büro, setzte sich an seinen Computer und nach nicht einmal einer Minute stand er auch schon wieder in Hansens Büro.

»Ich habe die Adresse. Wir hatten Glück. Es gibt nur einen Arzt mit diesem Namen hier in der Gegend. Wir können also los.«

»Alles klar, Stefan. Du fährst. Ich fordere von unterwegs Laura und ihr Team an. Beck und Marquardt habe ich bereits informiert.«

Keine zehn Minuten später erreichten sie das Mehrfamilienhaus in der Oppenhoffallee. Im Erdgeschoss befand sich offensichtlich die Praxis von Michael Lessing. An der Hauswand war das Praxisschild angebracht, das ihn als Hausarzt auswies. Nahezu zeitgleich mit den Ermittlern hielt auch ein Krankenwagen vor dem Haus, den Hansen angefordert hatte. Vor der Tür des Mehrfamilienhauses erwartete sie bereits eine junge, tränenüberströmte Frau. Diana Leuffgen, wie Hansen mutmaßte. Sie wies ihnen den Weg ins Schlafzimmer. Hansen übergab sie in die Obhut eines Sanitäters.

Dann betraten Hansen, Riedmann und Oliver Seidel, der eingetroffene Notarzt, das Treppenhaus und stiegen hinauf bis ins Obergeschoss. Dort stand eine Wohnungstür sperrangelweit offen. Offensichtlich war das die Wohnung des Arztes. Sie betraten den Flur. Dabei warf Hansen einen flüchtigen Blick durch die offenen Türen rechts und links. Links lag das Wohnzimmer. Die Küche befand sich auf der rechten Seite. Es folgten zwei weitere Türen, die aber geschlossen waren. Hansen öffnete die erste Tür. Das Arbeitszimmer. Hinter der anderen Tür befand sich ein begehbarer Kleiderschrank. Also musste das Schlafzimmer der Raum am Ende des Flurs sein. Hansen betrat das Zimmer und sah die gefesselte Leiche des Arztes.

Bis auf das schummrige Licht einer Nachttischlampe lag der Raum im Dunkeln. Die Rollläden waren geschlossen. Trotzdem erkannte Hansen, dass der Leichnam übel zugerichtet war. Da es für den Notarzt hier nichts zu tun gab, schickte Hansen den Mann wieder nach unten.

»Die Ähnlichkeiten zwischen den beiden Morden sind unübersehbar«, brach Riedmann schließlich das Schweigen.

»Das war auch mein erster Gedanke. Da hat Laura wieder reichlich Arbeit«, stellte Hansen nüchtern fest.

Kaum, dass Hansen es ausgesprochen hatte, betraten die Leiterin der KTU und ihr Team die Wohnung.

»Hörte ich gerade meinen Namen?«

»In der Tat. Wir mussten gerade beide an dich denken.«

»Au weia, da war aber jemand ganz schon wütend«, meinte sie, nachdem sie die Leiche erblickt hatte. »Da können wir uns mal richtig austoben, Jungs«, meinte sie an ihre Teammitglieder gerichtet. »Ich möchte Fotos aus allen Lagen, eine Videoaufnahme ... ach was, ihr wisst selbst, was ihr zu tun habt.«

Und noch bevor sie ihre Tasche mit den Utensilien zur Tatortuntersuchung abgestellt hatte, legte ihr Kollege, Thomas Reinhardt, auch schon los und machte die ersten Bilder.

»Auf Anhieb erkennt man gar nicht, was die Todesursache ist«, merkte Decker an, nachdem sie sich ihren Overall und die Handschuhe angezogen und einen Blick auf die Leiche geworfen hatte.

»Das haben wir auch bereits festgestellt. Siehst du Ähnlichkeiten zu Neumann?«, erwiderte Riedmann.

»Es gibt gewisse Parallelen. Aber es gibt auch einige Abweichungen. Zum Beispiel scheint das Opfer den Täter selbst reingelassen zu haben. Ich habe jedenfalls keine Einbruchspuren an der Wohnungstür sehen können. Es wäre natürlich möglich, dass sich der Täter oder die Täterin anderweitig Zutritt verschafft hat. Es handelt sich um ein handelsübliches Schloss. Das bekommt man auch als ungeübte Person mit einem Dietrich hin.«

»Du glaubst doch nicht, dass für diese Schweinerei hier«, Hansen deutete auf den Toten, »eine Frau verantwortlich sein könnte?«

»Warum denn nicht? Immerhin stehen auf dem Wohnzimmertisch zwei Weingläser. Und wenn mich mein geschulter Blick als Frau nicht getäuscht hat, ist an einem Glas Lippenstift zu sehen. Aber das schaue ich mir gleich mal in Ruhe an.«

»Und das alles hast du gesehen, als du die Wohnung betreten hast? Das ist mehr als beeindruckend«, stellte Riedmann mit einem Lächeln fest.

»Das ist mein Job, lieber Stefan«, erwiderte Decker ebenfalls mit einem Lächeln.«

»Lassen wir die Spekulationen. Ich möchte erst einmal abwarten, was der Rechtsmediziner zur möglichen Todesursache sagt«, meinte Hansen.

»Und bis der hier ist, würde ich die Zeit gerne nutzen, um mit Frau Leuffgen zu sprechen.«

Hansen und Riedmann hatten gerade die Wohnung verlassen, da kamen ihnen die Kollegen Beck und Marquardt im Treppenhaus entgegen. Hansen nutzte die Gelegenheit und wies die beiden an, eine Befragung der Nachbarn durchzuführen. Anschließend gingen sie hinunter zum Krankenwagen.

»Wie geht es Frau Leuffgen?«, fragte Hansen durch die offene Heckklappe des Krankenwagens.

»Nicht gut. Ich musste ihr ein Beruhigungsmittel verabreichen.«

»Können wir ihr trotzdem ein paar Fragen stellen?«

»Selbstverständlich, aber bitte fassen Sie sich kurz«, erwiderte Seidel, der daraufhin den Krankenwagen verließ.

Hansen kletterte in das Wageninnere und setzte sich auf den Platz, auf dem Seidel kurz zuvor noch gesessen hatte. Diana Leuffgen sah bemitleidenswert aus. Sie machte einen äußerst verstörten Eindruck auf ihn.

»Hallo, Frau Leuffgen. Ich habe nur ein paar Fragen, dann sind Sie mich auch schon wieder los«, begann Hansen und lächelte dabei. Sie versuchte, das Lächeln zu erwidern, aber mehr als ein schiefes Grinsen bekam sie nicht zustande. Das Sedativum zeigte schon Wirkung. »Ich möchte gerne wissen, warum Sie Herrn Lessing aufgesucht haben? Die Praxis war doch noch gar nicht geöffnet oder täusche ich mich da?«

»Weil Herr Lessing einen Termin mit einem Patienten vor den eigentlichen Sprechstundenbeginn gelegt hatte und nicht aufgetaucht war«, erwiderte die Arzthelferin schwerfällig. Nach einer kurzen Pause sprach sie weiter. »Deswegen wollte ich nach dem Rechten sehen. Da die Tür offen gestanden hatte, bin ich in seine Wohnung gegangen und habe ihn schließlich in seinem Schlafzimmer gefunden.« Sie konnte kaum noch die Augen offen halten.

»Und wo ist dieser Patient jetzt?«

»Herr Graf, ach herrje, den habe ich ja glatt vergessen. Der sitzt noch im Wartezimmer. Wären Sie so nett und …«, wieder fielen der jungen Frau die Augen zu und es fiel ihr immer schwerer zu sprechen, »… kümmern sich um ihn?«

»Dann müssen wir ihn ohnehin noch befragen. Er ist bei uns in den besten Händen.«

»Und wir müssen Frau Leuffgen jetzt ins Krankenhaus bringen. Sie braucht jetzt wirklich Ruhe«, meinte Seidel, als er das Wageninnere wieder betrat und beendete damit die Befragung.

»Natürlich. Vielen Dank, Frau Leuffgen. Und gute Besserung.« Doch darauf reagierte sie schon gar nicht mehr.

»Meinen Sie, wir können die Befragung heute Nachmittag fortsetzen, Herr Seidel? Ich habe noch einige Fagen.«

»Aus medizinischer Sicht spricht nichts dagegen. Ich habe ihr nur ein leichtes Beruhigungsmittel verabreicht. Zwei, drei Stunden Schlaf und die Welt sieht schon wieder anders aus«, erwiderte der Notarzt und schloss die Heckklappe des Krankenwagens, der daraufhin sofort losfuhr.

»Ich frage mich, wo eigentlich die Kolleginnen von Diana Leuffgen bleiben? Sie wird doch kaum alleine die Praxis schmeißen«, wunderte sich Riedmann.

»Berechtigte Frage.«

»Sollten Markus und Jens nicht eigentlich die Nachbarn befragen?«

»Das machen sie doch auch«, erwiderte Hansen verwundert.

»Dann war es eine Blitzbefragung. Da kommen sie nämlich schon.«

»Was macht ihr denn schon hier?«

»Nur einer der Nachbarn war anwesend«, erwiderte Markus Beck. »Ein älterer Herr, der gegenüber der Wohnung des Toten wohnt. Erwin Paulus ist sein Name. Er hat aber nichts gehört oder gesehen. Was auch nicht weiter verwunderlich ist. Der Mann ist extrem schwerhörig. Er hat nicht mal mitbekommen, dass wir hier sind.«

»Warum sollte es auch einmal einfach sein«, murmelte Hansen. »Was ist mit den anderen Hausbewohnern?«

»Die sind beide nicht da, sagte uns Herr Paulus. In der Wohnung direkt unter der des Opfers wohnt ein junges Paar, das sich gerade im Urlaub befindet. Und in der anderen Wohnung lebt eine Flugbegleiterin. Janina Kuntze. Paulus hat sie auch schon seit einigen Tagen nicht gesehen. Sie ist wohl selten hier«, berichtete Beck.

»Dann möchte ich euch bitten, die Befragung in den umliegenden Nachbarhäusern fortzusetzen. Konzentriert euch dabei nicht nur auf den gestrigen Abend. Vielleicht wurde ja auch in den letzten Tagen etwas Ungewöhnliches beobachtet?«

»Wir werden uns darum kümmern. Wir sehen uns dann später im Büro«, antwortete Marquardt.

»Am besten so gegen vierzehn Uhr im Besprechungsraum«, präzisierte Hansen. »Und wir beide erlösen jetzt einmal diesen armen Herrn Graf, der noch im Wartezimmer sitzt.«

Das Gespräch mit Graf dauerte nicht lange. Er hatte geduldig auf die Ermittler gewartet, weil er keinen falschen Eindruck vermitteln wollte, indem er sich unbemerkt vom Ort des Geschehens entfernte. Erleichtert hatte er die Praxis wieder verlassen, nachdem Riedmann Grafs persönliche Daten aufgenommen hatte. Kurze Zeit später standen Hansen und Riedmann wieder im Flur von Lessings Wohnung und beobachteten das emsige Treiben der Kollegen der Spurensicherung. Kurze Zeit später traf endlich der von Hansen verständigte Rechtsmediziner Nils Bode ein.

»Guten Morgen, Herr Doktor!«

»Guten Morgen, die Herren. Schade, dass wir uns so schnell unter diesen Umständen wiedersehen müssen«, erwiderte Bode. »Wo finde ich die Leiche?«

»Dort drüben im Schlafzimmer«, antwortete Hansen und wies ihm den Weg. »Wir würden gerne mitkommen, wenn es Ihnen nichts ausmacht?«, meinte Hansen.

»Nur zu. Solange Sie mich nicht bei meiner Arbeit stören.«

Als die drei Männer das Schlafzimmer betraten, stockte dem Arzt kurzfristig der Atem.

»Meine Güte, dieser Mann hat ja vor seinem Tod furchtbar gelitten«, stellte der Mediziner fest, als er auf das Bett zuging.

»Das Opfer heißt Michael Lessing. Im weitesten Sinne ein Kollege von Ihnen. Er war Allgemeinmediziner«, erläuterte Hansen.

»Die Schnitte im Bereich der Arme und des Brustkorbes waren jedenfalls nicht die Todesursache. Sie sind nicht sonderlich tief. Sicherlich schmerzhaft für das Opfer und geblutet hat es auch sehr stark, wie man ja sehen kann. Aber nicht tödlich.«

Auch der Rechtsmediziner machte einige Fotos von Lessings Leichnam, bevor er seine Arbeit fortsetzte. Zunächst einmal begutachtete er das übel zugerichtete Gesicht des Toten genauer.

»Die Gesichtsverletzungen stammen vermutlich von Schlägen mit einem harten Gegenstand. Die Person, die den Mann so zugerichtet hat, war entweder nicht sonderlich stark oder wollte ihn nicht schwerer verletzen. Die Verletzungen sehen wüst aus, sind aber nur Platzwunden. Gebrochen scheint nichts zu sein. Genaueres kann ich natürlich erst nach der Auswertung der Röntgenaufnahmen sagen.«

»Also könnten die Schläge auch von einer Frau stammen?«, hakte Hansen nach.

»Das ist durchaus möglich. Oder der Täter wusste ganz genau, wie hart er zuschlagen musste, um sein Opfer zu verletzen, ohne es auszuschalten«, erwiderte Bode. »Hm, aber etwas Andreres ist seltsam. Das Opfer hat petechiale Einblutungen«, erklärte der Rechtsmediziner den beiden Ermittlern, nachdem er die Augen des Toten untersucht hatte.

»Das bedeutet, dass er erstickt ist?«

»Sieht ganz so aus.«

»Aber es sieht nicht so aus, dass er erwürgt wurde, wie im Fall von Herbert Neumann«, stellte Hansen fest. »Jedenfalls kann ich keine Würgemale erkennen.«

»Es könnte auch an dem vielen Blut im Halsbereich liegen, dass wir die Male nicht auf Anhieb erkennen. Ich habe trotzdem eine andere Vermutung. Mir ist hier eine frische Einstichstelle am rechten Arm des Opfers aufgefallen«, erklärte Bode, während er auf die Stelle zeigte. »Es könnte sein, dass dem Mann etwas injiziert wurde, das zu seinem Tod geführt hat. Mehr weiß ich natürlich erst später mit den Ergebnissen der rechtsmedizinischen Untersuchung.« Daraufhin drehte er den Leichnam ein wenig zur Seite, damit er die Lebertemperatur messen konnte.

»Können Sie uns etwas zum möglichen Todeszeitpunkt sagen?«, wollte Hansen wissen.

»Ich vermute irgendwann zwischen Mitternacht und zwei Uhr in der Nacht. Der Lebertemperatur nach zu beurteilen. Meine Arbeit ist auf jeden Fall fürs Erste beendet. Sofern Ihre Leute nichts dagegen haben, lasse ich den Guten gleich abholen und ins Institut bringen.«

»Wir sind so weit fertig Doktor«, erwiderte Laura Decker, die Bode ebenfalls zugesehen hatte.

»Also gut. Dann leite ich mal alles in die Wege«, meinte Bode und verabschiedete sich.

»Habt ihr etwas gefunden, das für uns von Interesse sein könnte?«, wollte Hansen von Decker wissen.

»Das kann ich dir so spontan gar nicht sagen. Spuren gibt es hier reichlich. Auf jeden Fall haben wir an der Leiche Spuren sichergestellt, die mit großer Wahrscheinlichkeit vom Täter oder von der Täterin stammen. Aber wir werden hier noch eine Weile beschäftigt sein. Sobald ich was für

euch habe, melde ich mich. Wir sehen uns später im Präsidium«, verabschiedete sich Decker.

Kapitel 16

Pünktlich um vierzehn Uhr fanden sich alle Ermittler aus Hansens Team im Besprechungsraum der Mordkommission ein. Auch Kriminalrat Hellhausen war anwesend. Er zeigte sich äußerst besorgt über die aktuellen Entwicklungen, wie er Hansen klar machte. Kein Wunder nach zwei Morden in fünf Tagen, dachte Hansen.

»Fassen wir einmal zusammen, was wir bisher wissen. Beide Opfer wurden zunächst gefesselt, dann gefoltert und schließlich getötet. Dem Anschein nach starben Neumann und Lessing jeweils durch Ersticken, wobei wir diesbezüglich bei unserem zweiten Opfer noch auf die Bestätigung warten. Bei Neumann hat sich der Täter gewaltsam Zutritt zum Haus des Wachmannes verschafft. Lessing hat sein Opfer offensichtlich selbst in die Wohnung gelassen. Soweit die Fakten.«

»Es gibt einige Parallelen. Aber Bode geht davon aus, dass Lessing von einer Frau ermordet wurde, während Neumann, wie wir wissen, von einem Mann erdrosselt wurde. Ähnliche Vorgehensweisen bei zwei unterschiedlichen Tätern. Ist das wirklich nur ein bloßer Zufall oder besteht möglicherweise ein Zusammenhang zwischen den Taten?«, fragte Riedmann in die Runde.

»Das können wir momentan noch nicht beantworten. Wir sollten uns diesen Lessing mal genauer ansehen und nach Verbindungen zwischen den beiden Opfern suchen. Wir wissen bisher so gut wie gar nichts über den Mann. Vielleicht beantwortet das ja unsere Fragen«, meinte Hansen.

»Na ja, eine Verbindung gab es auf jeden Fall zwischen den beiden Männern. Lessing war Neumanns Hausarzt«, meinte Beck.

»Stimmt, das stand in Neumanns Dossier. Das ist doch schon einmal ein guter Anfang! Was hat die Befragung von Lessings Nachbarn ergeben?«

»Nicht viel. Allerdings hat uns ein Nachbar, ein Herr Deubner, erzählt, dass ihm ein weißer Wagen aufgefallen sei. Er ist sich sicher, dass es ein Opel Astra war. Er habe in den letzten Tagen mehrfach gegenüber von Lessings Haus geparkt und Deubner glaubt, dass auch immer eine Person darin gesessen habe. Ob es sich dabei um einen Mann oder eine Frau handelte, konnte er allerdings nicht sagen«, erklärte Beck.

»Das hört sich ja fast so an, als ob der Arzt beobachtet wurde. Konnte sich der Zeuge zufällig an das Kennzeichen erinnern?«, hakte Hansen nach.

»Leider nein.«

»Wäre ja auch zu schön gewesen. Und weiße Astras gibt es in Aachen und Umgebung sicherlich wie Sand am Meer. Dennoch sollten wir diesen Hinweis im Hinterkopf behalten. Apropos Hinweis. Hat sich Laura eigentlich noch nicht gemeldet?«

»Das Team ist eben erst vom Tatort Lessing zurückgekehrt«, meinte Marquardt. »Ich habe sie zufällig in der Kantine getroffen.«

»Gut. Dann warten wir, bis sie sich gestärkt hat. Jens, Markus, ich weiß, dass ihr euch eigentlich um die Überprüfung der Firmen, die Sicherheitstechnik anbieten, kümmern wolltet. Aber das muss jetzt erst mal warten. Ich möchte, dass ihr euch erst mal mit Lessing beschäftigt. Stellt mir bitte ein Dossier zusammen. Ich möchte bis heute Abend alles über den Mann wissen, was ihr finden könnt. Wenn ihr sonst keine weiteren Fragen habt, sollten wir wieder an die Arbeit gehen.«

Da dies nicht der Fall war, beendete Hansen die Besprechung. Zusammen mit Riedmann machte er sich umgehend auf den Weg ins Marienhospital, um Diana Leuffgen zu besuchen. Zu ihrer Überraschung stellten sie dort fest, dass die junge Frau schon wieder auf eigene Verantwortung entlassen worden war. Also suchten sie die Arzthelferin zu Hause auf. Nach mehrfachem Klingeln öffnete sie den beiden mit verquollenen Augen die Tür. Sie schien immer noch unter dem Einfluss der Beruhigungsmittel zu stehen.

»Hallo, Frau Leuffgen. Eigentlich haben wir damit gerechnet, Sie im Krankenhaus anzutreffen. Ich hoffe, es geht Ihnen schon wieder besser«, begrüßte Hansen sie.

»Es geht einigermaßen«, antwortete sie. »Krankenhäuser sind nicht so meine Sache. Auch wenn das aus dem Mund einer Arzthelferin sicherlich seltsam klingt. Deshalb habe ich mich selbst wieder entlassen. Aber ich habe natürlich schon mit Ihrem Besuch gerechnet.«

Sie führte Hansen und Riedmann in das kleine, von IKEA-Möbeln dominierte Wohnzimmer.

»Wie lange haben Sie schon für Doktor Lessing gearbeitet?«, begann Hansen vorsichtig.

»Seit meiner Ausbildung. Also, seit ungefähr sieben Jahren«, antwortete sie.

»Und wie war er als Chef?«

»Er war ein toller Arbeitgeber. Fast immer gut gelaunt. Immer freundlich zu uns Angestellten und zu den Patienten. Ich kann jedenfalls nichts

Negatives über ihn sagen. Und das gilt sicherlich auch für meine beiden Kolleginnen. Er legte großen Wert auf ein harmonisches Arbeitsumfeld. Und das hatten wir auch. Er war beliebt bei den Patienten.«

»Wo waren eigentlich Ihre Kolleginnen heute Morgen?«

»Tanja ist diese Woche krank. Und die Uli arbeitet donnerstags nur nachmittags. Deshalb hatte ich das Pech, meinen Chef zu finden«, antwortete Leuffgen, und wieder kämpfte sie mit den Tränen.

»Könnten Sie uns bitte die Namen und Adressen ihrer Kolleginnen aufschreiben. Wir wollen sie später auch noch befragen.«

Während sie etwas zu schreiben holte, stellte Hansen auch schon die nächste Frage.

»Wissen Sie, ob es in Michael Lessings Leben eine Frau gab?«

»Nein, gab es nicht. Obwohl er blendend aussah. Er scherzte immer darüber, dass er gar keine Zeit für eine Frau hätte, weil er ja so viel arbeitete. Aber er hatte häufig wechselnde Liebschaften.«

Nachdem Leuffgen die Namen und Adressen ihrer beiden Kolleginnen notiert hatte, reichte sie Hansen den Zettel. Er warf einen flüchtigen Blick auf die Namen.

»Sagten Sie nicht eben etwas von zwei Kolleginnen? Hier auf dem Zettel stehen aber drei Namen«, stellte Hansen verwundert fest.

»Susanne Schäfer, der dritte Name auf der Liste, ist unsere neue Reinigungskraft. Sie arbeitet seit zwei Monaten bei uns. Ihre Adresse kenne ich leider nicht. Aber das könnte ich zur Not in den Arbeitsunterlagen in der Praxis nachschlagen.«

»Das ist sehr freundlich, aber nicht notwendig. Das kostet uns nur einen Anruf und wir haben die Adresse«, entgegnete Hansen. »Können Sie sonst noch irgendwelche Angaben über Lessings Familie oder über seinen Freundes- und Bekanntenkreis machen?«

»Doktor Lessing hatte noch einen Bruder, den er hin und wieder besuchte. Wenn ich das richtig in Erinnerung habe, wohnt der Bruder in Dresden.«

»Sagten Sie gerade Dresden?«, fragte Hansen ungläubig nach. Er tauschte einen überraschten Blick mit Riedmann aus.

»Ja sicher. Doktor Lessing stammt ursprünglich aus Dresden. Wussten Sie das nicht?«

»Nein, bis gerade nicht. Was können Sie uns über den Bruder erzählen?«

»Nichts. Ich bin ihm nie persönlich begegnet. Ein oder zwei Mal habe ich mit ihm telefoniert, wenn er versuchte, meinen Chef in der Praxis zu erreichen.«

»Eine letzte Frage noch, Frau Leuffgen, dann sind Sie uns auch schon wieder los. Haben Sie irgendeine Vorstellung, wer das ihrem Chef angetan haben könnte?«

Sie überlegte nur kurz, bevor sie antwortete.

»Darüber habe ich schon den ganzen Tag nachgedacht. Aber ich habe nicht die leiseste Ahnung. Er war ein liebenswürdiger Mensch. Ich kann immer noch nicht fassen, was da passiert ist.«

Hansen entging nicht, dass die junge Frau erneut mit den Tränen kämpfte.

»Fürs Erste haben wir dann auch keine weiteren Fragen. Ruhen Sie sich jetzt erst einmal aus«, sagte er in fürsorglichem Ton, bevor er aufstand und ihr die Hand zum Abschied reichte.

»Auf Wiedersehen Frau Leuffgen«, verabschiedete sich nun auch Riedmann, der während des gesamten Gesprächs schweigend zugehört hatte.

Schon im Flur stehend wandte sich Hansen noch einmal an Leuffgen. »Das wäre mir glatt noch durchgegangen. Kennen Sie jemanden, der einen weißen Astra fährt?«

Sie schüttelte traurig ihren Kopf.

»Nein, Herr Kommissar. Leider nicht.«

»Schade, aber nicht zu ändern. Dann sind Sie uns jetzt auch wirklich los!«

Kapitel 17

Anschließend machten sich Hansen und Riedmann zu den anderen beiden Sprechstundenhilfen auf. Die Befragung von Ulrike Pätzold und Martina Palmen verlief nach dem gleichen Muster wie bei Diana Leuffgen. Aber hier ergaben sich keine neuen Erkenntnisse, die sie weitergebracht hätten. Die Frauen beschrieben Lessing als stets freundlichen und höflichen Mann. Sehr charmant und vor allem bei den weiblichen Patienten sehr beliebt.

Und trotzdem war er jetzt tot, dachte Hansen, als die beiden Ermittler wieder auf die Straße traten. Der letzte Name auf Leuffgens Liste war Susanne Schäfer, die Putzfrau von Lessing. Wie sie herausfanden, wohnte sie auf der Krefelder Straße. Leider trafen sie sie nicht zu Hause an. Hansen glaubte ohnehin nicht, dass die Frau ihnen helfen konnte, da sie noch nicht lange bei dem Arzt arbeitete. Zurück im Präsidium nahm Riedmann Kontakt zur BStU auf. Er hoffte, dass es auch über den Arzt eine Akte gab. Hansen selbst rief Laura Decker an.

»Karl, mein Freund, wat jibbet?«, begrüßte ihn die Leiterin der Spurensicherung. Natürlich hatte sie Hansens Nummer im Display erkannt. Hansen musste immer schmunzeln, wenn sie ins Öcher Platt verfiel. Ähnlich wie sein Vater es mit dem norddeutschen Platt machte, wenn die beiden miteinander sprachen.

»Hallo, Laura. Ich hoffe, Du hast den entscheidenden Hinweis gefunden, oder liege ich da falsch?«

»Ganz soweit würde ich nicht unbedingt gehen. Aber wir haben tatsächlich ein paar interessante Dinge herausgefunden. Ich fange schon einmal mit der wichtigsten Erkenntnis an. Michael Lessing wurde definitiv von einer Frau ermordet. Das Labor hat nämlich CSI-mäßig mit Hochdruck die sichergestellten Hautpartikel analysiert und mir das vor ein paar Minuten bestätigt.«

»Also wie wir vermutet haben. Zwei unterschiedliche Täter.«

»Korrekt. Aber jetzt wird es erst richtig interessant. Der Mörder von Herbert Neumann und die Mörderin von Michael Lessing sind miteinander verwandt. Vermutlich sind es sogar Geschwister. Um das festzustellen, bedarf es aber weiterer Tests!«

»Geschwister?«, wiederholte Hansen ungläubig.

»Davon gehen wir aus. Und die Dame war nicht gerade zimperlich, was die Misshandlung von Lessing anging. Ich habe eben mit dem

Rechtsmediziner gesprochen. Er hat mir verraten, dass Lessing mit Rohypnol betäubt wurde. Das haben wir uns übrigens auch schon gedacht, da wir in dem Weinglas, aus dem der Arzt getrunken hatte, ebenfalls Rohypnolrückstände gefunden haben. Er wurde gefesselt und misshandelt, unter anderem mit einem Totschläger. Lessing ist definitiv erstickt, wobei die Todesursache immer noch unklar ist. Bode tippt auf ein Gift. Das Ergebnis der toxikologischen Untersuchung steht allerdings noch aus. Lessing ist definitiv nicht durch äußere Gewaltanwendung gestorben. Genaueres wird uns diesbezüglich erst Bodes Bericht sagen können.«

»Bonnie und Clyde in Aachen«, meinte Hansen lakonisch.

»Michael Lessing hat seine Mörderin selbst in die Wohnung hineingelassen«, fuhr Decker fort. »Es gibt keinen Hinweis, dass das Schloss der Wohnungstür manipuliert wurde.«

»Und was ist mit dem Lippenstift, den du an dem zweiten Weinglas entdeckt hast?«

»Schöne Farbe, ansonsten aber leider eine Sackgasse. Den bekommst du in jedem Drogeriemarkt. Lohnt sich also nicht nachzugehen. Dafür haben wir aber etwas andreres gefunden, das für euch interessant sein könnte. Ich würde an eurer Stelle einmal das Belvedere am Lousberg aufsuchen. Da hat Lessing nämlich gestern Abend vorzüglich gespeist. Wir haben eine Rechnung im Portemonnaie des Toten gefunden! Der Rechnungsbeleg ist von einundzwanzig Uhr fünfunddreißig. Wenn man den möglichen Todeszeitpunkt bedenkt, ergibt sich da ein ziemlich kleines Zeitfenster. Vielleicht ist er dort sogar seiner späteren Mörderin begegnet.«

»Oder er hat die Frau schon vorher gekannt und sich zu Hause verabredet.«

»Auch möglich. Aber das herauszufinden ist dann eure Aufgabe. Das kann ich ja nicht auch noch übernehmen.«

»Immer einen flotten Spruch auf den Lippen, Frau Kollegin«, erwiderte Hansen. »Aber mal im Ernst. Gute Arbeit. Wir gehen dem nach.«

»Ach, bevor ich das vergesse. Neumann war Patient von Lessing.«

»Das wussten wir schon. Und beide stammen aus Dresden. Stefan geht diesem Hinweis bereits nach.«

»Dann wünsche ich dir jetzt einen schönen Feierabend. Bei mir ist noch einiges zu erledigen bis zum wohlverdienten Feierabendbier.«

»Wohl bekomms. Bis morgen!«, erwiderte Hansen und beendete das Telefonat.

Anschließend suchte er Riedmann in dessen Büro auf und berichtete ihm von den Neuigkeiten.

»Es geht also voran«, stellte Riedmann fest. »Was mir der Mitarbeiter des BStU mitgeteilt hat, ist allerdings auch nicht von schlechten Eltern. Doktor Michael Lessing hat nämlich zur gleichen Zeit im Gefängnis in Bautzen gearbeitet wie Herbert Neumann. Wenn du mich fragst, besteht da ein Zusammenhang.«

»Fragt sich nur welcher? Zwei Tote, zwei Mörder. Wobei die Täter sehr wahrscheinlich Geschwister sind. Das ist alles sehr seltsam. Also gut, versuchen wir Licht ins Dunkle zu bringen und fahren erst mal zum Lousberg.«

Kapitel 18

Aufgrund der Baustellen im Aachener Zentrum brauchten die beiden Ermittler selbst zu der frühen Abendzeit fast zwanzig Minuten, bis sie das Restaurant erreichten. Ein sehr alt wirkender Kellner in schwarzem Frack konnte ihnen bestätigen, dass Michael Lessing am Vorabend hier zu Abend gegessen hatte. Und zwar alleine. Wie jeden Mittwoch, wenn er nicht krank oder im Urlaub war. Auch die anderen Angestellten bestätigten diese Aussage. Anschließend wandte Hansen sich noch an den Barkeeper, der gerade Gläser trocknete.

»Kennen Sie diesen Mann?«, fragte Hansen, während er ihm ein Bild von Michael Lessing auf seinem Smartphone zeigte. »Er war gestern Gast im Restaurant, wie uns Ihre Kollegen bestätigt haben.«

»Na klar, der war gestern hier. Der hat mit so einer scharfen Blondine einen Cocktail an meiner Bar getrunken.«

»Haben Sie den Mann vorher schon einmal in Begleitung dieser Frau hier gesehen?«

»Nein, definitiv nicht. Ihn habe ich schon öfter im Restaurant gesehen. Er war Stammgast im Belvedere. Die Frau habe ich gestern das erste Mal gesehen, soweit ich mich erinnern kann.«

»Wäre es möglich, dass Sie morgen früh um neun Uhr aufs Präsidium kommen, damit wir ein Phantombild erstellen können?«

»Selbstverständlich kann ich das. Aber könnten Sie mir vielleicht erklären, warum das notwendig ist?«

»Michael Lessing wurde ermordet und die Frau könnte etwas damit zu tun haben. Also morgen neun Uhr auf dem Präsidium«, erwiderte Hansen, während er seine Visitenkarte auf die Theke legte. Damit war die Befragung beendet.

»Lessings Mörderin hatte doch kurzes schwarzes Haar«, meinte Riedmann auf dem Weg zurück zum Auto.

»Richtig. Aber es wäre doch möglich, dass sie eine Perücke getragen hat. Hast du daran schon einmal gedacht?«

»Das könnte natürlich stimmen.«

»Und jetzt machen wir erst mal Feierabend für heute! Morgen um neun Uhr treffen wir uns zur Frühbesprechung.«

Kapitel 19

Freitag, 22. September 2017

Wie so oft, wenn die Ermittlungen komplizierter wurden, hatte Hansen nicht gut schlafen können. Deshalb war er gegen Viertel vor sechs aufgestanden und ins Präsidium gefahren. Er wollte noch mal in Ruhe die bisherigen Ermittlungsergebnisse durchgehen. Als er sein Büro betrat, entdeckte er ein Schriftstück auf dem Schreibtisch. Es handelte sich um das Dossier von Lessing, das die Kollegen Beck und Marquardt erstellt hatten. Darin stand, dass Lessing 1961 in Dresden geboren worden war. Sein Medizinstudium hatte er 1985 beendet. Er wechselte sofort in den Staatsdienst. Was diesen Punkt anging, hatte Riedmann ja bereits herausgefunden, was dies bedeutete. Nach dem Mauerfall hatte er noch einige Jahre in seiner Heimatstadt als Hausarzt gearbeitet. 1993 dann der Umzug nach Aachen, wo er auch seine Doktorarbeit schrieb. Lessing war nie verheiratet gewesen, hatte keine Kinder gehabt. Er verfügte über ein nicht unerhebliches Privatvermögen. Alles in allem machte es den Eindruck, das Lessing ein unauffälliges Leben geführt hatte. Nahm man noch die Aussagen seiner Angestellten hinzu, gab es auf den ersten Blick keinen Grund, warum er sterben musste. Aber es gab da eben diese Gemeinsamkeit zwischen den beiden Todesopfern. Kannten sie sich aus Dresden? Gegen Viertel nach sieben beschloss Hansen, frühstücken zu gehen. Allerdings nicht in die Polizeikantine, sondern in sein Stammcafé am Aachener Markt. Nach knapp zehn Minuten Fußmarsch hatte er den Platz vor dem Aachener Rathaus erreicht. Er bestellte sich, wie fast immer, ein großes Standardfrühstück. Eine weitere Stunde später befand er sich auf dem Rückweg ins Präsidium. Natürlich fing es auf halbem Weg an zu nieseln. Typisch für Aachen. Die Stadt war nicht umsonst für unbeständiges Wetter bekannt. Hansen hasste Regen. Er erreichte das alte Gebäude der Polizei zeitgleich mit Laura Decker.

»Guten Morgen, Laura. Gut, dass ich dich treffe. Dann kann ich dich direkt mal etwas fragen.«

»Morgen, Karl. Dann schieß mal los.«

»Du erwähntest gestern, dass die in Lessings Wohnung sichergestellten Spuren noch nicht alle ausgewertet sind. War bei den Proben zufällig ein langes blondes Haar dabei? Möglicherweise künstlich. Von einer Perücke zum Beispiel?«

»Wenn ich mich recht erinnere, ja. Warum fragst du?«

»Wir sind gestern deinem Hinweis nachgegangen und haben die Angestellten im Belvedere befragt. Tatsächlich wurde Lessing dort in Begleitung einer Frau gesehen. Der Beschreibung eines Barkeepers nach handelte es sich um eine blonde Frau mit langen Haaren. Du hast aber davon gesprochen, dass die Mörderin kurzes schwarzes Haar hatte. Gehen wir einmal davon aus, dass es sich bei der Frau um ein und dieselbe Person handelt, dann muss sie eine Perücke getragen haben.«

»Ah, ich verstehe. Das klingt logisch. Ich habe dieser Haarprobe noch nicht so viel Bedeutung beigemessen, obwohl wir es auf der Couch im Wohnzimmer gefunden haben. An der Kleidung des Toten befand sich nämlich kein vergleichbares Haar. Außerdem haben wir auf der Couch einige Haarproben sichergestellt. Der Länge nach zu urteilen, stammen die offensichtlich von diversen Damen. Und weil ich wusste, dass Lessing häufig wechselnde Liebschaften hatte, habe ich da keine direkte Verbindung gesehen. Aber nach dem, was du gerade gesagt hast, könnte ich mich da geirrt haben.«

»Bestünde denn die Möglichkeit, anhand der Haarprobe Rückschlüsse auf den Hersteller der Perücke zu machen?«

»Das weiß ich ehrlich gesagt nicht. Aber ich werde mich darum kümmern. Der Bericht der Rechtsmedizin liegt uns mittlerweile übrigens vor. Doktor Bode hat mich per SMS informiert, dass er uns den Bericht per Mail geschickt hat. Die Akte reicht er später nach.«

»Dann bin ich mal gespannt, ob er die Todesursache herausfinden konnte.«

»Ich auch. Wir sehen uns dann gleich bei der Frühbesprechung.«

»Bis gleich, Laura.«

Und damit trennten sich ihre Wege. Zwanzig Minuten später begann die Dienstbesprechung, diesmal ohne Hellhausen. Hansen kam gleich zur Sache.

»Der Abschlussbericht der Rechtsmedizin liegt uns nun vor. Lessing wurde eine tödliche Dosis des Giftes Curare injiziert. Ein ziemlich qualvoller Tod durch langsames Ersticken bei völliger Bewegungsunfähigkeit des Opfers.«

»Womit wieder mal das Klischee erfüllt wird, dass Frauen am liebsten mit Gift töten«, warf Marquardt in die Runde.

»Wobei die Frau vorher nicht gerade zimperlich mit ihrem Opfer umgegangen ist. Multiple Verletzungen durch Hiebe, eventuell mit einem

Schlagring, sind in der Regel nicht die feine englische Art einer Dame. Und nicht zu vergessen die Verletzungen, die dem Opfer durch das Messer zugefügt wurden. Da war eine Menge Wut im Spiel«, erwiderte Laura Decker.

»Fakt ist, wir haben es mit zwei unterschiedlich durchgeführten Morden zu tun, die mit ziemlicher Sicherheit von einem Mann und einer Frau ausgeführt wurden, die miteinander verwandt sind. Beide Opfer stammen aus Dresden und wir wissen, dass sie in der DDR in einem Gefängnis zusammengearbeitet haben.«

»Die Akte von Michael Lessing, die uns das BStU schicken wollte, liegt mir leider noch nicht vor«, ergriff nun Riedmann das Wort. »Aber nach allem, was wir wissen, denke ich auch, dass das Motiv für die Morde möglicherweise in der Vergangenheit der beiden Männer zu finden ist. Sonst würde die Dienstmarke, die wir bei der Leiche von Herbert Neumann gefunden haben, einfach keinen Sinn machen.«

»Und genau aus diesem Grund werden wir nach Dresden reisen müssen, Stefan.«

»Eine Dienstreise nach Dresden? Ist das denn wirklich notwendig, Karl?«, entgegnete Riedmann wenig begeistert.

»Ich sehe das im Moment als die einzige Chance, die Ermittlungen voranzutreiben und mehr über das mögliche Motiv zu erfahren. Wir müssen unbedingt Licht in das Dunkel der Vergangenheit beider Opfer bringen. Und das können wir nur vor Ort. Markus und Jens führen dann hier in Aachen die Ermittlungen weiter.«

»Hast du darüber schon mit Hellhausen gesprochen?«

»Nein, noch nicht. Aber er wird der Reise ohne Weiteres zustimmen, wenn ich ihm die Zusammenhänge erkläre«, entgegnete Hansen.

»Am besten kümmerst du dich schon einmal um eine Flug- oder Zugverbindung, Stefan. Ich möchte keine Zeit mehr verschwenden und auf dem schnellsten Weg nach Dresden«, wies der Kriminalhauptkommissar seinen Kollegen an und von Beck wollte er wissen, was bei der weiteren Recherche hinsichtlich der Jammer rausgekommen war.

»Bisher leider gar nichts. Wir müssen noch zwei Adressen überprüfen. Aber Laura hatte schon recht, als sie sagte, dass man im Internet mehr oder weniger ohne Probleme an so ein Gerät rankommt. Das haben uns die Inhaber der Geschäfte auch allesamt bestätigt. Sämtliche überprüfte Mitarbeiter hatten belegbare Alibis. Trotzdem bleiben wir natürlich an der Sache dran.«

»Gut. Aktuell wird eine Phantomzeichnung einer Frau erstellt, mit der Lessing am Abend vor seinem Tod im Belvedere am Lousberg gesehen wurde. Der Barkeeper hat ausgesagt, dass unser Mordopfer die Bar zusammen mit der Frau verlassen hat. Wir vermuten, dass sie eine Perücke mit langen, blonden Haaren trug. Ich möchte, dass ihr die Sache weiter verfolgt. Wie wir von Laura wissen, hatte Lessings Mörderin kurzes schwarzes Haar. Deshalb soll der Erkennungsdienst noch ein zweites Bild mit einer Kurzhaarfrisur erstellen. Die Fotos zeigt ihr dann bitte allen Personen aus dem Umfeld der beiden Toten. Möglicherweise bringt das ja etwas! Außerdem möchte ich, dass die Phantombilder an die Presse weitergeleitet werden. Und last but not least, möchte ich euch bitten, Lessings Putzfrau, diese Susanne Schäfer, noch einmal aufzusuchen. Ich verspreche mir zwar nicht viel davon, aber wer weiß? Fragt sie zum Beispiel nach dem weißen Astra.«

»Wir kümmern uns darum. Wie lange glaubst Du, dass ihr weg seid?«, erkundigte sich Marquardt.

»Kann ich im Moment noch nicht sagen. Nicht zu lange«, antwortete Hansen, der die Besprechung damit beendete.

Kapitel 20

»Ich soll euch allen Ernstes auf Grundlage einer Vermutung eine Dienstreise nach Dresden genehmigen?«, fragte Hellhausen ungläubig nach.

»Du weißt doch selbst, wie schön Dresden ist, Karl. Wie kannst du mir das verwehren wollen?«, feixte Hansen.

»Mir ist nicht nach Scherzen zumute. Wir haben zwei Tote in fünf Tagen zu beklagen. In so kurzer Zeit hat nicht mal der Racheengel zugeschlagen!« Hellhausen vermied bewusst, Paul Mertens beim Namen zu nennen. »Und mein Hauptermittler will sich auf Dienstreise begeben.«

»Aus gutem Grund.«

»Eigentlich nur wegen deines viel zitierten Bauchgefühls.«

»Nenn es, wie du möchtest. Ich kann deine Bedenken ja durchaus nachvollziehen. Aber ich versichere dir, dass wir nicht mit leeren Händen zurückkommen werden. Außerdem bin ich davon überzeugt, dass es am Sinnvollsten ist, wenn wir unsere Ermittlungen sowohl in Dresden als auch hier in Aachen vorantreiben!«

»Also gut, ich gebe mich geschlagen. Wenn du glaubst, dass die Reise nach Dresden unbedingt notwendig ist …«, meinte Hellhausen schließlich. »Ich werde mich noch heute mit den Dresdner Kollegen in Verbindung setzen und euren Besuch ankündigen.«

»Du wirst deine Entscheidung nicht bereuen«, erwiderte Hansen erleichtert.

»Damit das klar ist. Ihr fahrt mit eurem Dienstwagen. Das ist immer noch günstiger, als mit der Bahn zu fahren.«

»Ich dachte eigentlich eher an Fliegen. Aber mit dem Auto geht es natürlich auch«, gab Hansen nach, als er Hellhausens Gesichtsausdruck bemerkte.

Zurück in seinem Büro bemerkte Hansen eine BStU Akte, die Riedmann ihm offensichtlich auf den Schreibtisch gelegt hatte. Er überflog die darin enthaltenen Berichte, bis er auf einen Abschnitt stieß, den Riedmann mit einem Post-it markiert hatte. Demnach hatte es auch gegen Lessing eine Untersuchung gegeben. Eine Familie hatte 1990 Anzeige erstattet, um die Todesumstände ihres Sohnes Andreas Knipping zu klären. Er war offenbar während der Untersuchungshaft in Bautzen im Oktober 1989, also wenige Wochen vor dem Mauerfall, verstorben. Knipping wurde damals des Verbrechens gegen die staatliche und öffentliche Ordnung beschuldigt. Gegen Lessing wurde ermittelt, weil er den Totenschein ausgestellt hatte. Und wie man der Akte entnehmen konnte, war der Schein das einzige Dokument, das die Aktenvernichtung durch die Stasi unbeschadet überstanden hatte. Deshalb gab es auch keine weiteren Personen, gegen die ermittelt werden konnte. Die offizielle Todesursache war Herzversagen. Laut Obduktion, die ebenfalls in Bautzen durchgeführt worden war, kam es durch die Stresssituation infolge eines angeborenen Herzfehlers, von dem die Eltern behaupteten, dass es ihn nicht gegeben habe, zum Herzstillstand. Zwar gab es in der Krankenakte tatsächlich keinen Hinweis darauf, dass Knipping an einem Herzfehler litt. Trotzdem wurde der Vorfall seitens des damals zuständigen Staatsanwaltes nicht weiter verfolgt. Es gab nicht einmal eine Exhumierung des Leichnams, um die Todesumstände zu klären. Die Parallelen zwischen den Todesfällen von Andreas Knipping und Guido Sommer waren mehr als offensichtlich. Intuitiv nahm Hansen noch einmal die Akte von Neumann zur Hand, um zu überprüfen, wer damals Sommers Totenschein unterschrieben hatte. Aber der Name des unterzeichnenden Arztes war geschwärzt. Trotzdem glaubte er nicht an einen Zufall.

»Die schnellste kurzfristige Verbindung nach Dresden ist heute Abend um dreiundzwanzig Uhr mit dem ICE. Ich habe bereits zwei Tickets für uns reserviert«, meinte Riedmann, als er Hansens Büro betrat.

»Die kannst du direkt wieder stornieren. Richard hat uns verdonnert, mit dem Dienstwagen zu fahren. Wir sollen keine Zeit mehr verlieren. Wir werden zu Hause noch ein paar Sachen packen. Und dann geht´s ab nach Dresden.«

»Na toll«, murrte Riedmann. »Wie ich sehe, hast du dich schon mit der Akte beschäftigt.«

»Das habe ich. Wirklich interessant.«

»Es ist auf jeden Fall auffällig, dass die Namen beider Mordopfer in Zusammenhang mit dem Tod junger Männer auftauchen, die angeblich an Herzversagen gestorben sind. Mich würde es jetzt nicht sonderlich überraschen, wenn wir herausfinden, dass Neumann in Bautzen die Befragung von Andreas Knipping durchgeführt hat.«

»Du sagst es. Wer weiß, was wir in Dresden noch so alles herausfinden werden?«

»Oder wir treffen auf eine Mauer des Schweigens. Wer redet schon gerne über ein Stück Geschichte, das man seit Jahrzehnten erfolgreich verdrängt hat?«, meinte Riedmann.

»Wir werden es bald wissen, Stefan. Und jetzt lass uns aufbrechen. Wir haben noch einen langen Tag vor uns.«

»Ich lasse meinen Wagen auf dem Präsidiumsparkplatz stehen und nehme den Dienstwagen. Ich hole dich in etwa einer Stunde zu Hause ab.«

»So machen wir es. Bis dann.«

Kapitel 21

Zu Hause entdeckte Hansen auf dem Küchentisch eine Nachricht seiner Frau Christine, dass sie heute länger arbeiten müsse und er mit dem Essen nicht auf sie warten solle. Er rief sie auf der Arbeit an und berichtete, dass er in weniger als einer halben Stunde auf eine Dienstreise nach Dresden aufbrechen würde. Ihre Begeisterung hielt sich, wie nicht anders zu erwarten war, in Grenzen. Nun musste sie das Wochenende allein verbringen. Er packte seine Reisetasche und wartete auf Riedmann, der schon ein paar Minuten später an der Haustür klingelte. Die Reise nach Dresden konnte beginnen. Nach acht Stunden und zwei endlos langen Staus erreichten Hansen und Riedmann gegen einundzwanzig Uhr die kleine Pension im Stadtgebiet von Dresden. Auf der Fahrt dorthin hatte Beck sie darüber informiert, dass die bisherige Suche nach der mutmaßlichen Mörderin von Lessing ergebnislos geblieben war. Weder die Befragung im Umfeld der beiden Toten noch die Suchaktion auf Facebook hatten Erfolge gezeigt. Auch die Verbindungsnachweise von Lessings Festnetzanschluss und dem Handy des Toten, die mittlerweile vorlagen, waren für die Ermittler wenig aufschlussreich. Nach einem kurzen Abendessen in einer Pizzeria in der Nähe und einem gemütlichen Bier in einer Eckkneipe, ließen Hansen und Riedmann den Tag ausklingen.

»Das nächste Mal wird es nicht so leicht werden«, stellte er nüchtern fest, als sie ihre Jacke anzog.

»Das ist mir egal. Dieses Schwein soll leiden. Noch mehr, als Neumann und Lessing. Versprich mir, dass er nicht davon kommt!« Sie sah ihn festen Blickes an.

»Das wird er nicht. Versprochen!«

Sie drehte sich um und nahm ihre Autoschlüssel, die am Schlüsselhaken im Dielenflur hingen.

»Ich muss jetzt zur Nachtschicht. Keine Ahnung, wann ich wieder zu Hause sein werde.«

»Nur noch ein paar Tage. Dann haben wir es geschafft«, erwiderte er.

Ohne zu antworten, verließ sie die Wohnung. Er nahm sein Handy und wählte eine Nummer, die er in den letzten Tagen häufiger angerufen hatte.

»Hallo«, meldete sich der Mann am anderen Ende der Leitung.

»Ich wollte dir sagen, dass die letzte Phase begonnen hat.«

»Gut. Wie geht es ihr?«

»Sie ist stark, wie schon die ganze Zeit über!«

»Haltet euch an den Plan. Dann kann eigentlich nichts schiefgehen. Die Sache ist bald vorüber«, erwiderte der Angerufene, bevor er das Gespräch beendete.

Kapitel 22

Samstag, 23. September 2017

Um sieben Uhr dreißig klingelte Hansens Wecker. Während Riedmann unter der Dusche des Doppelzimmers stand, tätigte sein Chef bereits den ersten Anruf. Er beauftragte Markus Beck noch einmal, sämtliche Nachbarn der beiden Ermordeten aufzusuchen, um sie gezielt nach dem weißen Opel Astra zu befragen. Möglicherweise hatten ja noch andere Zeugen den Wagen in den Tagen vor den Morden in der Nähe beider Tatorte gesehen. Gerade hatte er das Gespräch beendet, als Riedmann aus dem Bad herauskam.

»Hast du gerade mit Christine gesprochen?«

»Nein, die rufe ich später an. Im Gegensatz zu uns kann sie ja heute ausschlafen. Ich habe Markus gebeten, die Nachbarn von Neumann und Lessing noch einmal gezielt nach dem weißen Astra zu befragen. Kann ich jetzt ins Bad?«

»The bathroom is yours.«

Gegen acht Uhr saßen beide Ermittler im kleinen Speisezimmer der Pension. Es war ein gemütlich eingerichteter Raum, in dem bereits drei andere Gäste, jeder an einem eigenen Tisch, saßen.

»Das ist eine nette kleine Pension, die du so kurzfristig aufgetrieben hast«, meinte Hansen.

»Das Internet macht´s möglich. Aber Du hast recht. Diese Pension hat einen gewissen Charme.«

»Selbst die Betten waren wunderbar. Meistens habe ich nämlich Rückenschmerzen, wenn ich nicht zu Hause schlafe.«

Der Kellner, ein Mann um die sechzig, trat an den Tisch und begrüßte die beiden freundlich.

»Guten Morgen, die Herren. Was darf ich Ihnen zu trinken bringen? Tee oder Kaffee?«

Von dem Kellner erfuhr Hansen, dass die Pension ein reiner Familienbetrieb war. Er und sein Bruder betrieben die Pension zusammen mit ihren beiden Frauen. Sie hielten den kompletten Betrieb am Laufen, angefangen von den Zimmern bis hin zur Gästebetreuung.

Nach dem Frühstück brachen die beiden Ermittler zum Dresdner Hauptkommissariat in der Schießgasse nahe des Pirnaischen Platzes auf. Die Architektur des Bauwerks aus dem neunzehnten Jahrhundert beeindruckte Hansen und Riedmann gleichermaßen. Dagegen war das Aachener Präsidium geradezu winzig. An der Anmeldung erkundigte sich Hansen nach Kriminalrat Helmut Schultze, der ihnen von Hellhausen als Kontaktperson genannt worden war. Der Beamte an der Anmeldung wies ihnen den Weg in den ersten Stock.

»Guten Morgen, die Herren«, sagte der Kriminalrat, als Hansen und Riedmann das Büro betraten. Schultze erhob sich von seinem Platz hinter dem Schreibtisch und streckte ihnen die Hand entgegen. Er war höchstens ein Meter siebzig groß, schätzte Hansen, hatte aber einen äußerst festen Händedruck, den Hansen von dem dünnen Mann kaum erwartet hatte. Schultze trug passend zu dem bereits ergrauten Vollbart einen grauen Anzug. Mit seinen blauen Augen musterte der Mann die beiden Ermittler.

Hansen stellte sie beide vor. »Bevor wir zum dienstlichen Teil kommen, würden wir Ihnen gerne ein Gastgeschenk überreichen«, meinte er, während Riedmann eine kleine Holzkiste auf den Schreibtisch des Kriminalrates stell-te.

»Printen aus Aachen. Vielen Dank. Die sind ja fast so bekannt wie unser Christstollen«, stellte Schultze fest, nachdem er den Inhalt der Kiste inspiziert hatte.

»Na ja, Öcher Prin ..., ach lassen wir die Haarspalterei. Ich denke, beide Städte sind sowohl für ihre Sehenswürdigkeiten als auch für ihr weltbekanntes Weihnachtsgebäck berühmt.« Hansen lächelte.

»Da haben Sie auch wieder recht. Der Grund Ihres Besuchs wurde mir ja bereits von meinem Amtskollegen mitgeteilt«, kam Helmut Schultze gleich zur Sache. »Sie werden durch uns jegliche Unterstützung bekommen, die sie in dieser Angelegenheit benötigen. Aber bitte bedenken Sie, dass Ihr Handlungsspielraum in Dresden gewissen Regeln unterliegt.«

»Wir sind dankbar für jegliche Unterstützung«, meinte Hansen vorsichtig abwägend. »Was unseren Handlungsspielraum angeht, werden wir uns selbstverständlich an die Spielregeln halten. Schließlich können wir nur mit Ihrer Mithilfe überhaupt irgendetwas erreichen«, fuhr er fort.

»Verdammt schlimme Sache, die da bei Ihnen passiert ist«, meinte Schultze. »Kriminalrat Hellhausen hat mir in groben Zügen davon erzählt, aber ich würde es gerne noch einmal persönlich von Ihnen hören.«

Nachdem Hansen die momentanen Erkenntnisse zusammengefasst hatte, antwortete Schultze: »Ich werde Ihnen einen meiner besten Ermittler zur Verfügung stellen. Oberkommissar Marcus Dohms. Er wird Sie begleiten und bei den Ermittlungen unterstützen. Allerdings muss ich Sie noch vorwarnen.« Schultze machte eine kurze Pause, als müsse er erst noch nach den richtigen Worten suchen. »Erfahrungsgemäß haben viele Leute hier in Ostdeutschland leider immer noch gewisse Vorbehalte Personen aus dem Westen gegenüber. Gerade dann, wenn Sie Fragen zur Vergangenheit in der DDR stellen, könnte es sein, dass man sich etwas unkooperativ Ihnen gegenüber verhält. Sie sollten sich davon aber nicht entmutigen lassen. Zeigen Sie einfach das nötige Fingerspitzengefühl. Dann wird's schon klappen.«

»Wir werden uns schon darauf einstellen«, entgegnete Hansen, der auch schon an diesen Punkt gedacht hatte. Was wusste er schon von der DDR? Kurz nach der Wende war er ein paar Mal in Berlin, Eisenach und Weimar gewesen, aber das waren nur kurze Besuche gewesen. Von dem, was die Menschen damals erfahren hatten, hatte er keine genaue Vorstellung.

»Ich stelle Ihnen jetzt den Kollegen vor. Er wurde bereits instruiert, soweit das möglich war, und wartet nur auf einen Anruf von mir«, meinte Kriminalrat Schultze und nahm den Telefonhörer in die Hand.

Kurze Zeit später klopfte es dann auch schon an der Tür. Der Mann, der das Büro betrat, war ein muskelbepackter Hüne, den Hansen auf Anfang bis Mitte dreißig schätzte. Sein Schädel war kahlrasiert. Aber sein breites Lächeln, das makellos weiße Zähne zeigte, stand im völligen Kontrast zu seinem äußeren Erscheinungsbild.

»Guten Morgen, Marcus. Das sind die beiden Hauptkommissare von der Mordkommission aus Aachen. Karl Hansen und sein Kollege Stefan Riedmann. Du wirst sie bis auf Weiteres begleiten, so wie wir das bereits besprochen haben.«

»Guten Morgen zusammen«, begrüßte Dohms die Anwesenden freundlich. Aber statt den beiden Ermittlern die Hand zu reichen, reckte er den kleinen Finger seiner rechten Hand zur Begrüßung in die Luft, was ihm einen fragenden Blick seines Vorgesetzten einbrachte.

»Wie ich sehe, ist Kollege Dohms mit einem Stück Aachener Kulturgut vertraut«, stellte Hansen erfreut fest.

»Das Internet ist manchmal sehr hilfreich.«

»Könnten die Herren mich vielleicht auch kurz aufklären?«, meinte Schultze irritiert.

»Das ist der Klenkes, Chef. Ein Erkennungszeichen von Aachenern untereinander. Ich bin zwar kein Aachener, aber ich fand das eigentlich ganz witzig.« Dohms lachte.

»Nun denn«, brummte Schultze immer noch verwundert. »Nachdem die Herren sich miteinander bekannt gemacht haben, werde ich ja sicherlich nicht mehr gebraucht«, meinte der Kriminalrat.

»Ich denke, dass wir bei dem Kollegen Dohms in guten Händen sind«, entgegnete Hansen und sie verabschiedeten sich von Schultze.

»Dann werde ich Ihnen unser schönes Dresden einmal näher bringen«, fuhr Marcus Dohms fort. »Bitte folgen Sie mir unauffällig. Womit wollen wir beginnen?«

»Als Erstes würden wir gerne mit Josef Lessing, dem Bruder des zweiten Opfers sprechen.«

»Er wohnt nicht weit von hier«, erwiderte Dohms. »Knapp zehn Minuten vom Präsidium entfernt. Nachdem Schultze mich gestern darum gebeten hat, Sie zu unterstützen, war ich so frei und habe mich ein wenig erkundigt. Ich habe im Internet die Zeitungsberichte über die beiden Mordfälle gelesen und heute Morgen habe ich mit Ihrer Dienststelle telefoniert, um ein paar Details zu erfahren. Ihr Kollege Jens Marquardt war sehr auskunftsfreudig.«

»Das nenne ich einmal vorbildlichen Einsatz«, sagte Hansen anerkennend.

»Ich wollte die Zeit nicht damit verplempern, dass Sie mir erst alle Informationen geben müssen. Ich werde sicherlich noch genug Fragen haben.«

Marcus Dohms führte die beiden in den Innenhof des Präsidiums, wo sein Dienstwagen, ein schwarzer BMW, parkte. Während der Fahrt sprachen sie zunächst kein weiteres Wort über die Ermittlungen. Stattdessen informierten sich Hansen und Riedmann ganz allgemein über Dresden und das Leben hier. Marcus Dohms sprach voller Stolz über seine Heimatstadt und die Entwicklung in den letzten Jahren. Hansen hörte interessiert zu. Letztlich musste er sich eingestehen, dass er im Grunde wenig über die Stadt wusste. Schließlich erreichten sie die Klingestraße im Stadtteil Löbtau, wo Dohms den Wagen plötzlich stoppte und in eine Parklücke steuerte.

Sie brauchten nur ein paar Schritte zu gehen, bis sie ihr Ziel erreichten. Vor einem großen Mehrfamilienhaus blieben sie stehen. Der Dresdner Kollege drückte auf einen der zahlreichen Klingelknöpfe und kurze Zeit später summte der Türöffner der Eingangstüre. Es folgten zahllose Stufen, die die drei Männer erklommen. Schließlich erreichten sie den fünften Stock. Der Flur teilte sich in zwei Richtungen auf. Dohms entschied sich kurzerhand für den Flur zu seiner linken. Hansen und Riedmann folgten ihm, wobei Dohms an jeder Wohnungstür einen kurzen Blick auf die dort angebrachten Namensschilder warf. An der fünften Tür des Flurs blieb er dann stehen und betätigte erneut die Klingel.

Der Mann, der ihnen öffnete, war nach Hansens erster Einschätzung älter als sein ermordeter Bruder. Er schätzte ihn auf Anfang bis Mitte sechzig. Josef Lessing wirkte verunsichert, als er die drei Männer vor seiner Tür erblickte.

»Was kann ich für Sie tun?«, fragte er zaghaft.

»Dohms, Dresdner Mordkommission. Und die beiden Männer hier sind Kollegen aus Aachen. Hauptkommissare Karl Hansen und Stefan Riedmann. Dürfen wir kurz hereinkommen?«

»Ich nehme an, es geht um meinen Bruder?«, fragte Lessing.

Lessing machte eine ausschweifende Armbewegung, mit der er die Männer aufforderte hereinzutreten. Sie folgten ihm in sein Wohnzimmer. Die Wohnung war nicht besonders groß, aber sehr gepflegt. Der Fernseher lief. Irgendeine Realitysoap.

»Ist meine einzige Beschäftigung, seit ich in Frührente gehen musste. Der Rücken machte nicht mehr mit«, sagte er entschuldigend. »Aber setzen Sie sich doch bitte, meine Herren«, meinte Lessing und zeigte auf die Couch, während er selbst Platz in seinem Fernsehsessel nahm. Da auf der Couch nur Platz für zwei Personen war und es in dem Raum keine weitere Sitzmöglichkeit gab, blieb Dohms kurzerhand stehen.

»Bevor Sie Ihre Fragen stellen, möchte ich gerne wissen, was Michael eigentlich genau zugestoßen ist? Man hat mir bisher nur gesagt, dass er ermordet wurde.«

»Die Einzelheiten möchte ich Ihnen lieber ersparen, Herr Lessing. Ihr Bruder wurde in seiner Wohnung überfallen und schließlich getötet. Ich würde gerne wissen, wie nahe Sie sich standen?«

»Wir haben uns sehr nahe gestanden. Wie Brüder eben. Wir haben regelmäßig miteinander telefoniert. Michael hat mich, wann immer es seine Zeit erlaubte, besucht. Und finanziell hat er mich auch unterstützt. Die mickrige Rente, die ich bekomme, reicht ja hinten und vorne nicht.«

»Sie sagten, dass Sie regelmäßig Kontakt hatten? Hat Ihr Bruder in der letzten Zeit einmal etwas Ungewöhnliches erwähnt, zum Beispiel dass er sich bedroht fühlte?«, hakte Hansen nach. Aber Lessing schüttelte nur energisch den Kopf.

»Nein. Michael hat nichts in der Art erwähnt. Allerdings habe ich auch in den letzten beiden Wochen nicht mit ihm gesprochen. Und da Sie ohnehin danach fragen werden: Durch die räumliche Distanz kann ich Ihnen nicht sagen, ob er Feinde hatte oder nicht. Erwähnt hat mein Bruder jedenfalls nichts in dieser Richtung.«

»Gut. Gehen wir etwas in der Zeit zurück. Wir haben Grund zu der Annahme, dass die Ermordung Ihres Bruders mit einem Ereignis aus seiner Vergangenheit zu tun haben könnte. Konkret meine ich seine Zeit als Gefängnisarzt in Bautzen in der DDR.«

Lessing beäugte Hansen nun argwöhnischer. »Könnten Sie sich vorstellen, dass jemand aus früherer Zeit einen Grund haben könnte, sich an Ihrem Bruder zu rächen?«

Immer noch musterte Lessing den Kommissar. Offenbar behagte ihm Hansens Frage nicht. Die Sekunden des Schweigens kamen dem Kommissar endlos vor. Ein Blick zur Seite bestätigte ihm, dass es Riedmann ähnlich ging.

»Ich habe keinen konkreten Verdacht, wenn Sie das meinen, Herr Kommissar. Aber wenn ich darüber nachdenke, könnte man es zumindest in Betracht ziehen.«

»Wie meinen Sie das?«

»Viele Menschen, die für den Staatsapparat der DDR arbeiteten, haben ihre Machtpositionen auf die eine oder andere Weise missbraucht. Ich hatte den Eindruck, dass mein Bruder da keine Ausnahme war.«

»Könnten Sie das bitte ein wenig konkretisieren?«, mischte sich nun Marcus Dohms ein.

»Ich weiß auch nicht, wie ich Ihnen das erklären soll«, antwortete Lessing mit bitterer Miene. »Aber es gab in seinem Leben vor der Wende Vorkommnisse, die ihn offenbar sehr belastet haben. Er hat mir nie davon erzählen wollen, aber ich wusste, dass da etwas war.«

»Könnte der Tod Ihres Bruders zum Beispiel etwas mit seiner Rolle im Fall von Andreas Knipping zu tun haben? Kennen Sie den Namen?«

»Ja, leider. Ich vermute, dass mein Bruder ein paar dunkle Geheimnisse hatte. Aber das ist eher ein Gefühl. Ich kann es Ihnen wirklich nicht begründen.«

»Sagt Ihnen der Name Herbert Neumann etwas?«

»Sollte er?«, fragte Lessing den Kommissar zurück.

»Er wurde ebenfalls vor Kurzem in Aachen auf ähnliche Weise wie Ihr Bruder getötet. Unsere Ermittlungen haben ergeben, dass beide Opfer zur selben Zeit in Bautzen gearbeitet haben. Außerdem war Neumann Patient Ihres Bruders.«

»Zwei Menschen aus Dresden, die in Aachen ermordet wurden und sich aus Bautzen kannten«, wiederholte Lessing ungläubig. »Nein«, schüttelte er den Kopf. »Der Name sagt mir trotzdem nichts.«

»Haben Sie weitere Verwandte hier in Dresden, die wir befragen können?«

»Leider nein.«

»Andere Personen, die Ihren Bruder kannten?«

»Sicherlich. Aber die werden Ihnen kaum etwas über Michael erzählen können. Ist es möglich, seinen Leichnam nach Dresden überführen zu lassen? Ich würde ihn gerne in seiner Heimatstadt beerdigen«, meinte Lessing mit traurigem Blick.

»Wenn die Leiche freigegeben wird, sollte das kein Problem sein. Ich werde veranlassen, dass man sich mit Ihnen in Verbindung setzt. Ich habe dann auch im Moment keine weiteren Fragen mehr«, erwiderte Hansen, der sich von der Couch erhob, um sich zu verabschieden.

»Diese vagen Andeutungen waren schon etwas merkwürdig«, meinte Riedmann, als sie die Treppen zum Eingang hinunterschritten. »Der wusste doch mehr über seinen Bruder, als er zugeben wollte. Ich verstehe gar nicht, warum du die Befragung so abrupt beendet hast. Warum hast du ihn nicht weiter unter Druck gesetzt?«

»Weil ich nicht glaube, dass das etwas gebracht hätte«, erwiderte Hansen.

»Außerdem ist es durchaus möglich, dass Lessing wirklich nichts Konkretes wusste«, widersprach Dohms. »Wenn man früher für den Staat gearbeitet hat, konnte man das auf verschiedene Arten tun. Das hatte so manchen materiellen oder beruflichen Vorteil. Da haben einige Genossen auch mal Fünfe gerade sein lassen, vor allem dann, wenn die Obrigen das von einer Person erwarteten. Und im Sinne der DDR haben mehr Menschen gearbeitet, als man es nach der Wende wahrhaben wollten. Was glauben Sie denn, warum so viele Leute Angst vor der Öffnung der Stasiakten oder den Ermittlungen der Gauck-Behörden hatten?«

»Da ist natürlich was dran«, musste Riedmann zugeben.

»Die Frage ist also nicht allein, ob Neumann oder Lessing Dreck am Stecken hatten? Sondern, wer bereit wäre, darüber zu sprechen?«

»Da habe ich unter Umständen einen kleinen Trumpf im Ärmel, meine Herren«, sagte Dohms mit einem verschmitzten Lächeln im Gesicht. »Ich habe Neumanns langjährige Partnerin vom K1 aufgetrieben. Stefanie Trautmann. Sie ist mittlerweile verheiratet, heißt jetzt Stefanie Gläsener und lebt noch hier in Dresden. Mittlerweile arbeitet sie seit etwa zwei Jahren nicht mehr im Polizeidienst. Ich war so frei und habe bereits unseren Besuch angekündigt.«

»Das hört sich vielversprechend an«, erwiderte Hansen. »Wir wussten nicht einmal, dass Neumann eine Partnerin hatte. Uns war aus den Akten nur Ferdinand Schmitz als Partner bekannt. Woher wissen Sie von der Frau?«

»Aus einem alten Jahrbuch der Polizei. Wir haben glücklicherweise ein Archiv mit alten Chroniken der Dresdner Polizeigeschichte, die bis in die Anfänge des zwanzigsten Jahrhunderts zurückreichen. Ich habe mir sämtliche Kollegen aus dem Zeitraum, in dem Neumann im K1 gearbeitet hat, genauer angesehen und ein wenig recherchiert. So bin ich auf Frau Gläsener gestoßen.«

»Ich bin schwer beeindruckt, Herr Kollege. Sollten Sie einmal das Bedürfnis haben, Ihren Lebensmittelpunkt nach Aachen zu verlegen, lassen Sie es mich wissen. Gute Leute können wir immer brauchen!«

»Danke für die Blumen«, erwiderte Dohms, dem das Lob sichtlich unangenehm war. »In fünfzehn bis zwanzig Minuten können wir bei ihr sein.«

Kapitel 23

So langsam war es Zeit! Fast zwei Stunden hatte er jetzt in seinem Auto gewartet und die Villa von Gernot Mayberg beobachtet. Glücklicherweise lagen die Häuser in der Rütscher Straße weit auseinander und waren zudem noch von einigen Bäumen umgeben. Das minimierte das Risiko, von den Nachbarn gesehen zu werden.

Er schnappte sich seine Monteurtasche, zog die Kappe tiefer in das Gesicht und stieg aus dem Auto. Jetzt, wo er sich dem Haus näherte, bestätigte sich sein Eindruck, dass es keine Videokameras gab. Er atmete noch einmal tief durch, stellte seine Arbeitstasche auf der Fußmatte ab und begutachtete das Türschloss. Er konnte sich ein Lächeln nicht verkneifen. Das Schloss würde ihm keine Probleme bereiten. Mit dem Spezialwerkzeug aus seiner Tasche öffnete er die Tür innerhalb von zehn Sekunden. Sie war nicht einmal abgeschlossen, sondern nur zugezogen. Eine Leichtsinnigkeit, die er seinen Kunden auch immer vorhalten musste.

Mit geübtem Blick suchte er nach einem Kasten, in dem sich die Steuerung für eine Alarmanlage befinden konnte, sofern eine vorhanden war. Aber weder im Flur noch in der angrenzenden Küche wurde er fündig. Das, wonach er suchte, würde er höchstwahrscheinlich im Arbeitszimmer finden. Ein Mann in seiner Position musste eins haben. Er fand es im Obergeschoss.

Der Raum war großzügig eingerichtet. Direkt auf Höhe des Fensters, im hinteren Teil des Raumes, stand ein riesiger, massiver Schreibtisch aus Holz. Er steuerte zielstrebig darauf zu. Einen Terminkalender fand er nicht. Vermutlich hatte er die Termine ohnehin in seinem Handy gespeichert. Also hoffte er, dass er wenigstens auf dem Computer fündig wurde.

Mayberg war als Politiker und Mitglied des Europaparlaments dauernd unterwegs. Das erschwerte die Durchführung ihrer Pläne ungemein. Sie mussten wissen, wann er sich in Aachen aufhielt, um den Hauch einer Chance zu haben, dieses Schwein anzutreffen. Er fuhr den Laptop, der auf dem Schreibtisch stand, hoch. Glücklicherweise war er nicht passwortgeschützt. Wie leichtsinnig die Leute sind, dachte er, während er Outlook startete. Und er hatte Glück. Der digitale Terminplaner des Programms verriet ihm, dass sich Mayberg gerade in Berlin aufhielt. Er holte einen USB-Stick aus seiner Tasche und machte eine Kopie von den Daten. Sollte der Plan tatsächlich alle Termine enthalten, käme er in zwei Tagen, also am Montagabend, wieder zurück. Für Mittwoch war ein

Abendessen mit seiner Freundin eingetragen. Für den Dienstag gab es keinen Eintrag. Er vermochte es kaum zu glauben. Sein Herz schlug deutlich schneller. Sein Puls raste. Sicherlich, das musste nichts bedeuten, aber es eröffnete eine Chance. Ihm blieben also noch drei Tage. Er kontrollierte noch einmal, ob er Spuren hinterlassen hatte. Das war nicht der Fall. Rasch eilte er die Treppe zum Erdgeschoss hinab. Er öffnete die Eingangstür, blickte sich kurz um, ob auf der Straße jemand zu sehen war. Aber die Luft war rein. Er zog die Tür hinter sich zu und verließ Maybergs Haus. Langsam ging er auf seinen Wagen zu, öffnete die Fahrertür, stellte seine Monteurtasche auf den Beifahrersitz und startete dann seinen Astra. Verwundert blickte die junge Frau, die gerade im Nachbarhaus als Putzfrau ihren Dienst leistete, dem Wagen nach. Was machte ein Mitarbeiter eines Sicherheitsdienstes aus Dresden in Gernot Maybergs Haus, überlegte sie? Da es sie aber nichts anzugehen hatte, schenkte sie dem keine weitere Beachtung.

Kapitel 24

Wegen einer Baustelle erreichten die drei Ermittler erst eine halbe Stunde später das Haus von Stefanie Gläsener in Reitzendorf im Stadtteil Schönfeld-Weißig. Hansen erhoffte sich, durch das Gespräch mehr über Herbert Neumann und sein früheres Leben als Polizist in der DDR zu erfahren.

Zielstrebig gingen Dohms, Hansen und Riedmann auf die Haustür des kleinen Wohnhauses mit dem gepflegten Vorgarten zu. Stefanie Gläsener hatte die drei offenbar schon erwartet. Bevor einer der Männer den Klingelknopf betätigen konnte, hatte sie bereits die Tür geöffnet.

»Guten Tag, die Herren«, begrüßte sie die Ermittler freundlich. Das Haar der Frau war bereits völlig ergraut, was sie im ersten Moment deutlich älter aussehen ließ, als sie mit ihren siebenundfünfzig Jahren eigentlich war, dachte Hansen. Bei genauerem Hinsehen erkannte er aber, dass die Frau ein makellos glattes Gesicht hatte, sah man einmal von ein paar Grübchen rund um die Augen ab. Diese waren strahlend blau und blickten den Besucher freundlich entgegen.

»Guten Tag, Frau Gläsener. Mein Name ist Marcus Dohms. Wir hatten heute telefoniert.« Dohms stellte ihr seine Begleiter vor.

»Dann kommen Sie doch bitte erst einmal herein. Ich war so frei und habe schon mal einen Kaffee für Sie vorbereitet. Ich hoffe, Sie trinken Kaffee?«

Die drei Männer nahmen ihr Angebot dankend an. Stefanie Gläsener führte ihren Besuch in das gemütlich eingerichtete Wohnzimmer, wo bereits Kaffeetassen und etwas Gebäck auf dem Tisch standen. Die Ermittler nahmen Platz und Stefanie Gläsener verschwand noch einmal kurz in die Küche. Mit der Kaffeekanne in der Hand kam sie zurück.

»Es hat einen Moment länger gedauert, als ich gedacht habe«, sagte sie entschuldigend.

»Das macht nichts, Frau Gläsener. Wie ich Ihnen ja bereits am Telefon erzählt habe, sind die beiden Kollegen nach Dresden gekommen, um Informationen über Herbert Neumann zu sammeln. Wie Sie ja bereits wissen, wurde Ihr ehemaliger Kollege in Aachen ermordet. Kommissar Hansen und sein Team gehen davon aus, dass das Motiv hier in Dresden zu suchen ist, beziehungsweise im direkten Zusammenhang mit seiner Dresdner Vergangenheit stehen könnte«, fasste Dohms kurz zusammen.

»Und nun glauben Sie, dass ich Ihnen dabei helfen kann«, stellte Gläsener fest.

»Richtig«, ergriff nun Hansen das Wort. Er hatte sich im Vorfeld der Unterhaltung mit Dohms darauf verständigt, dass er Stefanie Gläsener federführend befragte. »Wir haben eben erst erfahren, dass es noch jemanden gibt, der Herbert Neumann persönlich aus seiner Zeit als Polizist des K1 kannte. Die bisherigen Ermittlungen hatten nämlich ergeben, dass zwei seiner ehemaligen Kollegen von früher bereits verstorben sind. Ihr Name stand gar nicht in den uns vorliegenden Akten. Von daher sind wir sehr froh, Sie besuchen zu dürfen.«

"Ich hoffe, dass ich Ihnen weiterhelfen kann und Ihr Besuch nicht mit einer Enttäuschung endet. Ich habe nur knapp zwei Jahre mit Herbert zusammengearbeitet. Von September 1985 bis August 87, als er nach Bautzen wechselte.«

»Was war Herbert Neumann Ihrer Meinung nach für ein Mensch?«

»Er war nicht einfach zu nehmen. Herbert nahm seinen Job mehr als nur ernst.«

»Wie meinen Sie das?«, hakte Hansen nach.

»Seine Linientreue war manchmal beängstigend. Er war ein derart fanatischer Anhänger der kommunistischen Ideologie und der Staatslehren der DDR, dass es für mich nicht immer leicht war, mit ihm zusammenzuarbeiten. Ich habe halt etwas anders getickt als er, wenn Sie verstehen?«

»So etwas in der Art haben seine Kollegen aus Aachen auch in einem Gespräch angedeutet. Offensichtlich war es für Neumann schwer zu akzeptieren, dass er sich nach der Wende einem demokratischen System unterordnen musste. Hatte er damals Feinde oder Gegner?«

Stefanie Gläsener überlegte einen Moment, bevor sie antwortete.

»Er hat sich sicherlich nicht überall beliebt gemacht. Auch nicht bei uns Kollegen. Aber Feinde? Sie kennen das ja selbst, Herr Hauptkommissar, in unserem Beruf macht man sich sicherlich nicht nur Freunde. Und damals erst recht nicht!«

»Sehr diplomatisch ausgedrückt«, antwortete Hansen. »Aber mit Sicherheit haben Sie nicht ganz unrecht mit Ihrer Einschätzung. Ich selbst wäre auch nicht in der Lage abzuwägen, ob ich Feinde habe«, gab Hansen zu.

»Um auf das Berufliche zurückzukommen. Gab es in den zwei Jahren Ihrer Zusammenarbeit Ereignisse, die Sie im Lichte dieser Tat für erwähnenswert halten?«

Wieder dauerte es einen Moment, bis Stefanie Gläsener antwortete. Würde Hansen unter anderen Umständen ein Zögern oder spürbares Abwägen bei der Beantwortung von Fragen feststellen, wäre sicherlich sein Misstrauen geweckt worden. Aber da die Ereignisse fast zwanzig Jahre zurücklagen, konnte er kaum erwarten, dass die Antworten wie aus der Pistole geschossen kamen.

»Das ist genau die Frage, über die ich seit dem Anruf von Kommissar Dohms heute Morgen nachgedacht habe. Wir haben so viele Fälle bearbeitet und es liegt alles schon so weit zurück. Da ist das gar nicht so einfach. Aber eine Sache ist mir doch eingefallen, die damals nicht ganz koscher war.«

»Und worum ging es da?« Hansen sah sie erwartungsfroh an.

»Herbert war nicht gerade zimperlich, wenn es um die Verhöre verdächtiger Personen ging. Es gab da einen konkreten Fall, wo der Gefangene kurz nach einem Verhör, das Herbert durchgeführt hatte, tot in seiner Zelle aufgefunden wurde.«

»Ich nehme an, Sie sprechen von Guido Sommer?«, unterbrach Hansen die Frau.

»Der Name war mir entfallen, aber jetzt, wo Sie ihn erwähnen. Ja, genau. Diesen Fall meinte ich. Es gab da ein paar Ungereimtheiten. Aber Herbert hat mir damals unmissverständlich klar gemacht, dass ich mich da raushalten soll.«

»Was genau meinen Sie mit Ungereimtheiten?«

»Es gab Gerüchte, dass Sommers Herzversagen eine Folge seiner Befragung gewesen sein könnte.«

»Waren Sie bei dem Verhör dabei?«

»Nein.«

»Wirklich nicht?«

»Nein, wirklich nicht. Herbert hat Befragungen bestimmter Gefangener immer alleine durchgeführt. Dafür hatte er volle Rückendeckung von ganz oben! Und um ehrlich zu sein, war ich auch froh, nicht dabei sein zu müssen.«

»Und wie sahen solche Befragungen konkret aus?«, hakte der Hauptkommissar nach.

»Herbert war eine Art Verhörspezialist. Na ja, man soll nicht schlecht über Tote sprechen, aber er hatte spezielle Praktiken, um an Geständnisse heranzukommen.«

»Er hat also Gefangene gefoltert«, brachte Hansen es auf den Punkt.

Stefanie Gläsener atmete einmal tief durch und sah ihn mit einem durchdringenden Blick an. Er spürte, dass die Frau großen Druck empfand.

»Ich habe das noch nie jemandem erzählt, obwohl ich das wahrscheinlich hätte tun sollen. Vielleicht wäre dann einigen Menschen großes Leid erspart geblieben. Aber Herbert hatte gute Kontakte und es war besser, den Mund zu halten. Das wusste jeder. Ja, er hat Menschen gefoltert, wenn es dem Zweck diente.«

»Können Sie das etwas konkretisieren?«, bohrte Hansen nach, während er einen kräftigen Schluck von seinem Kaffee, der außerordentlich gut schmeckte, nahm.

»Er hat Gefangene geschlagen. Männer wie Frauen. Er hat Sie mit Zigarettenglut gebrandmarkt und solche Dinge.«

Hansen und Riedmann warfen sich einen vielsagenden Blick zu. Jetzt gab es keinen Zweifel mehr, dass Neumanns Tod mit seiner Vergangenheit als Polizist in der DDR zusammenhing.

»Warum haben Sie nach der Wende nicht gegen Neumann ausgesagt?«

»Glauben Sie ernsthaft, dass nach dem Fall der Mauer das Netzwerk von Stasimitarbeitern einfach aufgehört hat zu existieren? So simpel war das nicht. Hätte ich gegen Herbert oder andere Personen ausgesagt, wäre es durchaus denkbar, dass ich heute nicht hier sitzen würde. Außerdem hatte ich ja keine Beweise.«

Hansen hatte nach moralischen Gesichtspunkten kein Verständnis für diese Haltung, konnte sich andererseits aber auch in die Situation der Frau hineinversetzen.

»Haben Sie von der Untersuchung gegen ihren ehemaligen Kollegen wegen des Todes von Sommer gewusst?«

»Welche Untersuchung? Nein, davon weiß ich nichts.«

»Dann wurden Sie in dieser Angelegenheit nie befragt?«

»Wie bereits erwähnt, weiß ich nichts von einer Untersuchung. Und selbst wenn es eine gab, glaube ich kaum, dass man ernsthaft gegen Herbert ermittelt hat. Wie schon erwähnt, hatte er gute Kontakte nach ganz oben.«

»So etwas habe ich mir schon gedacht. Halten Sie es für möglich, dass Neumann wegen des Vorfalls mit Guido Sommer nach Bautzen versetzt wurde? Vielleicht, weil man seine harte Art dort zu schätzen wusste? Oder weil man ihn im K1 aus dem Weg haben wollte?«

»Möglich. Aber wenn es so war, habe ich davon nichts gewusst.«

»Kannten Sie eigentlich Michael Lessing?«, wechselte Hansen abrupt das Thema.

Stefanie Gläsener ging nicht auf den plötzlichen Schwenk ein. »Kennen wäre sicherlich zu viel gesagt. Ich bin ihm vielleicht zwei-, höchstens dreimal begegnet. Warum fragen Sie?«

»Nun«, antwortete Hansen. »Er wurde ebenfalls in Aachen ermordet. Kurz, nachdem Herbert Neumann getötet wurde!«

»Und jetzt suchen Sie nach einer Verbindung zwischen den beiden Taten, nehme ich an?«

»Richtig. Es gibt Parallelen. Eine letzte Frage noch Frau Gläsener. Kennen Sie den Grund dafür, warum Herbert Neumann nach Aachen gezogen ist?«

»Ich habe keine Ahnung. Nachdem Herbert nach Bautzen gewechselt ist, haben sich unsere Wege getrennt. Nach der Wende bin ich nach Erfurt gezogen, wo ich auch gearbeitet habe. Als ich 1994 mit meinem Mann zurück nach Dresden gezogen bin, weil er hier einen Job als Ingenieur angenommen hatte, habe ich wieder bei meiner alten Dienststelle angefangen. Da war Herbert aber schon nicht mehr da«, antwortete Stefanie Gläsener.

»Dann ist es jetzt an der Zeit, uns zu verabschieden. Vielen Dank für Ihre Gastfreundlichkeit.«

»Jederzeit wieder, Herr Kommissar.«

»Darauf komme ich unter Umständen gerne noch einmal zurück«, lächelte Hansen und verabschiedete sich.

Kapitel 25

»Die Gläsener hat keine allzu hohe Meinung von ihrem ehemaligen Kollegen. Und ihr Mitleid, was seinen Tod angeht, hielt sich auch in Grenzen«, stellte Riedmann auf der Rückfahrt fest.

»Nach allem, was wir bisher wissen, war Neumann alles andere als beliebt. Damals wie heute. Zudem bestätigt Gläsener die Aussagen der Kollegen von der WUSA, dass Neumann mehr als nur ein linientreuer Staatsdiener der DDR war. Und das offenbar mit einem ausgeprägten Hang zur Brutalität. Trotzdem hat ihn die Untersuchung gegen ihn seine Karriere bei der Polizei gekostet. Und nach allem, was die Gläsener uns gerade erzählt hat, scheinen die Täter mehr über Neumann zu wissen, als wir bisher vermutet haben. Seine Leiche wies die gleichen Verletzungen auf, wie Gläsener sie von Neumanns Opfern zu berichten wusste. Je tiefer wir graben, desto schmutziger wird die Angelegenheit, ohne dass wir konkrete Beweise für das Fehlverhalten von Neumann haben«, fasste Hansen zusammen.

»Ich befürchte, dass es schwierig sein wird, diese Beweise zu finden. Zumindest werden wir keine Unterlagen finden, die diese Aussagen unterstreichen«, entgegnete Riedmann.

»Richtig. Und die Menschen, die abgesehen von den Geschädigten selbst wissen, was damals wirklich geschehen ist, werden kaum bereitwillig aussagen. Sie würden sich nur selbst belasten«, schaltete sich jetzt auch Dohms in die Unterhaltung ein. »Und auch die Akten der BStU werden uns kaum weiterhelfen, wie Sie bisher ja festgestellt haben. Aber vielleicht gibt es doch noch eine Möglichkeit, an diese Informationen heranzukommen. Warum bin ich da eigentlich nicht früher drauf gekommen?«

»Jetzt bin ich aber neugierig«, erwiderte Hansen erwartungsvoll.

»Ein nicht unerheblicher Teil alter Ermittlungsakten aller tätigen Polizeibehörden in der DDR bis 1989, die nicht rechtzeitig vernichtet werden konnten, wurden in einem Zentrallager hier in der Stadt eingelagert. Die sollten schon längst abgeholt und digitalisiert werden. Aber das geht sehr schleppend voran. Ich glaube, dass man diese Akten längst vergessen hat.«

»Worauf warten wir dann noch?«, erwiderte Hansen mit einem breiten Grinsen.

Marcus Dohms tätigte über die Freisprecheinrichtung seines Wagens einen Anruf und kontaktierte Otto Fahrenhorst, einen pensionierten Polizeiarchivar, den er von früher kannte. Und wie Dohms gehofft hatte, kannte Fahrenhorst einen Mann, der ihnen helfen konnte. Einen weiteren Anruf später, hatte Dohms ein Treffen im Zentrallager arrangiert. Friedrich Schneiderwind würde die Ermittler erwarten.

»Wie Sie ja gerade gehört haben, haben wir noch ein wenig Zeit, bis wir uns mit unserem Kontaktmann treffen können. Da wir gerade ganz in der Nähe sind, schlage ich Ihnen einen kurzen Ausflug zum Schloss Pillnitz vor. Es gibt dort ein nettes kleines Café. Ich könnte einen Kaffee vertragen.«

Hansen, der ohnehin ein Faible für Architektur und Stadtgeschichte hatte, musste nicht lange überzeugt werden. Und gegen einen Kaffee hatte er erst recht nichts einzuwenden. Riedmann auch nicht.

Kapitel 26

Da nicht einmal Zeit für eine kurze Besichtigung des Schlosses und der Parkanlagen war, hatte Hansen es sich nicht nehmen lassen, wenigstens ein Stück Dresdner Eierschecke zu essen. Immerhin auch ein Stück Kulturgut der Stadt. Im Anschluss an die Kaffeepause machten sich die Ermittler wieder auf den Weg in die Innenstadt. Vor dem Archiv wurden sie, wie Fahrenhorst gesagt hatte, erwartet. Nachdem die Ermittler erklärt hatten, wonach sie suchten, hatte der kleine, untersetzte Mann mit der Halbglatze auf dem Absatz kehrtgemacht und sie in die unterirdischen Räume des Zentrallagers geführt. Nach einer weiteren Stunde hatten sie tatsächlich diverse Akten aus den Jahren zweiundachtzig bis siebenundachtzig, in denen Neumann beim K1 tätig gewesen war, gefunden. Voll bepackt fuhren sie zurück ins Dresdner Präsidium.

»Also gut. Wie gehen wir vor?«, wollte Dohms wissen. Auf seinem Tisch stapelten sich drei etwa einen halben Meter hohe Türme verstaubter Akten.

»Gute Frage«, erwiderte Hansen, der sich an dem freien Schreibtisch von Dohms´ Kollegen niedergelassen hatte. Riedmann hatte es sich auf einem Besucherstuhl bequem gemacht. »Ich denke, wir arbeiten uns einfach von oben nach unten«, schlug Hansen vor. »Unser Hauptaugenmerk sollten wir auf Fälle legen, die mit staatsfeindlichem Verhalten zu tun haben. Vor allem sollten wir auf Ermittlungen gegen Geschwister achten.«

»Du glaubst doch nicht ernsthaft, dass wir die Namen unseres Mörderduos hier in den Akten finden?«, hakte Riedmann ungläubig nach.

»Ausgeschlossen ist es aber auch nicht. Oder hast du einen besseren Vorschlag, wonach wir suchen sollen?«

»Nein, nicht wirklich!«

»Ich finde, der Vorschlag klingt vernünftig«, stimmte Dohms zu. »Aber bevor ich es vergesse und wir uns auf die Arbeit stürzen. Meine Frau lässt ausrichten, dass sie sich sehr darüber freuen würde, wenn wir Sie heute Abend als Gäste bei einem kleinen Abendessen begrüßen könnten. Mich würde es selbstverständlich auch freuen.«

»Da können wir natürlich schlecht Nein sagen. Wir kommen gerne!«, antwortete Hansen erfreut.

»Schön. Dann gebe ich ihr gleich Bescheid. Ist neunzehn Uhr recht?«

Hansen blickte auf seine Armbanduhr. Dann blieben noch knapp drei Stunden Zeit, um sich den Akten zu widmen. »Neunzehn Uhr geht in Ordnung!«, antwortete Hansen.

Während Dohms das Gespräch mit seiner Frau führte, klingelte Hansens Handy. Markus Beck, zeigte sein Display.

»Hallo, Markus«, begrüßte Hansen seinen Kollegen.

»Tach, Karl. Ich hoffe, es geht euch gut und ihr macht Fortschritte in Dresden?«

»Wie man´s nimmt! Aber das würde jetzt zu weit führen. Und wie sieht es bei euch in der Heimat aus?«

»Sehr überschaubar, um das vorwegzunehmen. Aber der Reihe nach. Diese Putzfrau von Lessing, Susanne Schäfer, haben wir immer noch nicht befragen können. Die Frau ist schwerer zu erreichen als der Papst. Muss wahrscheinlich viel arbeiten für wenig Geld. Ich habe ihr eine Visitenkarte hinterlassen mit der Bitte, mich anzurufen.«

»Gibt es Neuigkeiten von Laura, was die Perücke angeht?«

»Die gibt es. Die Herkunft ist nicht so einfach zu ermitteln. Es handelt sich auf jeden Fall um eine Echthaarperücke. Also etwas Hochwertiges. Wir glauben allerdings nicht, dass sie hier in Aachen gekauft wurde. Jedenfalls nicht innerhalb des letzten Jahres. Wir waren in zwei Geschäften, die solche Haarteile verkaufen. Nachdem wir zugesichert haben, diskret vorzugehen, haben wir jeweils eine Liste mit Namen von insgesamt dreizehn Käuferinnen bekommen. Wir haben sie bereits überprüft. Sie kommen aus verschiedenen Gründen nicht in Frage.«

»Also eine Sackgasse«, unterbrach Hansen seinen Kollegen.

»Und leider nicht die Einzige. Wir haben jetzt auch die letzten Mitarbeiter der Sicherheitstechnikfirmen überprüft. Alle haben ein Alibi.«

»Gibt es Neuigkeiten wegen des Phantombildes von Lessings mutmaßlicher Mörderin?«

»Leider nein. Lessings Praxisangestellte konnten die Frau nicht identifizieren. Ansonsten haben wir zwar diverse Rückmeldungen erhalten, aber das wird noch eine Weile dauern, bis wir das ausgewertet haben. Uns fehlen gerade zwei wertvolle Mitarbeiter hier in Aachen«, scherzte Beck.

»Wir liegen ja auch nicht gerade auf der faulen Haut herum«, entgegnete Hansen. »Aber du hast natürlich recht. Wir kommen so schnell wie möglich zurück. Was macht die Suche nach dem Astra?«

»Die gleicht der berühmten Suche nach der Nadel im Heuhaufen, aber leider ist sie nicht in Sicht. Ohne weitere Infos wie Modell oder wenigstens Teile des Nummernschildes, können wir da im Grunde nichts machen. Es gibt viele weiße Astras im Stadtgebiet und in der Städteregion.«

»Danke fürs Update, Markus. Wenn sich was bei euch ergibt, melde dich bitte wieder.«

»Mache ich. Grüße an Stefan. Bis bald.«

»Dann können wir uns ja jetzt unserem Teil der Akten widmen«, meinte Hansen, nachdem er das Telefonat beendet und Riedmann über den aktuellen Ermittlungsstand in Aachen informiert hatte.

Kapitel 27

Nach etwas mehr als zwei Stunden war es Riedmann, der etwas Interessantes entdeckte.

»Das hier müsst ihr euch anhören. Ich habe tatsächlich die Akte von Guido Sommer gefunden. Jedenfalls einen Teil davon. Er hat nach, wie es hier heißt, intensiver Befragung zugegeben, den Tankstelleninhaber Rudolf Schauerte in Notwehr erschlagen zu haben, als dieser Sommer bei einem nächtlichen Einbruch überraschte. Der Abschlussbericht wurde von Neumann unterschrieben. Sommer wurde noch vor Überstellung in die Haftanstalt tot in seiner Verwahrungszelle des Präsidiums gefunden. Laut Totenschein handelte es sich um Herzversagen. Ausgestellt wurde der Schein von keinem Geringeren als Doktor Michael Lessing!«

»Von Lessing? Das ist ja interessant. Dieses kleine Detail hat uns Frau Gläsener aber verschwiegen. Fragt sich allerdings, ob uns das wirklich weiterbringt?«, wollte Dohms wissen. »Dass sich beide Opfer kannten, war uns ja schon vorher bekannt.«

»Richtig«, gab Hansen zu. »Aber es wäre immerhin möglich, dass es im Umfeld der damaligen Opfer Menschen gibt, die Interesse am Tod von Neumann oder Lessing haben.«

»Nach so vielen Jahren?«, fragte Riedmann ungläubig.

»Ich weiß, es klingt unwahrscheinlich. Nur, können wir es deshalb ausschließen und ignorieren? Wenn die Verbindung unserer Opfer so weit zurückreicht und Lessing unter Umständen bei der Vertuschung von Neumanns Schweinereien geholfen hat, ist es möglich, dass das Motiv mit Ereignissen in der Vergangenheit zusammenhängt ...«

»... und bis in die Gegenwart reicht«, beendete Riedmann den Satz.

»Genau darauf wollte ich hinaus! Aber darum kümmern wir uns morgen. Es ist Zeit aufzubrechen. Ich habe Hunger.«

Unterwegs besorgten sie an einer Tankstelle noch einen Strauß Blumen für die Gastgeberin. Nicht sehr einfallsreich, aber Hansen wollte nicht mit leeren Händen auftauchen. Die Wohnung der Dohms´ befand sich in einem Zweifamilienhaus im Stadtteil Tolkewitz, eine ruhige Wohngegend. Schon beim Betreten der Wohnung erkannte Hansen die klare Handschrift, die die Einrichtung trug. Farbenfroh und harmonisch waren Möbel, Wände und dekorative Gegenstände aufeinander abgestimmt.

Dohms´ Ehefrau erwies sich optisch als das genaue Gegenteil des bulligen Ermittlers. Zierlich und mindestens dreißig Zentimeter kleiner als ihr

Mann. Schon nach der Begrüßung war klar, dass Hansen die junge Frau mögen würde. Gegen halb acht saß die kleine Gruppe am Esszimmertisch und begann mit dem Abendessen.

»Bevor wir mit dem Essen anfangen, das im Übrigen sehr köstlich aussieht, möchte ich als Tischältester gerne vorschlagen, mit dem albernen Sie aufzuhören. Ich bin Karl«, meinte Hansen und erhob sein Weinglas. Die drei Tischgenossen taten es ihm gleich und prosteten sich jeweils beim Vornamen nennend zu.

Wie sich herausstellte, war Kathrin Dohms nicht nur eine charmante Gastgeberin, sondern auch noch eine hervorragende Köchin. Doch trotz des köstlichen Essens und der angenehmen privaten Atmosphäre, gelang es Hansen nicht abzuschalten. Seine Gedanken kreisten unentwegt um die Ermittlungen. Deshalb nahm er auch nur sehr zurückhaltend an dem Gespräch seiner drei Tischpartner teil. Er hoffte, dass sein Verhalten als nicht allzu unhöflich empfunden wurde. Schließlich waren Dohms und seine Frau sehr darum bemüht, sich von ihrer besten Seite als Gastgeber zu zeigen. Wenigstens Riedmann schien die Ermittlungen im Moment völlig in den Hintergrund schieben zu können. Jedenfalls registrierte Hansen, dass sein Kollege in ein intensives Gespräch über die kulturellen Angebote der Stadt verwickelt war. Obwohl ihn das selbst eigentlich auch interessierte, schweiften seine Gedanken immer wieder ab. Gegen halb zehn packte ihn endgültig die Unruhe. Er wollte unbedingt zurück in die Pension fahren. Seine Begründung, dass er müde sei, war nur vorgeschoben. In Wahrheit wollte er noch mal die Akte von Guido Sommer studieren, die er aus dem Präsidium mitgenommen hatte. Hansen und Riedmann bedankten sich noch einmal für die Einladung und verließen anschließend die Wohnung. Marcus Dohms´ Angebot, die beiden Polizisten zu fahren, schlug Hansen dankend aus. Er hatte bei ihrer Ankunft gleich an der Straßenecke in der Nähe der Wohnung von Familie Dohms einen Taxistand ausgemacht.

»Also, Karl. Was ist los? Du warst den ganzen Abend so schweigsam. Und dass du jetzt müde bist und ins Bett willst, kaufe ich dir auch nicht ab!«, begann Riedmann.

»Du kennst mich halt ziemlich gut«, grinste Hansen. »Aber du hast recht. Schlafen möchte ich noch nicht. Ich will die Akten, die ich mitgenommen habe, unbedingt heute Abend noch durchgehen. Ich werde den Gedanken nicht los, dass wir da auf etwas Wichtiges gestoßen sind, was den Fall Sommer angeht. Deshalb war ich nicht ganz bei der Sache. War ich sehr unausstehlich?«

»Nein, ich denke, dass Frau Dohms das nicht mal bemerkt haben dürfte. Sie weiß ja nicht, dass du eigentlich sonst immer die Plaudertasche bist. Ich habe mich jedenfalls nett mit Kathrin und Marcus unterhalten. Das sind nette Leute, findest du nicht auch?«

»Allerdings. Und bisher sind uns die Ost-West-Differenzen Gott sei Dank erspart geblieben. Im Gegenteil. Lass uns das Taxi hier nehmen«, meinte Hansen und zeigte auf den erstbesten gelben Mercedes, den er erblickt hatte.

Zwanzig Minuten später befanden sich die beiden Ermittler auf ihrem Zimmer. Während Hansen sich den Akten widmete, schaute Riedmann fern. Er war bei dem langweiligen Programm fast schon eingeschlafen, als er plötzlich ein lautes und selbstzufriedenes »Bingo« vernahm.

»Was ist los?«, fragte Riedmann seinen Chef schlaftrunken.

»Du hast vergessen, einen ganz entscheidenden Punkt zu erwähnen, als du uns von dem Fall erzählt hast!«

»Der da wäre?«, Riedmann verstand nicht, worauf sein Chef hinauswollte.

»Guido Sommer hatte Geschwister. Kerstin und Carsten Sommer, Zwillinge, um genau zu sein. Damals drei Jahre alt«, erwiderte Hansen, während er Riedmann die letzte Seite der Akte zeigte. Darauf waren drei Fotos mit den Teilnehmern der Beerdigung geklebt. Unter den Fotos standen handgeschriebene Notizen, in denen unter anderem mehrere Namen aufgeführt waren.

»Das muss ich vorhin übersehen haben. Ist ja auch reichlich ungewöhnlich, dass die Sommers sechzehn Jahre nach der Geburt ihres Erstgeborenen noch einmal Nachwuchs bekommen haben.«

»Findest du es nicht auch seltsam, dass die Stasi Bilder von Guido Sommers Beerdigung gemacht hat? Warum schenkte man dem Mann und seinem Umfeld so viel Beachtung?«

»Weil die DDR ein Überwachungsstaat war. Vielleicht war das reine Routine«, mutmaßte Riedmann.

»Wie auch immer. Uns hilft dieser Umstand«, fuhr Hansen fort und lächelte. »Jedenfalls nenne ich das eine konkrete Spur, der wir morgen nachgehen sollten. Ich sende Marcus eine kurze Nachricht und dann ab in die Horizontale! Ich bin nämlich müde!«

»Nichts lieber als das«, erwiderte Riedmann und löschte das Licht seiner Nachttischlampe.

Kapitel 28

Der neuerliche Besuch der beiden Polizeibeamten am Vortag hatte ihn ein wenig beunruhigt. Er wunderte sich, warum die Polizei so beharrlich an der Aussage seiner Schwester interessiert war. Immerhin hatte sie Lessing kaum gekannt. Selbstverständlich hatte er die Tür nicht geöffnet, denn es war ihre Wohnung und sie war nicht zu Hause. Auch wenn es sich mit Sicherheit nur um eine Routinebefragung handelte, hatte er keine Lust auf eine solche Bekanntschaft. Es reichte schon, dass seine Schwester das tun musste und das nur, weil sie das aus seiner Sicht unnötige Risiko eingegangen war.

Anfänglich hatte sie sich damit begnügt, Informationen über Neumann zu sammeln, soweit das möglich war. Aber wie der Zufall es wollte, suchte Doktor Michael Lessing eine Putzfrau. Sein Schwesterherz hatte sich zu seinem Entsetzen dort vorgestellt und den Job tatsächlich bekommen.

Als sie zu dem Vorstellungstermin gefahren war, hatte er seinen Augen nicht getraut. Für Doktor Lessing und seine Angestellten war seine Schwester eine rothaarige Frau mit einer viel zu großen Brille, schiefen Zähnen, die sie einmal für eine Theateraufführung hatte anfertigen lassen und Sommersprossen. Auffällig und doch unscheinbar zugleich. Weil sie den Job bekam, war sie nun ständig in dieser Aufmachung anzutreffen. Wenn Sie dagegen ins Pick As ging, wo sie als Kellnerin arbeitete, war sie die kesse Brünette mit dem Pagenschnitt. Ihr fiel es leicht, in verschiedene Rollen zu schlüpfen, auch weil sie seit mehreren Jahren in einer Amateur-Theatergruppe spielte.

Aber seit Lessing tot war, machte er sich Sorgen um seine Zwillingsschwester. Sie wirkte ungewohnt angespannt und gereizt. Vielleicht hatten sie sich doch zu viel zugemutet. Obwohl sie diejenige war, die den ganzen Plan entworfen hatte. Er musste auf jeden Fall noch einmal mit ihr über die bevorstehende Befragung reden. Die Visitenkarte mit der Nachricht des Kommissars auf der Rückseite, die dieser unter der Tür durchgesteckt hatte, steckte er in seine Brieftasche. Denn jetzt galt seine ganze Aufmerksamkeit erst einmal seinem nächsten Ziel: Gernot Mayberg!

Kapitel 29

Sonntag, 24. September 2017

»Guten Morgen zusammen. Ich hoffe, ihr habt gut geschlafen«, begrüßte Dohms die Aachener Kollegen, als sie an diesem Sonntag sein Büro betraten.

»Danke. Das haben wir«, erwiderte Hansen. »Ich hoffe, du bist auch fit für den heutigen Tag?«

»Aber immer doch. Ich bin schon seit sieben Uhr hier und ich war nicht ganz untätig in der Zwischenzeit. Wir können den Fall Knipping meiner Meinung nach von der Liste streichen.«

»Wieso?«, wunderte sich Hansen.

»Weil es keine jüngeren Verwandten in der Familie gibt. Erst recht keine Geschwister. Von daher können wir uns ganz um Familie Sommer kümmern.«

»Was du wahrscheinlich schon getan hast«, meinte Riedmann.

»Richtig! Ich habe aufgrund von Karls Sprachnachricht gestern Abend schon ein wenig recherchiert, um etwas über die Geschwister von Guido Sommer herauszufinden.«

»Dann lass mal hören.«

»Kerstin Sommer, geboren 1984, Friseurin, zurzeit arbeitslos, ledig, wohnt in Dresden. Aus unserer Sicht ein völlig unbeschriebenes Blatt. Der Bruder, Carsten Sommer, Mechaniker, Angestellter bei der Homesec Sicherheitsberatung Dresden, ebenfalls ledig, außer ein paar Strafzetteln auch bisher polizeilich nicht aufgefallen.«

»Jetzt wird es allerdings interessant. Ein Berater für Sicherheitstechnik und eine Friseurin«, stellte Hansen fest.

»Warum ist das relevant, wenn ich fragen darf? Oder spielst du auf die Perücke an, die Lessings Mörderin getragen haben könnte?«

»Nicht nur. Im Fall von Neumann hat der Täter eine Alarmanlage mit einem Spezialgerät deaktiviert, wie es Firmen, die Sicherheitstechnik verkaufen, zu Demonstrationszwecken verwenden. Man kann diese Jammer zwar auch im Internet kaufen, aber trotzdem sind wir der Spur in Aachen nachgegangen. Allerdings erfolglos, wie wir seit gestern wissen.«

»Das ist wirklich interessant«, räumte Dohms sein. »Dann haben beide Geschwister einen direkten Bezug zu Aspekten der Taten.«

»Dann sollten wir den beiden mal auf den Pelz rücken«, schlug Hansen vor.

»Und die Akten? Wir wollten doch nach weiteren Personen suchen, die ein mögliches Motiv für die Morde haben«, wandte Riedmann ein.

»Können erst mal warten. Die Spur mit den Sommer Geschwistern ist zu vielversprechend, als dass wir uns jetzt damit beschäftigen sollten.«

Carsten Sommer wohnte in einer Plattenbausiedlung aus den achtziger Jahren in Dresdens Norden. Die Gebäude sahen trostlos und renovierungsbedürftig aus. Sicherlich nicht die beste Wohngegend Dresdens, mutmaßte Hansen. Niemand öffnete ihnen, als sie klingelten. Also drückte Dohms einfach mehrere Klingelknöpfe anderer Wohnungen. Prompt summte das Schloss und die Tür ließ sich öffnen. Sommers Wohnung befand sich in der vierten Etage. Aber auch hier öffnete niemand. Also klingelte Dohms kurzerhand bei den Nachbarn – mit dem gleichen Ergebnis. Zwei Türen weiter hatten sie mehr Glück. Eine junge Frau öffnete ihnen, eine Studentin, wie sich herausstellte.

»Den habe ich schon seit Tagen nicht mehr gesehen«, antwortete sie, nachdem Dohms sich nach ihrem Nachbarn erkundigt hatte.

»Kennen Sie den Mann näher?«, wollte Dohms wissen.

»Das Einzige, was man in diesem Haus kennt, ist Anonymität. Ein Gespräch über das Wetter ist das Maximum der Gefühle.«

»Und Sie sind sich sicher, dass Herr Sommer seit mehreren Tagen nicht mehr zu Hause war?«

»Das hätte ich gehört!«

»Sie wohnen zwei Wohnungen weiter. Wie hätten Sie das hören können?«, hakte Dohms verwundert nach. »Sind die Wohnungen hier so hellhörig?«

»Ich schreibe gerade an einer Hausarbeit und bin die meiste Zeit zu Hause. Wenn der Sommer da ist, bekommt das jeder auf der Etage mit. Ob man nun will oder nicht. Der hat ein Faible für Heavy Metal und er hörte seine Musik, wenn man das überhaupt so bezeichnen kann, nicht gerade leise. Seit Tagen habe ich nichts mehr aus der Wohnung gehört. Der ist nicht da.«

»Danke für die Auskunft. Sollte Ihnen noch etwas einfallen oder Ihr Nachbar wieder auftauchen, können Sie mich hier erreichen«, erwiderte Dohms und reichte der Studentin seine Visitenkarte. Anschließend verabschiedeten sich die drei Ermittler und versuchten ihr Glück bei weiteren

Nachbarn. Aber entweder wurde ihnen nicht geöffnet oder die Befragten konnten nicht weiterhelfen.

»Nicht sehr ergiebig und dennoch aufschlussreich«, meinte Hansen auf dem Weg zurück zum Auto. »Wenn Sommer seit Tagen nicht zu Hause war, könnte er ja zum Beispiel auch in Aachen gewesen sein. Ich bin gespannt, ob das auch für die Schwester gilt. Und auch wenn heute Sonntag ist, sollten wir später mal mit Sommers Chef reden. Vielleicht gibt es ja auch eine simple Erklärung für Sommers Abwesenheit.«

»Dass er zum Beispiel mit seiner Schwester in Aachen ist und Leute umbringt«, meinte Riedmann lakonisch.

»Könntest du bitte mal in Erfahrung bringen, was für einen Wagen Carsten Sommer fährt, Marcus«, bat Hansen den Dresdner Kollegen, ohne auf Riedmanns Kommentar einzugehen.

»Gute Idee«, erwiderte Dohms, der sein Handy hervorholte, um eine Halterabfrage durchzugeben, was sich angesichts der Tatsache, dass es Sonntag war, als unproblematischer herausstellte, als er erwartet hatte. Als sie den letzten Treppenabsatz erreichten, lag ihm das Ergebnis der Abfrage bereits vor. »Er fährt einen grünen Golf IV, also keinen weißen Astra.«

»Wäre ja auch zu schön gewesen. Ich schlage vor, dass wir jetzt Kerstin Sommer aufsuchen. Vielleicht kann sie uns ja etwas über den Verbleib ihres Bruders erzählen.«

Kapitel 30

»Offensichtlich haben wir hier auch kein Glück«, stellte Dohms fest, nachdem er zum wiederholten Mal vergeblich geklingelt hatte. Eine ältere Dame, die aus dem Fenster der Untergeschosswohnung herausschaute, beobachtete die drei Männer neugierig.

»Entschuldigen Sie bitte«, rief Dohms der Frau entgegen. »Mein Name ist Marcus Dohms von der Kripo Dresden. Wir würden gerne mit Frau Sommer sprechen. Sie macht aber nicht auf. Sie wissen nicht zufällig, wo wir sie finden können?«

»Kripo? Das ist ja aufregend. Die Kerstin. Die wohnt hier nicht mehr«, erwiderte die Dame.

»Aber sie ist doch unter dieser Adresse gemeldet und ihr Name steht doch auch auf der Klingel und dem Briefkasten«, stellte Dohms verwundert fest.

»Trotzdem wohnt sie nicht mehr hier. Sie ist vor etwa zwei Monaten mit einem Mann, den ich noch nie gesehen habe, und mehreren Koffern weg. Da bin ich mir ganz sicher. Das habe ich selbst gesehen. Ich sitze oft hier am Fenster und beobachte.«

»Und wer wohnt jetzt in der Wohnung?«

»So viel ich weiß, niemand. Das hätte ich ja mitbekommen.«

»Merkwürdig«, meinte Dohms an seine beiden Kollegen gewandt.

»Das passt doch ganz gut«, meinte Hansen.

»Ist denn etwas passiert? Hat die Kerstin was angestellt?«

»Nein, nein. Alles in Ordnung, vielen Dank!«, erwiderte Dohms, woraufhin die ältere Dame das Fenster schloss.

»Wir sollten einmal mit den Eltern der beiden sprechen. Wenn uns das nicht weiterbringt, solltest du eine Handyortung veranlassen. Und wenn alle Stricke reißen, würde ich die Geschwister zur Fahndung ausschreiben«, schlug Hansen vor.

»Vater«, erwiderte Dohms. »Die Mutter lebt nicht mehr.«

»Also gut. Zum Vater. Gibt es irgendetwas, was du noch nicht recherchiert hast?«, meinte Hansen mit einem Lächeln.

»Na ja, eure Täter kenne ich auch noch nicht.«

»Hast du die Adresse von Sommer Senior?«

»Selbstverständlich, Herr Kollege«, meinte Dohms und stieg in den Wagen ein.

»Wäre es denkbar, dass es sich bei Kerstin Sommer und Susanne Schäfer um ein und dieselbe Person handelt?«, überlegte Riedmann, als sie im Wagen saßen und an den identisch aussehenden Eingängen der Hochhäuser vorbeifuhren. »Der Zeitpunkt von Sommers Verschwinden stimmt in etwa mit dem Zeitpunkt überein, wo Lessings Putzfrau auf der Bildfläche erschienen ist. Das Alter passt zwar nicht ganz, aber das könnte sie genauso wie den möglicherweise falschen Namen bewusst angegeben haben.«

»Interessanter Gedanke, Stefan. Um das herauszufinden, müssten wir uns ein Foto von Kerstin Sommer besorgen und an Markus schicken. Das wird der Vater doch haben, oder?«

Als Gustav Sommer den drei Ermittlern die Tür öffnete, bot sich ihnen ein geradezu jämmerliches Bild. Nur bekleidet mit einem befleckten Unterhemd, einer ebenso speckigen Jogginghose und ausgetretenen Latschen, mit fettigen Haaren und unrasiert, stand er offensichtlich alkoholisiert an der Tür und bat die Männer in seine ebenso schäbige Wohnung. Auf dem Wohnzimmertisch in dem karg eingerichteten Raum standen Unmengen leerer Bierflaschen und Hansen entdeckte auch mehrere kleine Fläschchen Schnaps. Er bezweifelte, dass der Mann ihnen bei der Suche nach seinen Kindern helfen konnte.

»Ich habe keinen Kontakt zu meinen Blagen«, brachte Sommer mühsam hervor, nachdem Dohms den Grund für den Besuch genannt hatte.

»Die kümmern sich einen Scheißdreck um ihren Alten und mir ist auch scheißegal, wie es meiner Brut geht«, fuhr der Mann fort, wobei er beim Sprechen Speicheltropfen in Richtung der Beamten absonderte. Hansen hatte einerseits Mitleid mit dem Mann, andererseits war er ob des Erscheinungsbildes angewidert. Und das Auftreten des Mannes unterstrich diesen Eindruck zusätzlich.

»Haben Sie wenigstens aktuelle Fotos von Ihren Kindern?«

»Hab doch gesagt, dass wir kaum noch Kontakt haben! Wieso sollte ich da Fotos von ihnen haben?«

»Und Sie wissen auch nicht, wo, oder besser gesagt, bei wem Ihre Tochter aktuell wohnt?«, blieb Dohms am Ball.

»Sind bei der Polizei eigentlich alle Beamten so schwer von Begriff wie Sie? Ich habe k-e-i-n-e-n Kontakt mehr zu meinen Kindern! Mir ist auch scheißegal, wo diese nichtsnutzige Schlampe gerade wohnt oder mit wem sie rumvögelt!« Immer mehr Speicheltropfen flogen dabei in Richtung von Dohms, der das aber einfach ignorierte.

»Und wo sich Ihr Sohn gerade befindet, wissen Sie demzufolge auch nicht?«

Dohms war hartnäckig. Das musste man ihm lassen, dachte Hansen.

»Hoffentlich im Land ohne Wiederkehr«, war die schlichte Antwort von Gustav Sommer, der im gleichen Atemzug eine Flasche Bier ansetzte und ohne abzusetzen leerte. Um seine ablehnende Haltung gegen die Ermittler und wahrscheinlich gegen den Rest der Welt zu betonen, schloss er noch einen lang gezogenen Rülpser daran an.

»Ich denke, das macht hier keinen Sinn«, gab Dohms schließlich auf und signalisierte seinen Kollegen aufzubrechen. »Wir finden alleine raus«, sagte er in Richtung Sommer und stand auf, ohne sich zu verabschieden.

»Ich hätte schon früher das Handtuch geworfen«, meinte Hansen auf dem Flur des Plattenbaus.

»Einen Versuch war es wert, aber so leid es mir tut, das sagen zu müssen. Der Mann ist ein hoffnungsloser Fall. Schade, ich hätte ihm gerne einige Fragen zu seinem Sohn Guido gestellt. Aber ich fürchte, das hätte nicht viel gebracht. Was steht als Nächstes auf dem Plan?«

»Haben wir die Adresse des Chefs von dieser Homesec Sicherheitsberatung Dresden?«

»Die habe ich. Die Geschäftsadresse und Wohnadresse lauten gleich«, meinte Dohms nach einem Blick auf sein Smartphone.

»Dann hoffen wir mal, dass der Mann an einem Sonntagvormittag nichts Besseres zu tun hat, als zu Hause zu sitzen, um auf uns zu warten.«

Kapitel 31

»Der Carsten hat seit eineinhalb Wochen Urlaub«, meinte Sven Müller, Sommers Chef.

»Wissen Sie zufällig, ob er weggefahren ist?«, hakte Dohms nach.

»Das kann ich Ihnen leider nicht sagen. Erzählt hat er jedenfalls nichts.«

»Und wie lange hat er Urlaub?

»Zwei Wochen. Am Donnerstag ist sein erster Arbeitstag. Hat er was ausgefressen?«

»Wir haben nur ein paar Fragen an ihn. Aber leider haben wir ihn zu Hause nicht angetroffen und eine Nachbarin erzählte uns, dass er seit Tagen nicht zu Hause war.«

»Verstehe. Und da kommen Sie ausgerechnet zu mir? An einem Sonntag?«

»Ungewöhnliche Ermittlungen erfordern ungewöhnliche Maßnahmen«, erwiderte Dohms ausweichend.

»Mir ist vor der Garage ein weißer Opel Astra mit ihrem Firmenlogo aufgefallen«, ergriff nun Riedmann das Wort. »Ist das ein Firmenauto oder Ihr Privatwagen?«

»Das ist mein Firmenwagen. Alle Mitarbeiter haben so einen Dienstwagen.«

»Also auch Carsten Sommer?«

»Sagte ich doch gerade. Alle Mitarbeiter«, erwiderte Müller leicht genervt.

»Und alle Angestellten fahren wie Sie einen weißen Astra?«, ließ Riedmann nicht locker.

»Dürfen Ihre Mitarbeiter das Auto auch privat nutzen?«

»Außer für Urlaubsreisen, ja. Wir sind bundesweit tätig. Da möchte ich, dass meine Jungs flexibel sind.«

»Wie viele Angestellte haben Sie denn?«

»Sieben. Die Geschäfte laufen gut.«

»Könnten wir bitte eine Auflistung Ihres Fuhrparks haben? Mit Kennzeichen, Namen und Adressen der jeweiligen Fahrer.«

»Kein Problem. Das kann ich Ihnen sofort ausdrucken. Wenn Sie einen Moment warten, gehe ich schnell runter ins Büro. Dauert nicht lange.« Keine fünf Minuten später betrat Müller mit einem Blatt Papier das Wohnzimmer.

»Kann ich sonst noch etwas für Sie tun, meine Herren?«, wollte Müller wissen und reichte Riedmann den Computerausdruck, den dieser sofort an Dohms weiterreichte.

»Im Moment nicht. Vielen Dank für Ihre Hilfe. Obwohl ... eine Frage habe ich doch noch. Verfügt Ihre Firma über einen Jammer?«

»Selbstverständlich. Alle Mitarbeiter sind mit einem Jammer ausgerüstet. Zu Demonstrationszwecken. Warum fragen Sie?«

»Reines Interesse. Wir finden dann alleine hinaus«, erwiderte Dohms und verabschiedete sich.

»Gut beobachtet, Stefan. Der Astra ist mir eben gar nicht aufgefallen«, meinte Hansen anerkennend, als sie sich auf dem Weg zum Auto befanden.

»Mir auch nicht«, meinte Dohms. »Ich werde mich darum kümmern, dass wir die Halter der Dienstfahrzeuge von Homesec überprüfen.«

»Und könntest du bitte veranlassen, dass die Handystandorte von den Geschwistern ermittelt werden. So langsam beschleicht mich das ungute Gefühl, dass wir unsere Mörder im Visier haben.«

Kapitel 32

Dresden, Frühjahr 2016

Peter Dreschers hatte zwar nach der Flucht die ersehnte Freiheit erlangt. Sein Glück hatte er allerdings nicht gefunden. Im Grunde hatte er alles verloren, was ihm wichtig war. Und dann kam das Ereignis, das alles änderte. Der Eiserne Vorhang fiel und die Mauer, die Jahrzehnte lang West und Ost voneinander trennte, war Geschichte. Im Februar 1990, etwas mehr als ein Jahr nach seiner Flucht, machte er sich auf den Weg von Hannover nach Großburschla. Doch seine Biggi, die er seit Monaten versucht hatte zu kontaktieren, war nicht mehr da. Die neuen Bewohner der ehemals gemeinsamen Wohnung konnten ihm auch nicht weiterhelfen. Also suchte er sie in Dresden. Ihrer Geburtsstadt. Aber auch dort konnte er sie nicht finden. Birgit Schneider blieb verschwunden. Alle Nachforschungen, die er anstellte, verliefen im Sand. Und in ihm blieb eine große Leere. Zwei Jahre später lernte er Susanne kennen. Sie heirateten und bekamen zwei Kinder. Doch in seinem Herzen nahm Biggi immer noch einen besonderen Platz ein.

Vierundzwanzig Jahre später, im Mai 2016, erhielt er einen großen Briefumschlag. Er enthielt einen Stapel Kopien und eine alte Polizeidienstmarke. Der anonyme Absender hatte ihm alle Antworten auf die Fragen, die ihn seit mehr als einem viertel Jahrhundert beschäftigten, geschickt. Und von da an nahm das Schicksal seinen Lauf.

Kapitel 33

Im Büro angekommen, klemmte Hansen sich umgehend ans Telefon, um ihren zweiten Besuch bei Josef Lessing anzukündigen. Er musste unbedingt etwas klären. Gegen dreizehn Uhr befand sich das Trio auf dem Weg in die Klingestraße. Die weitere Durchsicht der Akten, die auf Dohms´ Schreibtisch lagen, musste erst einmal warten.

»Ich habe nicht erwartet, Sie so schnell wiederzusehen. Gibt es etwas Neues?«, begrüßte Lessing die Ermittler. Wie schon am Vortag nahmen sie im Wohnzimmer Platz.

»Es haben sich neue Fragen ergeben«, erwiderte Hansen, der nach Rücksprache mit Dohms wieder die Befragung durchführte. »Herr Lessing. Sagt Ihnen der Name Guido Sommer etwas?«

»Nein. Sollte er?«

»Denken Sie bitte genau nach. Hat Ihr Bruder diesen Namen vielleicht irgendwann einmal erwähnt? Es ist wirklich wichtig, dass Sie genau darüber nachdenken«, wiederholte Hansen seine Frage mit Nachdruck.

»Ich bin mir absolut sicher, dass ich diesen Namen noch nie gehört habe«, entgegnete der Befragte verwundert. »Ich habe ein sehr gutes Namensgedächtnis und Guido Sommer sagt mir gar nichts. Hat dieser Mann etwas mit dem Tod meines Bruders zu tun?«

»Guido Sommer starb 1987 nach einer Befragung im Dresdner Polizeipräsidium. Angeblich durch Herzversagen. Der Totenschein wurde von Ihrem Bruder ausgestellt«, erklärte Hansen.

»Ich kann Ihnen nicht ganz folgen«, gab Lessing zu verstehen. »Was soll das mit der Ermordung meines Bruders zu tun haben?«

»Wir wissen nicht, ob es da tatsächlich einen Zusammenhang gibt. Sie selbst haben aber angedeutet, dass es damals Ereignisse im Leben Ihres Bruders gegeben haben könnte, die ihn belastet haben. Die Familie des Toten hatte Zweifel an der Todesursache des Sohnes geäußert. Allerdings haben wir davon nur über Umwege durch die Ermittlungen in einem anderen Fall erfahren. Wenn man jedoch bedenkt, dass gegen Ihren Bruder einmal in einem ähnlichen Fall ermittelt wurde, kommt man ins Grübeln, finden Sie nicht?«

»Wollen Sie gerade andeuten, dass Michael Totenscheine manipuliert hat und ihn deshalb Gewissensbisse geplagt haben?«

»Halten Sie es für ausgeschlossen?«

Lessing musste kurz nachdenken.

»Ich kann diese Frage nicht beantworten. Als Staatsdiener der DDR hatte man einem hohen Druck standzuhalten. Ich habe mir seine Stimmungstiefs und sein launenhaftes Verhalten immer damit erklärt. Michael hat nie von seiner Arbeit oder von Problemen erzählt.«

»Schade, wir hatten gehofft, dass Sie uns weiterhelfen können. Ich denke, dass wir im Moment keine weiteren Fragen haben«, meinte Hansen. Die Befragung hatte nicht mit dem Ergebnis geendet, das er sich erhofft hatte.

»Glaubst du, Lessing hat uns die Wahrheit gesagt?«, fragte ihn Dohms im Treppenhaus.

»Ich hatte nicht den Eindruck, dass er gelogen hat. Du?«

»Nein, Josef Lessing scheint wirklich nichts über die berufliche Vergangenheit seines Bruders in der DDR zu wissen.«

Kapitel 34

Zurück im Büro wurden die drei Ermittler bereits von Dohms´ Kollegen Frank Lehnen erwartet. Ein milchgesichtiger Mann mit übergroßer Hornbrille, der eher aussah wie ein Computernerd als wie ein Polizeibeamter. Er hatte keine guten Nachrichten.

»Das Handy von Carsten Sommer ist nicht zu orten. Und mit dem Diensthandy, das er für die Sicherheitsfirma benutzt, wurde seit genau zehn Tagen nicht mehr telefoniert.«

»Und was ist mit dem Handy der Schwester?«

»Das ist eine ganz seltsame Geschichte. Offensichtlich wird das Handy seit etwa sieben Wochen nicht mehr genutzt. Jedenfalls gibt es laut Verbindungsnachweis keine Anrufe mehr von oder an diese Nummer.«

»Das entspricht in etwa dem Zeitpunkt, wo sie laut ihrer Nachbarin mit Sack und Pack verschwunden ist«, entgegnete Dohms. »Ich hatte euch noch gebeten, zu prüfen, was mit der Wohnung der Frau ist. Konntet ihr da schon etwas herausfinden?«

»Kerstin Sommer bezieht Hartz IV und die Wohnung wird vom Amt bezahlt. Vor morgen werden wir da nichts Genaueres wissen.«

»Wenn ihr mich fragt, liebe Dresdner Kollegen, solltet ihr euch ganz schnell mal um einen Durchsuchungsbeschluss für beide Wohnungen kümmern«, riet Riedmann.

»Das habe ich mir auch gedacht und Kriminalrat Schultze informiert. Er wollte sich persönlich darum kümmern«, erwiderte Lehnen. Der Mann sah zwar aus wie ein Nerd, aber er war tüchtig, dachte Hansen.

»Wie weit seid ihr mit der Überprüfung der Homesec-Mitarbeiter?«, wollte Dohms wissen.

»Läuft noch. Ich melde mich, wenn wir damit fertig sind«, erwiderte Lehnen, der daraufhin das Büro verließ.

»Wenn ihr den Durchsuchungsbeschluss für die Wohnungen habt, brauchen wir verwendbares Genmaterial, um einen Abgleich mit den sichergestellten Proben der beiden Mörder machen zu können«, meinte Hansen. »Außerdem sollten wir Dossiers über die Geschwister erstellen. Wir müssen Freunde, Verwandte, Arbeitskollegen befragen, um uns ein besseres Bild von den beiden machen zu können.«

»Ich gebe zu, es wirkt alles sehr verdächtig, Karl. Aber mir geht nicht in den Kopf, warum sich die Geschwister eines potenziellen Regimeopfers nach so vielen Jahren an den Männern rächen sollten, die unter Umständen den Tod von Guido Sommer zu verantworten hatten beziehungsweise zu vertuschen versuchten. Nach all der Zeit, die vergangen ist!«, erwiderte Riedmann.

»Weil sie vielleicht etwas wissen, das wir noch nicht wissen, Stefan.«

»Ich sehe schon. Wir haben es mal wieder mit deinem berühmten Bauchgefühl zu tun. Aber bisher beruhen unsere Schlussfolgerungen ausschließlich auf Spekulationen, oder?«

»Warten wir die Ergebnisse der weiteren Untersuchungen einfach mal ab«, erklärte Dohms diplomatisch. »Mir ist gerade ein Gedanke gekommen. Ich würde dem gerne nachgehen.«

»Und ich würde gerne einen Happen essen gehen«, meinte Riedmann. »Kommst du mit, Karl?«

»Die Frage war wohl eher rhetorisch gemeint, oder? Willst du nicht auch mitkommen, Marcus?«

»Ich möchte erst mal ein paar Anrufe tätigen. Außerdem habe ich Brote dabei. Wir sehen uns dann gleich.«

Kapitel 35

»Für einen kleinen Happen wart ihr ganz schön lange unterwegs«, stellte Dohms mit einem Lächeln fest. »Es gibt Neuigkeiten im Fall Sommer.«

»So schnell?«, wunderte sich Hansen.

»Mir ist es gelungen, eine Tante von Guido Sommer aufzutreiben. Die jüngere Schwester der verstorbenen Mutter. Ruth Heinrichs. Ich habe sie bereits angerufen und mit ihr gesprochen. Natürlich war sie überrascht, dass sich die Polizei so viele Jahre nach dem Tod ihres Neffen für den Fall interessiert. Jedenfalls hat sie ähnlich wie die Eltern damals erhebliche Zweifel daran geäußert, dass Sommer einfach so an Herzversagen gestorben ist. Er hatte vorher nie Probleme mit dem Herzen. Zudem hat er auch regelmäßig Sport getrieben.«

»Das muss nichts heißen. Auch Profisportler brechen manchmal tot zusammen«, stellte Riedmann sachlich fest.

»Richtig. Aber dann erkläre uns mal, warum man die Leiche des Mannes unmittelbar nach dessen Ableben eingeäschert hat?«

»Hat man? Das ging aus den Unterlagen gar nicht hervor«, wunderte sich Hansen.

»Eben. Das hat mich auch überrascht. Man hat der Familie damals erklärt, dass es eine Verwechslung gegeben habe. Es war ein ziemlicher Schock für die Eltern. Das war übrigens der Hauptgrund, warum die Familie nach der Wiedervereinigung von einer erneuten Anzeige gegen Neumann abgesehen hat. Ein Anwalt hatte der Familie davon abgeraten, weil eine Exhumierung der Leiche und somit die Möglichkeit, eventuelle Beweise für eine andere Todesursache zu finden, nicht gegeben war.«

»Was hat Frau Heinrichs über Carsten und Kerstin gesagt?«

»Leider nichts, was uns weiterhelfen könnte. Sie haben seit Jahren keinen Kontakt.«

»Zugegeben, die gesamten Todesumstände von Guido Sommer lassen viel Raum für Spekulationen. Aber trotzdem bringt uns auch diese Information nicht weiter«, blieb Riedmann weiterhin skeptisch. »Wir bewegen uns immer noch im Bereich der Spekulation.«

»Ich gebe es nicht gerne zu. Aber du hast natürlich recht. Wir brauchen Beweise für unsere Theorien«, erwiderte Hansen. »Entgegen meiner eigentlichen Absicht schlage ich vor, dass wir unsere Zelte hier wieder abbrechen und zurück nach Aachen fahren. Die Ermittlungen hier in Dresden sind bei Marcus in den besten Händen.«

»Das ist jetzt aber ein überraschendes Ende unserer Zusammenarbeit«, wunderte sich Dohms.

»Es spricht viel dafür, dass sich die Gesuchten zurzeit nicht in Dresden aufhalten. Sie könnten überall sein. Möglicherweise auch bei uns in Aachen. Wir sind mit unseren Ermittlungen ein erhebliches Stück weitergekommen und nichts würde mich mehr reizen, als hier in Dresden zu bleiben und weiter zu ermitteln. Aber ich denke, dass wir jetzt zu Hause auch gebraucht werden. Wichtig wäre für uns, dass wir auf dem schnellsten Weg aktuelle Fotos von Carsten und Kerstin Sommer bekommen«, erklärte Hansen.

»Darum kümmere ich mich«, erwiderte Dohms.

»Habt ihr Kapazitäten, die Akten aus dem Archiv weiter zu durchleuchten?«

»Ich denke, das lässt sich einrichten.«

»Dann danke ich dir recht herzlich für deine Unterstützung, Marcus. Die Zusammenarbeit hat Spaß gemacht.«

»Das kann ich von meiner Seite nur bestätigen«, meinte Riedmann.

»Das freut mich zu hören. Immer wieder gern. Sogar an einem Wochenende«, erwiderte Dohms mit einem Augenzwinkern.

»Richte Schultze bitte auch noch meinen Dank aus. Oder glaubst du, dass der Kriminalrat heute im Präsidium ist?«, wollte Hansen wissen.

»Sein Auto stand eben nicht auf dem Parkplatz. Also eher nicht. Ich richte ihm eure Grüße gerne aus.«

»Und deine reizende Gattin grüßt du bitte auch. Dann fahren wir jetzt in die Pension, um unsere Sachen zu holen. Und anschließend geht´s zurück in die Heimat.«

Nicht einmal eine Stunde später befanden sich Hansen und Riedmann auf der Autobahn. Riedmann steuerte den Wagen, während sein Chef neben ihm permanent mit seinem Handy beschäftigt war.

Noch bevor sie Köln erreichten, hatte Dohms Hansen Fotos von Carsten und Kerstin Sommer geschickt. Am Ende war es ganz einfach gewesen, an die Fotos heranzukommen. Dohms hatte überprüft, ob die Gesuchten über ein Facebookprofil verfügten, und war tatsächlich fündig geworden. Zwischen dem Phantombild der Frau aus dem Belvedere und Kerstin Sommer gab es auf den ersten Blick keine große Ähnlichkeit.

Andererseits musste das nicht unbedingt etwas bedeuten. Immerhin war es wohl auch die Absicht der Frau aus dem Belvedere gewesen, nicht erkannt zu werden. Sicherlich hatte sie sich geschminkt und möglicherweise auch Kontaktlinsen mit falscher Iris getragen, um ihr Äußeres weiter zu verfremden. Vielleicht erkannte ja der Barkeeper Kerstin Sommer wieder. Schließlich hatte er die Frau in natura gesehen und Hansen kannte nur das Phantombild.

Kurz nach Mitternacht erreichten sie den Europaplatz in Aachen. Als Hansen die Fontäne des charakteristischen Brunnens in der Mitte des Kreisverkehrs erblickte, wusste er, dass er sehr bald wieder in seinem eigenen Bett schlafen konnte. Und auch Riedmann war erleichtert, dass die Fahrt zu Ende war. Er konnte seine Augen kaum noch aufhalten.

Kapitel 36

Montag, 25. September 2017

Rege Betriebsamkeit herrschte an diesem Montagmorgen in der Aachener Mordkommission. Hansen hatte Beck, Marquardt und Laura Decker noch auf der Heimfahrt von Dresden nach Aachen angerufen und die Besprechung angesetzt. Er wollte die Kollegen schnellstmöglich über die Erkenntnisse, die sie in der sächsischen Landeshauptstadt gewonnen hatten, informieren. Pünktlich um neun Uhr betrat Hansen den Besprechungsraum, wo die Kollegen ihn schon komplett versammelt erwarteten und neugierig musterten. Auch Kriminalrat Hellhausen hatte sich eingefunden. Sie begrüßten sich.

»Habt ihr denen da drüben mal gezeigt, wie wir hier im Westen arbeiten?«, fragte Marquardt und wollte damit offensichtlich witzig klingen.

Hansen hätte am liebsten lauthals losgebrüllt angesichts dieser völlig überflüssigen Bemerkung. Er hasste dieses oberflächliche Klischeedenken.

»Ohne die tatkräftige Unterstützung der Dresdner Kollegen, allen voran Marcus Dohms, wären wir mit unseren Ermittlungen nicht halb so weit. Vielleicht schicke ich dich mal für ein Praktikum nach Dresden«, konnte sich Hansen eine Spitze nicht verkneifen.

Er schaltete den Computer ein, der an einen Beamer angeschlossen war, und verband sein Smartphone mit dem Rechner. Es dauerte einen Moment, bis der Computer hochgefahren war und ein Symbol auf dem Bildschirm erschien, das ein externes Gerät anzeigte. Schließlich war er soweit und öffnete eine Datei.

»Dies sind nach unserer Auffassung die mutmaßlichen Täter«, meinte Hansen und deutete auf die an die Wand projizierten Bilder, die Carsten und Kerstin Sommer zeigten. In den Gesichtern der anwesenden Kollegen erkannte Hansen fragende Blicke. Schließlich war es Hellhausen, der das Schweigen brach.

»Und was veranlasst euch, das zu glauben?«, fragte der Kriminalrat.

»Ich kann jetzt nicht auf alle Einzelheiten eingehen. Deswegen müsst ihr euch mit der Kurzversion begnügen. Wir glauben, dass die Morde mit einem Ereignis aus dem Jahr 1987 in Dresden zusammenhängen. Damals ist ein Gefangener namens Guido Sommer in der Arrestzelle des Dresdner Gefängnisses angeblich an Herzversagen gestorben. Der Mann war neunzehn und den Unterlagen zufolge kerngesund. Laut Aussage einer ehemaligen Kollegin von Neumann gab es seinerzeit das Gerücht, dass Sommer infolge von körperlicher Gewaltanwendung gestorben ist. Möglicherweise hat man versucht, die wahren Todesumstände Sommers zu vertuschen. Unglücklicherweise ist der Name des Arztes auf dem Totenschein geschwärzt. Wir glauben aber, dass er von Lessing unterschrieben wurde. Er hat zu dieser Zeit für das K1 gearbeitet. Wir wissen, dass unsere beiden Opfer von Geschwistern ermordet wurden. Guido Sommer hat einen jüngeren Bruder und eine jüngere Schwester, Zwillinge«, erklärte Hansen und deutete noch mal auf die Bilder der beiden.»Es ist uns nicht gelungen, sie in Dresden aufzuspüren. Sie sind verschwunden. Kerstin Sommer ist arbeitslos gemeldet und hat ihre Wohnung vor circa zwei Monaten verlassen, wie uns eine Nachbarin erzählt hat. Seither fehlt jede Spur von ihr. Und laut Arbeitgeber hat der Bruder seit etwa zehn Tagen Urlaub. Allerdings kann uns niemand sagen, wo er sich derzeit aufhält. Eine Nachbarin hat ausgesagt, dass er auch seit mehreren Tagen nicht mehr zu Hause war. Die Kollegen in Dresden haben versucht, die Handys der Geschwister zu orten. Fehlanzeige!«

»Das hört sich alles sehr interessant an, Karl. Aber mehr als Mutmaßungen sind das noch nicht«, unterbrach Hellhausen die Ausführungen des Hauptkommissars.

»Da gebe ich dir recht. Aber vielleicht überzeugt dich, was wir sonst noch herausgefunden haben? Carsten Sommer arbeitet für eine Firma in Dresden, die Sicherheitstechnik verkauft, und zwar bundesweit. Damit hätten wir eine Verbindung zum Fall Neumann. Kerstin Sommer wiederum ist Friseurin. Das ist zwar keine Voraussetzung, um eine Echthaarperücke zu besitzen. Aber trotzdem ist es ein interessanter Aspekt. Wir spekulieren an dieser Stelle einfach mal weiter. Wir ziehen in Erwägung, dass Kerstin Sommer und Susanne Schäfer ein und dieselbe Person sind. Der Zeitpunkt von Sommers Verschwinden passt auf jeden Fall perfekt zu ihrem Dienstantritt bei Lessing. Und die Morde haben kurz nach dem Verschwinden des Bruders begonnen.«

»Au Banan«, rutschte es Laura Decker heraus. Hellhausen, der für ihr Öcher Platt nicht viel übrig hatte, sah sie finster an. »Ihr fahrt ein paar Tage in den wilden Osten und kommt mit zwei Mordverdächtigen und einer halbwegs plausiblen Theorie im Gepäck nach Hause. Nicht schlecht!«

»Die Kollegen in Dresden haben bereits Durchsuchungsbeschlüsse für die Wohnungen der Geschwister beantragt. Sobald die vorliegen, habe ich darum gebeten, uns per Expressboten Genmaterial von Kerstin und Carsten Sommer zwecks Abgleich mit den Proben der beiden Mörder zu schicken. Wir gehen jetzt wie folgt vor, dachte ich: Ich möchte, dass Markus und Jens mit dem Foto von Kerstin Sommer den Barkeeper und Lessings Angestellte aufsuchen. Vielleicht erkennen sie die Frau wieder. Außerdem möchte ich, dass ihr ein paar Informationen über Susanne Schäfer zusammentragt. Findet alles über die Frau heraus! Stefan und ich werden die Dame gleich mal aufsuchen. Könntest du dich schon mal für einen Durchsuchungsbeschluss ihrer Wohnung einsetzen, Richard?«

»Das wird nicht einfach bei der Faktenlage. Aber ich werde es versuchen. Ihr habt euch meiner Meinung nach zu sehr auf ein Motiv, das in der Zeit der DDR zu finden ist, festgelegt. Und das nur wegen der Polizeimarke, die bei Neumann gefunden wurde und der Informationen, die ihr in den Dresdner Akten entdeckt habt. Woher sollen die beiden jungen Leute erfahren haben, was damals wirklich mit ihrem Bruder passiert sein könnte? Geschweige denn wissen, wer daran beteiligt war?«, gab sich Hellhausen immer noch skeptisch.

»Was deine letzten beiden Fragen angeht, hast du recht, Richard. Darauf haben wir auch noch keine Antworten. Aber um auf den ersten Teil deiner Bemerkung einzugehen. Es ist schon ein komischer Zufall, dass sich herausgestellt hat, dass ausgerechnet einer der Verdächtigen für eine Firma arbeitet, die über solche Geräte verfügt«, erwiderte Hansen. »Oder siehst du das anders?«

»Nein, natürlich nicht.«

»Dann wäre das ja geklärt. Habt ihr sonst noch was, Markus?«

»Wir haben noch einmal genauer durchleuchtet, wie nahe sich Neumann und Lessing standen. Aber das scheint tatsächlich nicht über ein normales Arzt-Patienten Verhältnis hinausgegangen zu sein. Wir haben die Verbindungsnachweise vom letzten Jahr von den Festnetz- und Mobilfunkanbietern überprüft. Es gab keinen privaten Kontakt. Neumann hat ausschließlich die Praxisnummer kontaktiert.«

»Das deckt sich mit unseren Erkenntnissen«, meinte Decker. »Wir haben kein einziges Foto gefunden, das die beiden Männer gemeinsam zeigt. Es sieht nicht so aus, dass sie ein engeres Verhältnis hatten.«

»Schon ungewöhnlich, wenn man bedenkt, dass sie in der DDR auf beruflicher Ebene öfter miteinander zu tun hatten«, meinte Riedmann.

»Vielleicht gab es gerade deswegen nach der Wende keinen Kontakt mehr. Wobei ich es nach wie vor ungewöhnlich finde, dass es beide ausgerechnet ans andere Ende der Republik, nach Aachen verschlagen hat. Als hätten sie so weit wie möglich weg gewollt. Nun ja, wie weit seid ihr mit der Auswertung der Rückmeldungen zu dem Phantombild?«, fragte Hansen.

»Bisher ein Schlag ins Wasser. Aber es melden sich immer noch Menschen, die glauben, die Frau zu kennen. Wir verfolgen das weiter.«

»Dann darf ich also jetzt«, ergriff nun Laura Decker das Wort, wobei dies eher eine Feststellung als eine Frage war. »Ich habe mich erkundigt, wie man eigentlich an Curare mit einer solchen Wirkungskraft herankommt. Grundsätzlich kannst du das Zeug nämlich in jeder Versandapotheke bestellen. Es wird als Therapeutikum eingesetzt. Allerdings ist es dann derart verdünnt, dass du damit kaum jemanden töten könntest. Also bleiben nur drei Möglichkeiten. Die Mörderin hat Zugang zu hoch dosiertem Curare, weil sie in der Forschung arbeitet. Sie hat ausgeprägte Kenntnisse in der Biologie und stellt es selbst her. Oder die wahrscheinlichste Variante: Sie hat es im Darknet bestellt.«

»Ja, das glaube ich auch«, warf Riedmann kurz und ohne weitere Erläuterungen ein und nickte dabei. Aus dem Augenwinkel hatte Hansen registriert, dass Riedmann mal wieder Laura Decker bei ihren Ausführungen förmlich an den Lippen gehangen hatte. Ein Verhalten, das er eigentlich gar nicht von ihm kannte. Er wusste allerdings nicht, ob Riedmanns offensichtliches Interesse erwidert wurde.

»Also nicht zurückverfolgbar?«, hakte Hansen nach.

»Ich befürchte nicht.«

»Dann sollten wir uns jetzt unseren Aufgaben widmen, sofern ihr keine weiteren Fragen mehr habt.« Als Hansen aufstand, war ihm ein wenig schwindelig, was er auf die Strapazen der letzten Tage zurückführte. Nach ein paar Sekunden war die Attacke wieder vorbei.

Kapitel 37

Während Beck und Marquardt die Befragungen des Barkeepers und Lessings Arzthelferinnen durchführten, standen Hansen und Riedmann vor Susanne Schäfers Haus in der Krefelder Straße. Nach dem zweiten Klingeln wurde ihnen tatsächlich geöffnet. Sie stiegen die Treppen in den ersten Stock hinauf.

Der Anblick der Frau verblüffte die Ermittler einigermaßen. Die Version von Susanne Schäfer, die vor ihnen stand, hatte nicht die geringste Ähnlichkeit mit Kerstin Sommer. Letztere war einsachtundsechzig groß und laut ihres letzten Facebookprofilbildes hatte sie kurzes schwarzes Haar und braune Augen. Die Frau, die ihnen die Tür öffnete, war mindestens fünf Zentimeter größer, was allerdings auch an den hochhackigen Schuhen liegen konnte. Susanne Schäfer hatte langes, rotes Haar, Sommersprossen, grüne Augen und im Gegensatz zu Kerstin Sommer hatte sie fürchterlich schiefe Zähne. Außerdem trug sie eine Brille, was bei der jungen Frau aus Dresden auch nicht der Fall war.

»Ja, bitte?«, sagte die Frau mit einem erstaunten Gesichtsausdruck.

»Hansen, Mordkommission und mein Kollege Riedmann. Sind Sie Frau Schäfer? Susanne Schäfer?«

»Das bin ich. Ich habe mir fast schon gedacht, dass Sie von der Polizei sind. Ich hätte mich auch heute bei Ihrem Kollegen, der mir seine Karte dagelassen hat, gemeldet. Allerdings bin ich eben erst nach Hause gekommen. Ich war über das Wochenende bei einer Freundin in der Eifel. Aber bitte, kommen Sie doch erst einmal herein, meine Herren«, erwiderte die Frau.

Sie führte die Ermittler in ihr kleines Wohnzimmer. Es befanden sich kaum Möbel in dem Raum.

»Ich warte noch auf die Lieferung der Couchgarnitur«, sagte Schäfer, als ob sie Hansens Gedanken erraten hätte. »Bitte setzen Sie sich doch an den Esszimmertisch. Ich nehme an, Sie wollen mit mir wegen der schrecklichen Sache sprechen, die Herrn Lessing widerfahren ist?«

»Das ist richtig. Sie haben erst seit knapp zwei Monaten für Lessing gearbeitet, richtig?«

»Das stimmt. Doktor Lessing hatte in der Zeitung inseriert. Er hat mir die Stelle sofort gegeben, als ich ihm von meiner Notlage erzählte.«

»Was für eine Notlage?«

»Mein Freund hatte sich gerade von mir getrennt. Kurz nachdem ich seinetwegen nach Aachen gezogen bin. Ich war völlig mittellos und auf jeden Cent angewiesen. Sie sehen ja selbst, wie ich hier wohne. Aber mehr ist zurzeit einfach nicht drin. Und jetzt, wo Herr Lessing nicht mehr lebt, bin ich diesen Job auch schon wieder los«, seufzte sie mit den Tränen kämpfend.

»Aber Sie werden doch kaum alleine von dieser Putzstelle leben können? Haben Sie noch andere Arbeit?«

»Doch. Ich arbeite in einer Bar!«

»In welcher?«

»Das Pik As.«

Hansen notierte den Namen der Bar, von der er noch nie gehört hatte.

»Ihre Freundin kann sicherlich bestätigen, dass sie bei ihr zu Besuch waren?«

»Selbstverständlich kann sie das«, erwiderte die Frau nun merklich empört. »Sie behandeln mich wie eine Verdächtige! Dürfte ich einmal erfahren, warum?«

»Diese Fragen stellen wir routinemäßig auch allen anderen Personen im Rahmen unserer Ermittlungen«, erwiderte Hansen und betrachtete sie dabei.

»Bitte nennen Sie mir Namen und Telefonnummer Ihrer Freundin.«

»Andrea Mingers, ich gebe Ihnen die Handynummer«, erwiderte Schäfer genervt. Sie drückte ein paar Tasten auf ihrem Smartphone und zeigte Hansen die Nummer. Er notierte sich die Zahlen, die ihm auf dem Display angezeigt wurden.

»Ich denke, wir haben erst einmal keine weiteren Fragen«, kam Hansen überraschend schnell zum Ende der Befragung. »Sollten wir noch weitere Fragen haben, melden wir uns. Wir finden alleine raus«, meinte er und verabschiedete sich.

Kaum, dass die Haustür ins Schloss gefallen war, betrat der Bruder von Susanne Schäfer das Wohnzimmer.

»Ziemlich überzeugender Auftritt. Das muss ich dir lassen«, sagte er anerkennend.

»Danke. Ich wusste ja, was auf mich zukommt«, erwiderte sie, während sie die Perücke auszog. »Allerdings muss ich Andrea anrufen und sie bitten, meine Aussage zu bestätigen.

»Ich nehme mal an, sie ist eine Kollegin aus dem Pik As?«

»Du nimmst richtig an. Wie sehen deine Pläne aus für heute?«

»Ich werde mich an die Fersen von Vanessa Leimbach heften.«

»OK. Und wann wird Mayberg noch mal eintreffen?«

»Heute Abend, am Hauptbahnhof. Mayberg wird nicht alleine reisen. Er wird auch dabei sein.«

»Dann kann die große Party ja bald steigen«, erwiderte seine Schwester mit einem boshaften Grinsen. Anschließend ging sie ins Bad, schminkte sich ab und entfernte die falschen Zähne. Es war das letzte Mal, dass sie in die Rolle der unscheinbaren, rothaarigen Frau geschlüpft war. Ihre Figur wurde nicht mehr benötigt. Ab jetzt war sie nur noch sie selbst. Und in ein paar Tagen konnte sie endlich wieder zurück nach Hause.

Kapitel 38

»Ich glaube, die Frau können wir von der Liste der Verdächtigen streichen«, meinte Hansen auf dem Weg zum Auto. »Aber wir werden ihre Angaben trotzdem überprüfen, oder nicht?«

»Was glaubst du denn? Wir müssen die persönlichen Daten von Kerstin Sommer und Susanne Schäfer in jedem Fall abgleichen. Aber du hast die Frau selbst gesehen. Sie entspricht nicht einmal annähernd dem Phantombild. Selbst mit viel Phantasie nicht. Und Kerstin Sommer war das ganz bestimmt auch nicht.«

»Nein, eher nicht«, erwiderte Riedmann. Just in diesem Moment klingelte Hansens Handy.

»Marcus Dohms hier«, meldete sich der Anrufer.

»Hallo, Marcus. Schön, dass du dich meldest. Ich hoffe nur mit guten Nachrichten«, antwortete Hansen.

»Wie man es nimmt. Aber der Reihe nach. Wir haben die beiden Durchsuchungsbeschlüsse für die Wohnungen der Sommer Geschwister eben erhalten. Wir kümmern uns schnellstens darum und lassen euch wie versprochen Vergleichsmaterial für eine DNA-Analyse zukommen.«

»Das ist doch schon mal ein guter Anfang. Seid ihr schon mit der Überprüfung der Homesec-Mitarbeiter weitergekommen?«

»Das sind wir. Und das ist auch der Hauptgrund meines Anrufes. Einer der Mitarbeiter arbeitet regelmäßig in Nordrhein-Westfalen. Unter anderem auch in Aachen.«

»Sag jetzt bitte, dass es sich dabei um Carsten Sommer handelt. Dann gebe ich sofort eine Fahndung raus.«

»Das ist genau der Punkt. Es ist nicht Carsten Sommer. Sein Name ist Thomas Uhlig. Die Info ist aber brandaktuell, sodass ich dir noch nicht viel über den Mann sagen kann. Wir sind dabei, ein paar Informationen zusammenzutragen. Ich melde mich wieder, wenn wir so weit sind. Und wie läuft es bei euch? Habt ihr mit Susanne Schäfer gesprochen?«

»Du hast uns genau genommen vor ihrem Haus erwischt. Wir haben gerade mit ihr gesprochen. Es handelt sich wohl nicht um Kerstin Sommer. Und die Schäfer ist auch nicht die Frau, nach der wir seit Tagen mit dem Phantombild suchen. Also leider noch nichts Neues von unserer Seite.«

»Dann wünsche ich euch weiterhin viel Erfolg bei euren Ermittlungen. Ich melde mich wieder. Tschüss, Karl«, meinte Dohms und trennte die Leitung, noch bevor Hansen antworten konnte.

»Okay«, sagte Riedmann, als Hansen fertig berichtet hatte. »Unabhängig von den aktuellen Entwicklungen in Dresden und hier in Aachen beschäftigt mich seit Tagen ein Gedanke, Karl.«

»Ich höre.«

»Vorausgesetzt unsere Theorie ist richtig und Sommer ist an den Folgen eines Verhörs gestorben, frage ich mich, wie die Täter von den Hintergründen der Todesumstände erfahren haben? Wir haben Zugang zu Akten, die den Tätern nicht vorliegen können. Für mich ist deshalb nicht die zentrale Frage, warum die Morde stattfinden? Sondern vielmehr, warum ausgerechnet jetzt, nach so vielen Jahren?«

»Ich habe keine Ahnung«, räumte Hansen ein. »Zu welchem Schluss bist du gekommen?«

»Es ist nur eine Vermutung, aber ich glaube, dass der Schlüssel des Ganzen Herbert Neumann ist.«

»Wieso denkst du das?«

»Weil er das erste Opfer war und der Täter diesen vermeintlichen Hinweis mit der Polizeimarke hinterlassen hat. Warum hat er das getan? Es hätte doch gereicht, den Mann umzubringen und einfach wieder zu verschwinden. Wir hätten sonst kaum eine Verbindung zu Neumanns Vergangenheit hergestellt. Und genauso gut hätte auch Lessing das erste Opfer sein können.«

»Andererseits könnte Neumann für Guido Sommers Tod verantwortlich sein. Da ist es doch logisch, dass die Mörder ihn als Erstes beseitigen«, gab Hansen zu bedenken.

»Damit hast du natürlich recht«, räumte Riedmann ein. »Trotzdem sehe ich Neumann als Ausgangspunkt der Geschichte. Ich würde mir gern noch mal sein Haus vornehmen.«

»Und wonach sollen wir suchen?«

»Konkret kann ich dir das auch nicht sagen. Nach Hinweisen, die mit seiner DDR-Vergangenheit zu tun haben. Die erste Untersuchung des Hauses hat ja noch unter völlig anderen Voraussetzungen stattgefunden.«

»Ich sehe schon, du hattest einen guten Lehrmeister«, schmunzelte Hansen.

»Wieso? Ach, mein Bauchgefühl, das eigentlich nur dir vorbehalten ist«, musste jetzt auch Riedmann lachen.

»Ich denke einmal über deinen Vorschlag nach. Und am besten kann ich das, wenn wir einen Happen essen gehen. Italiener? Christine ist heute auf einem Seminar, da bleibt die Küche kalt. Ich lade dich ein.«

Nach ihrer Rückkehr ins Präsidium machten Hansen und Riedmann einen Abstecher in das Büro der beiden Kollegen. Beck war in Notizen vertieft, während Marquardt Solitär spielte, was Hansen mit einem entsprechenden Blick tadelte.

»Ich hoffe, eure Nachforschungen waren erfolgreicher, als die Befragung von Susanne Schäfer«, kam Hansen gleich zur Sache.

»Dann müssen wir dich leider enttäuschen, Karl. Der Barkeeper wollte sich nicht festlegen, was die Frau anging. Er tendierte aber dazu, dass Kerstin Sommer nicht die Blondine aus der Bar war. Die drei Praxisangestellten haben übereinstimmend ausgesagt, die Frau nicht zu kennen.«

»Mist!«

»Kommen wir zu Susanne Schäfer«, fuhr Beck fort. »Achtundzwanzig Jahre alt, geboren und aufgewachsen in Magdeburg. Eltern Elfriede und Johannes Schäfer. Keine Geschwister, Ausbildung zur Friseurin, derzeit ...«

»Keine Geschwister?«, unterbrach ihn Hansen. »Dann kann es nicht die Mörderin von Lessing sein! Das deckt sich mit unserer Einschätzung, nachdem wir die Frau befragt haben.«

»Soll ich trotzdem mit dem Bericht fortfahren?«

»Danke für eure Bemühungen. Aber ich denke, das können wir uns sparen. Sie passt nicht ins Profil«, erwiderte Hansen ernüchtert.

»Ich schicke dir den Bericht trotzdem per Mail«, meinte Beck und legte seine Notizen beiseite.

»Also konzentrieren wir uns weiterhin darauf, Kerstin und Carsten Sommer zu finden?«, erkundigte sich Riedmann.

»Es ist die beste Spur, die wir haben. Und zugegebenermaßen auch die Einzige.«

»Und was machen wir jetzt? Wir können ja schlecht nur auf die Ergebnisse der Wohnungsdurchsuchung in Dresden warten und Däumchen drehen«, merkte Marquardt an.

»Wir könnten auch alle eine Runde Solitär spielen«, erwiderte Hansen eine Spur zu giftig. »Sorry, Jens. War nicht so gemeint«, fuhr er fort, als sein Handy klingelte. Hellhausen.

»Du hast einen Durchsuchungsbeschluss für die Wohnung der Schäfer? Danke für deinen Einsatz, aber das hat sich in der Zwischenzeit erledigt. Erkläre ich dir später. Danke, Richard.«

»Also?«, blieb Marquardt beharrlich.

»Wir vier fahren jetzt zusammen zum Haus von Herbert Neumann. Ich erkläre euch auf dem Weg dorthin, was wir dort tun werden!«

Kapitel 39

Die Durchsuchung in der Rosenstraße dauerte schon mehr als eine Stunde und war bisher ergebnislos verlaufen. Als Marquardt sich zufällig gegen das Bücherregal in Neumanns Arbeitszimmer lehnte, sollte sich das allerdings schlagartig ändern. Ein Teil des Regals setzte sich auf einer Länge von knapp siebzig Zentimetern in Bewegung und entpuppte sich als Geheimtür. Dahinter kam ein Raum von knapp sechs oder sieben Quadratmetern zum Vorschein. Hansen betrat den Raum als Erster. Er tastete umständlich nach einem Lichtschalter und nachdem er ihn endlich gefunden und betätigt hatte, verschlug es ihm buchstäblich die Sprache. Was er sah, war auf den ersten Blick unbegreiflich. Der Raum sah wie ein Museum in Miniaturgestalt aus. Wie ein Relikt längst vergessener Tage. Angefangen von der DDR-Fahne hinter dem klobigen Schreibtisch, über ein Bild Honeckers rechts an der Wand und haufenweise Akten, die akkurat in mehreren Regalen gestapelt waren. Hansens erster Gedanke in diesem Moment war, im Stasi Hauptquartier von Aachen zu stehen. Eine surreale Szene. Der Gesichtsausdruck seiner Kollegen, die den kleinen Raum mittlerweile ebenfalls betreten hatten, verriet Hansen, dass ihnen Ähnliches durch den Kopf ging.

»Ich glaube, wir sollten jetzt besser Laura verständigen«, waren Hansens erste Worte, nachdem er sich einen groben Überblick verschafft hatte. »Gut gemacht, Jens!«

»Es tut mir wirklich leid, dass wir den Raum beim letzten Mal übersehen haben«, sagte Laura Decker angefressen, nachdem sie einen ersten Blick hinein geworfen hatte.

»Wir haben den Raum auch nur zufällig entdeckt. Die Geheimtür geht, wie du ja gesehen hast, nach innen auf. Deshalb gibt es vor dem Regal ja auch keinerlei Schleifspuren, die uns verraten hätten, dass es hier noch etwas andreres geben könnte als Bücher.«

»Trotzdem. Das darf nicht passieren!«

»Wir wissen doch noch gar nicht, was das zu bedeuten hat. Vielleicht handelt es sich ja auch nur um das Privatmuseum eines ewig Gestrigen«, versuchte Hansen seine Kollegin zu beruhigen.

»Wir werden sehen«, erwiderte Decker und öffnete den Koffer, in dem sie ihre Hilfsmittel verstaut hatte, die sie zur Tatortuntersuchung benötigte. »Dann fangen wir mal an. Wenn mich die Herren dann jetzt entschuldigen würden.«

Die vier Ermittler befanden sich gerade auf dem Rückweg zum Präsidium, als Dohms erneut anrief.

»Hallo, Marcus«, begrüßte Hansen ihn. »Gibt es Neuigkeiten wegen Thomas Uhlig?«

»Bisher nicht. Das kann auch noch ein bisschen dauern. Ich rufe an, weil ich dir von den Wohnungsdurchsuchungen der Geschwister erzählen möchte.«

»Dann schieß mal los, lieber Marcus. Ich hoffe doch sehr, dass du gute Nachrichten für uns hast!«

»Das kann man sehen, wie man will. Carsten Sommers Wohnung haben wir zuerst überprüft. Wir haben nichts gefunden, was ihn mit den Taten oder der Beteiligung an den Taten in Verbindung bringen könnte. Allerdings haben wir mehrere Urlaubsprospekte gefunden, die uns vermuten lassen, dass er zum Angeln nach Skandinavien gefahren ist. Wir würden ihn ja gerne fragen, aber ich erreiche ihn nach wie vor nicht auf seinem Handy. Ich habe ihm mehrfach auf die Mailbox gesprochen und um Rückruf gebeten. Er hat das Handy offensichtlich auch immer noch nicht eingeschaltet, so dass wir es nicht zurückverfolgen können.«

»Kannst du mir zufällig sagen, ob Sommer Schuhgröße fünfundvierzig hat?«

»Die Frage kommt jetzt etwas überraschend. Das haben wir nicht überprüft. Und jetzt sind wir schon in Kerstin Sommers Mietwohnung. Warum fragst du?«

»Weil wir in der Nähe von Neumanns Haus einen Schuhabdruck dieser Größe gefunden haben, den wir dem Täter zuordnen.«

»Ich kann das später gerne noch einmal überprüfen. In der Wohnung der Schwester haben wir außer eingestaubter Möbel nichts gefunden. Im Badezimmer gibt es keine persönlichen Gegenstände. Lediglich ein paar Klamotten haben wir im Kleiderschrank gefunden. Die Nachbarin hat vermutlich recht, dass die Frau seit Wochen nicht mehr hier war. Unsere Durchsuchung ist zwar noch nicht abgeschlossen, aber auf den ersten Blick haben wir keinen Hinweis gefunden, dass Kerstin Sommer etwas mit den Morden in Aachen zu tun haben könnte. Was uns nur ein wenig stutzig macht, ist die Tatsache, dass wir hier keine Post gefunden haben. Nach der ganzen Zeit müssten wir schon allein Tonnen von Werbesendungen finden. Aber es sieht fast so aus, dass die Post regelmäßig abgeholt würde.«

»Das ist in der Tat ein wenig seltsam. Was ist mit dem Handy der Frau?«

»Immer noch nichts Neues.«

»Das ist alles etwas merkwürdig.«

»Das finden wir auch. Aber wir bleiben am Ball. Wir werden noch die anderen Nachbarn hier im Haus befragen. Vielleicht weiß ja doch jemand etwas über den Verbleib der Frau. Und mit dem Amt werde ich auch noch sprechen. Mich würde einmal interessieren, warum sie für eine Wohnung bezahlen, die offensichtlich nicht bewohnt wird.«

»Konntet ihr DNA-Material sichern?«

»Ach ja, gut, dass du es ansprichst. Die Haarproben und was auch immer unsere KTU noch entdeckt hat, machen sich gleich per Expressboten auf den Weg nach Aachen.«

»Danke erst mal für eure Hilfe. Sobald du die Infos über Uhlig hast, melde dich bitte wieder bei mir.«

»Wird gemacht. Und die Schuhgröße von Sommer werde ich dann auch kennen. Bis später«, erwiderte Dohms und beendete das Gespräch.

»Nichts Neues aus Dresden«, fasste Hansen das Gespräch in vier Worten für seine drei Kollegen zusammen. Er musste die Informationen des Kollegen erst einmal sacken lassen, um einzuordnen, was das für die weiteren Ermittlungen bedeutete.

Kapitel 40

Kurz, nachdem die beiden Polizisten die Wohnung seiner Schwester verlassen hatten, machte er sich auch auf den Weg. Er besorgte im Baumarkt in der Gut-Dämme-Straße ein paar Utensilien, die sie für Mayberg benötigten. Bei jedem Gegenstand, den er kaufte, malte er sich aus, was sie damit machen würden. Dabei stellte sich ein regelrechtes Hochgefühl bei ihm ein.

Den restlichen Tag über hatte er dann Vanessa Leimbach beobachtet. Die Frau wohnte in einem Mehrfamilienhaus in der Mozartstraße. Nach einem ausgiebigen Mittagessen in einem Restaurant in der Aachener Innenstadt war sie erst einmal shoppen gegangen. Anschließend hatte sich Maybergs Gespielin einen Besuch im Solarium gegönnt und am späten Nachmittag traf sie sich mit einer Freundin in einem Café. Am frühen Abend machte sie sich wieder auf den Heimweg. Er wusste immer genau, wo sich Vanessa Leimbach befand, weil er ihr während der Shoppingtour in einem unbeobachteten Moment einen Mini-Peilsender, der sich in der Innentasche ihres Mantels befand, verpasst hatte. Anfänglich war er ihr noch persönlich gefolgt. Dann aber war er die Treppen zu Vanessa Leimbachs Wohnung im dritten Stock hinaufgestiegen. Die Wohnungstür stellte kein Problem dar, wie er zufrieden feststellte. Er hatte beschlossen, ihr einen Besuch abzustatten. Der Terminplan Maybergs sah für den morgigen Tag zwar eigentlich kein Treffen mit seiner Freundin vor, aber er wollte lieber auf Nummer sicher gehen. Schließlich wollte er keine unschuldigen Menschen gefährden.

Als sich Leimbach ihrem Haus in der Mozartstraße näherte, war er gerade auf dem Weg zu seinem nächsten Ziel, die Ankunft Maybergs überwachen. Und seinen Gast in Empfang nehmen. Er parkte seinen Wagen im Parkhaus in der Zollamtstraße. Von dort aus war es nicht mehr weit bis zum Bahnhof. Pünktlich um neunzehn Uhr siebenundzwanzig traf der ICE aus Berlin ein. An Bord befanden sich der Politiker Gernot Mayberg und eine weitere Person, die er genauso sehnsüchtig erwartete.

Kapitel 41

Kurz nach zwanzig Uhr meldete sich Marcus Dohms ein weiteres Mal bei Hansen. Der hatte zu diesem Zeitpunkt schon längst Feierabend gemacht.

»Guten Abend, Karl. Entschuldige die späte Störung. Aber es ging leider nicht früher.«

»Mal ganz abgesehen davon, dass wir doch im Grunde immer im Dienst sind, brauchst du dich ganz bestimmt nicht dafür entschuldigen, dass du uns bei den Ermittlungen hilfst.«

»Erst mal das Wichtigste. Die Proben von Kerstin und Carsten Sommer sind wie versprochen auf dem Weg zu euch. Sie sollten gegen Mitternacht bei euch eintreffen. Hat der Kurier jedenfalls versprochen.«

»Sehr gut. Ich werde unsere Leiterin der KTU gleich darüber informieren. Wobei sie im Moment ganz andere Sorgen hat. Aber die Proben zu vergleichen hat Vorrang«, erklärte Hansen.

»Sorgen hört sich nicht gut an. Gibt es was Neues bei euch?«

»Wir haben zufällig heute ein Geheimzimmer in Neumanns Haus entdeckt. Ein Museumswärter hätte wahrscheinlich seine helle Freude daran gehabt. Neben haufenweise Akten, die wir noch sichten müssen, gab es in dem Raum sogar eine DDR-Fahne und ein Bild von eurem Erich.«

»Ein Honecker-Altar? Das hört sich spannend an«, meinte Dohms.

»Ist es auch. Aber wir wissen noch nicht einmal ansatzweise, ob uns das in unserem Fall weiterhilft. Bis wir die Akten und die Daten auf dem sichergestellten Computer ausgewertet haben, wird wohl noch eine gewisse Zeit vergehen. Aber es war wirklich wie in einem Spionagefilm. Wenn sich unser Kollege nicht zufällig genau an der Stelle des Buchregals, wo sich die Geheimtür befand, gegengelehnt hätte, wüssten wir wohl immer noch nichts von der Existenz dieses Raumes.«

»Dann drücke ich euch die Daumen, dass euch das irgendwie weiterhilft. Ich war auch nicht untätig und bin noch mal in die Wohnung von Carsten Sommer gefahren, um seine Schuhgröße zu überprüfen.«

»Und?«, wollte Hansen erwartungsfroh wissen.

»Er hat Größe vierundvierzig. Aber das muss ja nichts bedeuten. Er kann ja auch bei seiner Tat größeres Schuhwerk getragen haben, um euch in die Irre zu führen.«

»Es wäre trotzdem zur Abwechslung einmal schön gewesen, nicht wieder spekulieren zu müssen, was sein könnte«, seufzte Hansen.

»Und dann habe ich noch Neuigkeiten bezüglich Thomas Uhlig. Ich fürchte, dass er auch nicht der Gesuchte ist.«

»Warum glaubst du das?«

»Er hat keine Schwester. Ansonsten gibt es trotzdem ein paar interessante Details im Leben des Mannes, die ein Psychologe sicherlich als nicht untypische Voraussetzungen für eine Karriere als Straftäter klassifizieren würde. Als Uhlig drei Jahre alt war, verunglückten seine Eltern und er kam ins Heim. Von da an hatte er eine schwere Zeit. Mehrere Vermittlungsversuche sind gescheitert, weil die Pflegeeltern nicht mit ihm klargekommen sind. Er ist mehrfach straffällig geworden. Anfangs eher wegen kleinerer Delikte, Ladendiebstahl und Sachbeschädigung. Aber mit neunzehn hat er wegen schwerer Körperverletzung achtzehn Monate im Jugendknast gesessen. Seither ist Uhlig nicht mehr auffällig geworden. Aber da ihr ja nach Geschwistern sucht, passt er erst einmal nicht ins Profil.«

»Nun ja, ich behalte ihn im Hinterkopf«, bemerkte Hansen nachdenklich.

»Ansonsten bleibt euch wohl nichts Andreres übrig, als die Geschwister Sommer zu finden und zu klären, ob sie etwas mit den Morden zu tun haben. Obwohl ich ...«

»Ja, ja, ich weiß, was du jetzt sagen willst«, schnitt Hansen dem Dresdner Ermittler das Wort ab. »Und nach allem, was du eben über Carsten Sommer berichtet hast, sind deine Zweifel auch durchaus berechtigt. Aber es ist die einzige brauchbare Spur, die wir im Moment haben. Warten wir einfach ab, was die Überprüfung der DNA-Proben ergibt.«

»Sollte sich bei uns etwas ergeben, melde ich mich wieder.«

»Ich danke dir und deinen Leuten für eure Unterstützung. Gute Nacht.«

Die Antwort hatte Hansen schon nicht mehr mitbekommen. Er beendete das Gespräch, um Laura Decker anzurufen.

Kapitel 42

Dienstag, 26. September 2017

Punkt neun Uhr begann wie üblich die Frühbesprechung der Mordkommission. Hansen legte sehr viel Wert auf diese Termine. Gerade dann, wenn sich die Ermittlungen so komplex und schwierig gestalteten, wie das aktuell der Fall war. Auf diese Weise waren alle Kollegen immer auf dem gleichen Stand.

Laura Decker war es, die sofort das Wort ergriff:

»Wir haben die sichergestellten Proben der Kollegen aus Dresden wie angekündigt erhalten. Allerdings erst heute Morgen. Der Kurierfahrer, den die Dresdner Kollegen beauftragt haben, die Proben zu bringen, hatte eine Panne. Wir fangen umgehend mit der Auswertung an. Die Analyse und Auswertung der Proben wird aber noch etwas dauern, da wir momentan wegen einiger Krankheitsfälle stark unterbesetzt sind. Was ich allerdings jetzt schon zu eurem Fund in Neumanns Haus sagen kann, wird euch einigermaßen überraschen. Das war keine Ansammlung nostalgischer Akten aus der Zeit der DDR. Der Typ hat, wie es aussieht, Nachforschungen angestellt und Leute überwacht!«

»Das ist jetzt nicht dein Ernst, oder?«, unterbrach Hansen Deckers Ausführungen. »Was genau haben wir darunter zu verstehen?«

»Das kann ich dir nicht im Detail sagen. Dafür sind es zu viele Akten. Und mit dem Computer haben wir noch gar nicht angefangen. Ich habe mir mal exemplarisch ein paar Akten angeschaut und dabei festgestellt, dass es dort Einträge gibt, die zum Teil jüngeren Datums sind. Ich habe euch eine dieser Kladden mal mitgebracht. Der erste Eintrag ist von 1992, der letzte von 2015«, erklärte Decker und schob den Ordner über den Tisch in Richtung Hansen. »Was das im Einzelnen für Informationen sind und wie er da rangekommen ist, kann ich euch nicht sagen. Aber für mich sieht es so aus, dass Neumann in seiner Freizeit Privatdetektiv gespielt hat.«

»Und wer war sein Auftraggeber?«, warf Riedmann ein.

»Gute Frage. Das sollten wir auf jeden Fall nicht auf die leichte Schulter nehmen. Aber es könnte uns unter Umständen bei den Ermittlungen helfen. Vielleicht finden wir in den Akten ein mögliches Motiv für die Morde. Du hast doch selbst gestern gesagt, dass du davon ausgehst, dass Neumann der Schlüssel zur Lösung des Falls ist. Sonst wären wir doch gar nicht auf die Idee gekommen, noch einmal das Haus zu durchsuchen«, meinte Hansen.

»Du zweifelst daran, dass die Sommer-Twins dahinter stecken?«, hakte Decker nach.

»Sagen wir es einmal so. Die Erkenntnisse des gestrigen Tages haben zumindest gewisse Zweifel bei mir geweckt. Aber so lange wir nichts Gegenteiliges wissen, bleiben sie erst einmal auf der überschaubaren Liste der Verdächtigen. Sobald die Spuren aus Dresden ausgewertet sind, sollten wir wenigstens diesbezüglich Klarheit haben. Aber Lauras Informationen bezüglich der Akten sind schon interessant. Wenn ihr Personalnotstand habt, werden wir vier euch bei der Auswertung helfen. Wir haben ohnehin im Moment nichts Besseres zu tun, fürchte ich.«

»Das Angebot nehme ich gerne an«, erwiderte Decker. »Ein Magen-Darm Virus treibt sein Unwesen in der KTU und hat die Mannschaft mal eben halbiert.«

»Na dann bleiben wir besser hier. Marcus hat mich gestern Abend noch einmal angerufen und ein kurzes Update aus Dresden gegeben. Die Durchsuchung der Wohnungen unserer beiden Tatverdächtigen hat nichts ergeben. Wir wissen mittlerweile, dass Carsten Sommer Schuhgröße vierundvierzig hat. Somit stimmt die Größe nicht mit dem sichergestellten Abdruck am Tatort Neumann überein. Wobei Marcus zurecht darauf hingewiesen hat, dass der Täter bei Neumann auch bewusst größere Schuhe getragen haben könnte, um uns in die Irre zu führen. Manchmal fallen Schuhe ja auch einfach kleiner oder größer aus. Interessant waren die Informationen über Thomas Uhlig. Das war der andere Angestellte, der für die Sicherheitsfirma in Dresden arbeitet und sich regelmäßig in NRW, unter anderem hier in Aachen, aufhält. Um es kurz zu machen. Er hat zwar einiges auf dem Kerbholz, was eine Jugendknaststrafe einschließt. Aber da er keine Schwester hat, schafft er es gar nicht erst auf die Liste der Verdächtigen.«

»Nicht unbedingt das, was wir uns erhofft haben«, stellte Riedmann nüchtern fest.

»Nein. Unsere letzte Hoffnung sind die DNA-Proben. Dann wissen wir wenigstens, ob wir die richtigen Täter im Visier haben. Somit müssten wir sie »nur« noch finden«, meinte Hansen, wobei er bei dem Wort imaginäre Anführungsstriche in die Luft malte.

»Dann will ich mal mit den guten Nachrichten weitermachen«, meinte Beck. »Wir haben mit Susanne Schäfers Kollegin aus dem Pik As gesprochen. Andrea Mingers hat die Aussage der Frau bestätigt. Sie war das ganze Wochenende zu Besuch.«

»Davon war ich ausgegangen«, erwiderte Hansen. »Dann beschäftigen wir uns jetzt mit Neumanns Akten. Ich schlage vor, dass wir Laura begleiten und uns mit Papier eindecken. Ich bin sehr gespannt, was uns da erwartet.«

Bis zum späten Nachmittag hatten die vier Ermittler knapp die Hälfte der fast dreihundert Akten, die Neumann angelegt hatte, gesichtet. Er hatte, wie sich herausstellte, nach der Wende systematisch Informationen über ehemalige DDR-Bürger, Nachbarn und Arbeitskollegen gesammelt. Wenn es um die DDR-Bürger ging, begannen die Berichte oftmals mit einem Gedächtnisprotokoll. Neumann hatte diese Menschen demnach persönlich gekannt. Immer wieder fanden die Ermittler Fotos verschiedener Personen aus den letzten beiden Jahrzehnten. Allesamt fein säuberlich eingeklebt mit entsprechenden Bemerkungen. Da die Beobachteten über das gesamte Bundesgebiet verstreut lebten, musste das ein immenser Aufwand gewesen sein, dachte Hansen. Oft lagen zwischen den verschiedenen Einträgen mehrere Jahre. Zu welchem Zweck er die Mappen angelegt hatte, war nicht zu erkennen. Auf Neumanns sichergestelltem Computer befanden sich ebenfalls Dokumente. Es handelte sich dabei um die digitalisierte Version der Papierakten. Neumann hatte also angefangen, die einzelnen Seiten fein säuberlich zu scannen und zu archivieren. Was die Digitalisierung seines Privatarchivs betraf, war Neumann also offenbar in der Gegenwart angekommen, wie Beck trefflich festgestellt hatte. Alles, was die Ermittler für relevant hielten, notierten sie sich. Die intensivsten Recherchen hatte Neumann offensichtlich bei drei Republikflüchtlingen angestellt. Reinhold Struwe lebte in Stuttgart, Manfred Weidenhaupt in Koblenz und Rico Schmidt mittlerweile wieder in seiner Geburtsstadt Leipzig. Wie aus den Akten hervorging, war diesen Männern während Neumanns Dienstzeit im K1 die Flucht aus der DDR gelungen. Und dies hatte er den Aufzeichnungen zufolge als persönliche Niederlage empfunden. Wie verbittert musste der Mann gewesen sein, dass er sein ganzes Leben einer solchen Aufgabe widmete, dachte Hansen.

Abgesehen von den Republikflüchtlingen hatte Neumann viel Zeit für die Überwachung fünf weiterer Personen aufgewendet, die sich vor dem Mauerfall einen Namen als politische Gegner der DDR gemacht hatten. Bei Nachbarn und Kollegen schien Neumann eher ein allgemeines Interesse in Bezug auf Gewohnheiten, Stärken und Schwächen gehabt zu haben. Jedenfalls fanden die Ermittler in den Akten der betreffenden Personen in erster Linie Informationen wie Adresse, Alter, Werdegang, Familienstand, Arbeitsplatz und so weiter. Überwachung um des Überwachens willen hatte Riedmann das zutreffend kommentiert. Hansen konnte es drehen und wenden, wie er wollte. Er erkannte weder ein Muster, nach dem Neumann bei seinen Recherchen vorgegangen war, noch entdeckte er Hinweise auf ein mögliches Motiv für die Morde.

Kurz nach neunzehn Uhr erhielt Decker einen ernüchternden Anruf aus dem Labor. Bei der DNA-Probe von Kerstin Sommer war nach Aussage des Laboranten das Ausgangsmaterial offensichtlich verunreinigt. Bei zwei Analysevorgängen gab es kein verwertbares Ergebnis, sodass ein Abgleich mit den Proben von Michael Lessings Mörderin unmöglich war. Mit der Untersuchung von Carsten Sommers Zahnbürste wollten die Laborkollegen erst am nächsten Morgen fortfahren. Da Laura Decker das keinesfalls so hinnehmen wollte, beendete sie das Treffen mit den Ermittlern der Mordkommission vorzeitig, um die Analyse von Carsten Sommers Probe selbst vorzunehmen.

Während sich Hansen, Beck und Marquardt in den wohlverdienten Feierabend verabschiedeten, ging Riedmann noch einmal zurück in sein Büro. Wenn Laura noch weiterarbeiten wollte, konnte er das auch, dachte er, als er das Büro betrat. Er packte einige der Akten aus Neumanns Haus von seinem unerledigten Stapel in eine Tasche und fuhr anschließend in seine gerade frisch bezogene Junggesellenbude in der Herstalerstraße. Dort streifte er seine Schuhe ab, hängte seine Jacke an den Kleiderhaken im Flur und holte sich ein Bier aus dem Kühlschrank. Anschließend griff er nach der Hülle mit der Aufschrift The River und legte die CD von Bruce Springsteen ein.

Als die ersten Takte erklangen, verharrte er einen Moment vor der geschlossenen Balkontür und nahm einen kräftigen Schluck. Seit Laura Teil des Teams war, fühlte er sich wie ein pubertierender Jugendlicher, der sich nicht traute, seinen Schwarm anzusprechen. Er wünschte sich, im Bezug auf Frauen etwas mehr von Marquardts Unbekümmertheit zu haben. Wenn sich diesem eine Chance bot, fackelte er in der Regel nicht lange.

Er schob den Gedanken nach einem weiteren Schluck aus der Bierflasche erst einmal beiseite. Bevor er sich auf die Akten stürzen wollte, brauchte er unbedingt eine kleine Stärkung. Der Blick in den Brotschrank verriet ihm, dass er wieder vergessen hatte einzukaufen. Im Kühlschrank sah es nicht wesentlich besser aus. Glücklicherweise hatte der Supermarkt um die Ecke noch geöffnet. Also machte er sich widerwillig noch einmal auf den Weg. Etwa eine Stunde später, mittlerweile hatte er zwei Brote mit Käse und Wurst verdrückt, saß er wie geplant über Neumanns Akten. Nach drei Stunden kapitulierte er schließlich, ohne neue Erkenntnisse gewonnen zu haben, und ging ins Bett.

Kapitel 43

Etwa zur gleichen Zeit trafen sich zwei Männer und eine Frau am Hotmannspief, dem geschichtsträchtigen Brunnen, der in Form eines Obelisken in der Alexanderstraße stand. Er hatte den Treffpunkt vorgeschlagen, weil er in der Nähe seines Hotels lag, in das er eingecheckt hatte.

»Ich hoffe, du hast dich um Frau Leimbach wie vereinbart gekümmert?«, wollte er wissen.

»Alles erledigt. Ich habe sie in ihrer Wohnung erwartet, als sie nach Hause kam. Ihre Freude, mich zu sehen, hielt sich allerdings in Grenzen. Ich habe sie betäubt und dann ans Bett gefesselt. So liegt sie wenigstens bequem, wenn sie aufwacht. Ach ja, bevor du fragst. Ich hatte natürlich eine Maske auf.«

»Die Utensilien habt ihr dabei?«

»Selbstverständlich«, erwiderte Susanne Schäfer.

»Wirklich ein schöner Brunnen. Schaut euch die detailverliebten Halbreliefs der Frauen nur mal an. Ich hoffe nur, dass sich Mayberg Aachens Baudenkmäler auch alle einmal in Ruhe angeschaut hat. Viel Gelegenheit wird er dazu nicht mehr haben«, meinte der Mann mit einem höhnischen Grinsen.

»Ja, ja. Ein toller Brunnen mit einem ziemlich dämlichen Namen«, erwiderte sie genervt. »Können wir dann jetzt bitte endlich los?«

»Was den Namen angeht, meine Liebe, will ich dir gar nicht widersprechen. Wobei ich gelesen habe, dass die Herkunft des Namens gar nicht eindeutig geklärt ist. Aber lassen wir das. Du hast recht. Wir sollten los.«

Zehn Minuten später stand das Trio vor dem Haus in der Rütscher Straße. Wie um diese Uhrzeit nicht anders zu erwarten war, brannte in dem Gebäude kein Licht mehr. Der Jüngere holte eine Sporttasche aus dem Kofferraum. Dann gingen die drei auf die Haustür zu. Da der Jüngere das Haus bereits ausgekundschaftet hatte, wusste er, was ihn erwartete. Zwei Minuten, nachdem sie aus dem Auto ausgestiegen waren, standen sie im Flur der Villa. Es war so still, dass man eine Stecknadel hätte fallen hören können. Offensichtlich schlief der Hausherr schon. Schäfers Bruder nahm eine Taschenlampe zur Hilfe und ging voran, um seinen Begleitern den Weg zu weisen. Das Ziel war das Arbeitszimmer im Obergeschoss. Ganz leise bewegten sie sich voran. Treppenstufe für Treppenstufe. Als sie den obersten Treppenabsatz erreichten, sahen sie einen schwachen

Lichtschein durch einen Türspalt. Sofort schaltete er die Taschenlampe aus.

»Das ist das Arbeitszimmer. Mayberg scheint doch noch wach zu sein«, flüsterte der Jüngere seinen beiden Begleitern zu. Er legte seine Finger auf seine Lippen und deute mit seiner anderen Hand gleichzeitig in Richtung des Zimmers, aus dem der Lichtschein kam. Sie nickten, um zu signalisieren, dass sie verstanden hatten. Dann gingen sie langsam weiter. Unvermittelt knarzte eine der Bodendielen, als der jüngere Mann den letzten Schritt vor die Tür setzte. Sein Herz schlug wie wild in diesem Moment. Schweißperlen rannen ihm die Stirn herab. Hoffentlich hatte Mayberg das Geräusch nicht gehört und war jetzt vorgewarnt, dachte er. Aber nichts regte sich. Langsam holte er einen Totschläger aus seiner Jackentasche.

Dann ging alles sehr schnell. So rasant, dass er selbst seine beiden Begleiter damit überraschte. Er öffnete die Tür des Arbeitszimmers und stürmte hinein, den Totschläger im Anschlag. Doch zu seiner Überraschung war das Zimmer leer! Auch seine beiden Mitstreiter hatten den Raum mittlerweile betreten.

»Und jetzt?«, flüsterte seine Schwester.

»Versuchen wir unser Glück im Schlafzimmer. Vielleicht hat er ja nur vergessen, das Licht auszuschalten«, erklärte er im ruhigen Flüsterton, obwohl seine Nerven bis zum Anschlag gereizt waren.

Doch kaum, dass er das gesagt hatte, nahm er ein leises Geräusch auf dem Flur wahr. Es war so leise, dass er es fast nicht bemerkt hätte. Aber auch der Ältere hatte es offensichtlich registriert. Er reagierte als Erster und rannte auf den Flur. Der Jüngere folgte ihm. Und tatsächlich. Sie hatten sich nicht geirrt. Der Ältere erwischte Mayberg noch vor der Treppe. Der Politiker versuchte sich loszureißen, aber sein Widersacher war stärker und hielt ihn fest. In der Zwischenzeit war der Jüngere mit dem Totschläger in der Hand herbeigeeilt und holte aus. Er traf Mayberg, der im letzten Moment noch reflexartig den Arm hochriss, um sich zu schützen, an der Schläfe. Er sackte sofort zusammen. Schnell tastete der Jüngere nach dem Puls, um zu überprüfen, ob der Mann noch lebte. Er hatte viel fester zugeschlagen, als er beabsichtigt hatte. Aber der Puls des Mannes pochte stark und regelmäßig. Dafür blutete Mayberg ziemlich stark. Aber bei genauerem Hinsehen erkannten die Männer, dass es sich trotz des verhältnismäßig vielen Blutes nur um eine kleine Platzwunde handelte. Susanne Schäfer beobachtete die Szene mit Genugtuung.

Der erste Teil ihres Planes war erfolgreich erledigt. Jetzt ließen sie die Rollladen des Fensters im Arbeitszimmer herunter. Auch wenn der Raum zur Gartenseite lag und somit nicht von der Straße einsehbar war, wollten sie unbeobachtet bleiben. Dann räumten sie den Schreibtisch leer. Sie fegten alles herunter, was sich darauf befand. Anschließend schleiften die beiden Männer den immer noch bewusstlosen Mayberg vom Flur in das Arbeitszimmer, zogen ihm alle Kleider aus und wuchteten unter Aufbietung aller Kraft den etwa neunzig Kilo schweren Körper auf den Schreibtisch. Er passte gerade so darauf. Anschließend fesselten sie Arme und Beine mit Nylonschnüren an die massiven Holzbeine des Schreibtisches und klebten ihm mit dem mitgebrachten Tape den Mund zu.

Angewidert blickte Susanne Schäfer auf den nun völlig entblößten Körper des Gefesselten. Ihr Bruder ging in das Badezimmer und suchte nach einem Behälter, den er mit Wasser füllen konnte. Da er nichts fand, ging er hinunter in die Küche. Kurze Zeit später kehrte er mit einer mit Wasser gefüllten Schüssel zurück und schüttete seinem Opfer den Inhalt der Schüssel komplett ins Gesicht.

Das kalte Wasser holte Mayberg sofort zurück. Für einen kurzen Moment konnte man erkennen, dass er völlig orientierungslos war. Dann registrierte er, dass drei Personen, die er noch nie zuvor in seinem Leben gesehen hatte, um ihn herumstanden, dass seine Hände und Füße gefesselt waren und dass er nackt war. Wie wild begann er an den Nylonschnüren zu rütteln, vergebens.

»Guten Abend, Herr Mayberg«, sagte Susanne Schäfer ruhig.

Als der Hausherr etwas erwidern wollte, bemerkte er, dass sein Mund zugeklebt war. Wie ein Aal an Land wandt sich Mayberg erneut hin und her. Aber die Hand- und Fußfesseln saßen fest. Aus den Augenwinkeln konnte er erkennen, dass der ältere Mann einen Gegenstand aus einer Tasche, die auf seinem Schreibtischstuhl stand, herausholte. Die Frau grinste ihn währenddessen an. Der Ältere steckte ein Verlängerungskabel in eine Steckdose und schloss den Gegenstand, den er zuvor aus der Tasche heraus geholt hatte, daran an. Jetzt erkannte Mayberg den Gegenstand. Es war ein Lötkolben.

»Normalerweise hat dein Kumpel Neumann Zigaretten bevorzugt. Ich hingegen bin der Meinung, dass wir mit diesem Hochleistungslötkolben viel effektiver sein werden«, meinte der ältere Mann schließlich und riss Mayberg den Klebestreifen vom Mund, was er mit einem gequälten »Aua« quittierte.

»Aua, hat er gesagt«, wiederholte der Ältere und blickte dabei seine beiden Begleiter an, die den Kommentar mit einem boshaften Grinsen quittierten. »Du weißt noch gar nicht, was richtige Schmerzen sind. Und deshalb entführen wir dich jetzt in die Welt, wo der Schmerz zu Hause ist. Sei sein Gast!«

»Was zum Teufel wollen Sie von mir?«, keuchte Mayberg.

»Das klären wir noch im weiteren Verlauf des Abends. Jetzt möchte ich erst einmal meinen Spaß haben«, erwiderte der Ältere und klebte dem gefesselten Mann den Mund wieder mit Klebeband zu. Dann senkte er ganz langsam den Lötkolben und drückte ihn direkt auf die linke Wange von Gernot Maybergs Gesicht. Es zischte etwas und leichter Dampf stieg auf. Mayberg schüttelte seinen Kopf hin und her und gab dumpfe Schreie ab. Draußen allerdings würde das niemand hören können. Die Geschwister nahmen zufrieden zur Kenntnis, welch verheerende Verletzung der Kolben hervorrief. Der Geruch von verbranntem Fleisch verbreitete sich im Arbeitszimmer. Sicherlich hatten die Zigaretten ihre Wirkung bei Neumann nicht verfehlt, aber das hier war viel intensiver.

Das zweite Signum setzte der Peiniger unter der rechten Achselhöhle des gefesselten Mannes an, dessen Arme senkrecht nach unten fixiert waren. Maybergs Augen winselten um Gnade, aber sie erzielten damit keine Wirkung. Nach der fünften Markierung mit dem Hochleistungslötkolben verlor er zum ersten Mal das Bewusstsein. Doch es dauerte nur einen kurzen Moment, und die Frau holte ihn mit einem Fläschchen Riechsalz wieder in die Gegenwart zurück. Den vorläufigen Höhepunkt der Strafmaßnahme erreichte der Peiniger, als er die Genitalien seines Opfers auf ähnliche Weise brandmarkte.

»Hast du starke Schmerzen?«, fragte die junge Frau, als sie dem Politiker das Klebeband vom Mund abriss.

Mayberg vermied es, eine Reaktion zu zeigen, wohl um weitere Repressalien zu vermeiden. Aber genau das brachte sie erst recht in Rage. Voller Wucht schlug sie ihm ins Gesicht.

»Ich habe gefragt, ob du starke Schmerzen hast?«, wiederholte sie fast schreiend.

Er nickte kurz und heftig.

»Das ist schön. Dann kannst du wenigstens nachvollziehen, wie andere Menschen deinetwegen leiden mussten!«

»Sie müssen mich mit jemandem verwechseln. Ich kenne Sie ja nicht einmal.«

»Sollen wir ihm erklären, wer wir sind und warum er heute sterben wird?«, fragte sie ihre Komplizen.

»Später vielleicht. Jetzt möchte ich erst einmal dieses Ding hier ausprobieren«, meinte der Ältere, der jetzt einen anderen Gegenstand in der Hand hielt.

»Oh Gott, nein«, schrie Mayberg noch, ehe ihm wieder der Mund zugeklebt wurde.

Der Gegenstand in der Hand des Älteren bestand aus einem Vierkantholzstück, das der Jüngere heute Vormittag im Baumarkt gekauft hatte. Es war mit einem Stück Stacheldraht umwickelt. Ein ohnehin schon schmerzhaftes Schlaginstrument wurde damit wahrlich zu einem gnadenlosen Folterwerkzeug.

Obwohl Mayberg eigentlich nicht an Gott glaubte, schickte er nun in Gedanken ein Gnadengebet in den Himmel. Kaum, dass er den letzten Satz seines Gebetes formuliert hatte, traf ihn der erste Schlag direkt unter der Fußsohle des rechten Fußes. Er spürte genau, wie die Haken des Stacheldrahtes seine Fußsohle aufrissen. Er litt Höllenqualen. Reflexartig drückte er den Rücken durch, was wiederum einen fürchterlichen Schmerz in den überdehnten Schulterblättern zur Folge hatte. Tränen rannen ihm nun über sein Gesicht. Die Prozedur wiederholte sich einige Male. Als sein Peiniger kurz innehielt, war von dem Fuß kaum mehr als ein undefinierbarer Klumpen Fleisch übrig. Doch es gab keine Gnade. Unbarmherzig fuhr der Mann mit seiner Arbeit fort. Jetzt war der andere Fuß an der Reihe. Komischerweise empfand Mayberg kaum mehr Schmerzen bei der Verstümmelung seines zweiten Fußes. Wieder wurde ihm schwarz vor Augen. Diesmal gewährten seine Peiniger ihrem Opfer einige Minuten der Ohnmacht. Erst dann holten sie ihn wieder zurück in die Gegenwart.

Als Mayberg aufwachte, hoffte er, dass alles nur ein Albtraum gewesen war. Doch die Schmerzen und die Gegenwart der drei Unbekannten belehrten ihn sofort eines Besseren. Erneut war es die Frau, die die Stille unterbrach.

»Du möchtest sicherlich wissen, warum wir dir das hier antun? Das wollten deine Kumpels Herbert Neumann und Michael Lessing auch wissen. Nun, sagen wir es einmal so. Es hat mit einem Ereignis zu tun, das sich in Bautzen zugetragen hat«, sagte sie mit ruhiger Stimme und riss Mayberg das Klebeband erneut vom Mund. »Fällt dir da spontan etwas zu ein?«

Er brauchte einen Moment, um sich zu sammeln. Er merkte, dass er keine Worte formen konnte. Sein Mund war trocken, seine Zunge klebte am Gaumen.

»Ich rede mit dir, du Arschloch«, schrie die Frau und schlug dem gefesselten Mann mit der Faust ins Gesicht.

»Ich ... ich«, stammelte Mayberg, brachte aber kein weiteres Wort zustande. Sie wollte gerade erneut zuschlagen, als er imstande war fortzufahren. »In Bautzen ist viel geschehen. Ich weiß beim besten Willen nicht, was Sie meinen«, erwiderte Mayberg mit brüchiger Stimme. »Weder Sie noch ihr junger Begleiter sind alt genug, um damals dort inhaftiert gewesen zu sein. Und an Sie kann ich mich auch nicht erinnern«, sagte Mayberg, während er den Älteren, der immer noch das Vierkantholz in der Hand hielt, anblickte.

»Wir sind uns auch noch nicht begegnet«, erwiderte dieser mit tiefer Stimme. »Und doch verbindet alle Anwesenden, Sie eingeschlossen, etwas ganz Besonderes«, fuhr er fort. Er holte ein Foto aus seiner Hemdtasche und hielt Mayberg das Bild einer jungen Frau vor das Gesicht. Doch so sehr er sich auch bemühte, er erkannte die Person auf dem Foto nicht. Er konnte sich wegen der Schmerzen kaum konzentrieren. Sein Peiniger schien das zu bemerken und schlug ihm noch mal mit der Faust ins Gesicht. Diesmal brach Maybergs Nasenbein mit einem lauten Knacken.

»Sieh hin«, brüllte der Mann und jetzt klang seine Stimme längst nicht mehr so angenehm.

Der Politiker gab sich alle Mühe, die Frau zu erkennen. Aber nach dem letzten Schlag waren ihm wieder Tränen in die Augen geschossen, sodass er das Foto noch verschwommener wahrnahm, als ohnehin schon.

»Vielleicht sollten wir ihm ein wenig auf die Sprünge helfen«, schlug die junge Frau vor, während Mayberg angestrengt auf das Foto starrte. »Juli, neunundachtzig. Selbstmord«, fuhr sie fort.

Und kaum dass sie ausgesprochen hatte, wusste Mayberg, wer die Frau auf dem Foto war. Er verstand nur nicht, wie das alles zusammenhing. In seinem Kopf drehte sich ein Gedankenkarussell. Konnte das wirklich sein? Nach all den Jahren? Gab es eine andere denkbare Möglichkeit? Wahrscheinlich nicht. Sonst wären Neumann und Lessing jetzt nicht tot.

»Ich glaube, er weiß jetzt, weshalb wir hier sind!«, stellte der Jüngere, der Mayberg genau beobachtet hatte, zufrieden fest. »Seht nur seinen Gesichtsausdruck.«

»Gut, dann können wir ja jetzt weitermachen«, stellte der Ältere zufrieden fest.

»Nein, nein. Bitte nicht«, schrie Mayberg. »Ich kann euch alles erklären. Bitte«, winselte er, doch weiter kam er nicht, weil ihm Susanne Schäfer schon wieder den Mund zugeklebt hatte.

»Wir brauchen keine Erklärung. Wir wissen bereits alles. Und falls es dich irgendwie beruhigt Gernot. Weder Herbert noch Michael haben uns auf deine Spur gebracht. Sie waren bis zu ihrem Ableben loyal.«

Und während sie das sagte, holte sie einen weiteren Gegenstand aus der Tasche hervor. Mayberg erkannte, dass es sich um einen Hammer handelte. Die Frau übergab das Werkzeug an den älteren Begleiter. Dieser stellte sich an Maybergs Kopfseite, holte aus und zerschmetterte ihm die rechte Hand, die am Tischbein befestigt war. Man konnte deutlich hören, wie die Knochen brachen. Ein weiterer Schmerztsunami durchfuhr den Körper des Politikers. Dann wandte sich der Ältere der Längsseite des Tisches zu und zerschmetterte die linke Hand. Da Mayberg wieder drohte, in Ohnmacht zu fallen, hielt Susanne Schäfer dem Mann das Fläschchen mit dem Riechsalz unter die Nase. Mayberg schickte Stoßgebete in den Himmel, dass sein Martyrium bald ein Ende haben möge. Aber davon war er noch weit entfernt. Alles, was Mayberg bis zu diesem Zeitpunkt bereits widerfahren war, sollte nichts im Vergleich zu dem sein, was ihn noch erwartete.

Nachdem der Peiniger mit dem Hammer die Kniescheibe des rechten Knies zertrümmert hatte, war die linke dran. Während Mayberg im Angesicht seines Todes halb bewusstlos auf dem Tisch lag und stöhnte, holte Schäfers Bruder das am Vormittag gekaufte Teppichmesser aus der Sporttasche. Langsam ging er auf den Schreibtisch zu. Aber bevor er das Messer ansetzen konnte, nahm der Ältere es ihm aus der Hand.

»Lass mich nur machen«, sagte er ruhig.

Die scharfe Klinge durchschnitt die Haut leicht wie Papier. Mayberg zerrte erneut an seinen Fesseln, soweit ihm das überhaupt noch möglich war. Aber das beeinflusste die Arbeit des Mannes keinesfalls. Er hatte die Schnitte, die er ausführen wollte, im Vorfeld mehrmals geübt. Nach wenigen Minuten war die blutige Angelegenheit beendet. Mayberg war zu diesem Zeitpunkt schon lange ohnmächtig. Erst nachdem sie die zerschnittene Brust des Mannes mit einem Handtuch oberflächlich gesäubert hatten, um das Kunstwerk zu betrachten, holte sie ihn ins Leben zurück.

»Es ist nun an der Zeit, Gernot, dass wir uns verabschieden. Auch wenn es nicht so aussieht, aber das hier hat uns kein Vergnügen bereitet. Genauso wenig wie die Morde an deinen beiden Kumpanen. Aber nach allem, was ihr unserer Familie angetan habt, blieb uns natürlich keine andere Wahl!«, erklärte der Mann, der nun eine Garrotte in der Hand hielt. Sie bestand einfach nur

Kapitel 44

Mittwoch, 27. September 2017

Der Morgen des zehnten Ermittlungstages begann für Hansen mit einer Hiobsbotschaft. Nach einer unruhigen Nacht mit viel zu wenig Schlaf saß er um kurz nach fünf in der Früh bei einer Tasse Kaffee in der Küche, als Laura Decker auf seinem Diensthandy anrief.

»Hallo, Karl. Ich störe deine Nachtruhe nur sehr ungern. Aber ich habe das Ergebnis der DNA-Analyse von Carsten Sommer. Und das konnte unmöglich warten!«

»Du bist jetzt nicht allen Ernstes noch im Labor, Laura?«

»Doch, natürlich. Ich habe doch gesagt, dass ich mich darum kümmern werde. Du klingst aber auch nicht gerade so, als ob ich dich aus dem Schlaf gerissen habe.«

»Hast du auch nicht. Also, was ist bei dem Ergebnis herausgekommen?«, wollte Hansen wissen. Er konnte seine Neugier kaum verbergen.

»Carsten Sommer ist definitiv nicht der Mörder von Michael Lessing. Und bevor du nachfragst: Irrtum ausgeschlossen! Ich habe das sicherheitshalber noch mal gegengecheckt.«

»Scheiße!«

»So kann man es auch auf den Punkt bringen.«

»Das bedeutet, dass wir wieder völlig am Anfang unserer Ermittlungen stehen.«

»Tut mir leid. Aber so sieht es nun einmal aus. Wissenschaft schlägt Bauchgefühl.«

»Trotzdem, gute Arbeit Laura. Du guckst jetzt erst mal, dass du ins Bett kommst und wenigstens noch ein paar Stunden Schlaf bekommst.«

»Genau das habe ich auch vor. Wir sehen uns später.«

»Schlaf gut«, meinte Hansen und legte auf.

Das war eine aus schönem Munde verkündete Horrornachricht am frühen Morgen, dachte Hansen auf dem Weg ins Bad. Unter der Dusche überlegte er, wie sie die weiteren Ermittlungen angehen sollten. Im Grunde standen sie jetzt mit leeren Händen da. Die bisherigen Hauptverdächtigen waren unschuldig und weitere Personen hatten sie nicht im Visier. Gegen sechs Uhr saß er völlig frustriert an seinem Schreibtisch im Präsidium und widmete sich Neumanns Akten.

Riedmann traf etwa eine Stunde später mit einem Stapel Akten unter dem Arm ein, den er am Vorabend mit nach Hause genommen hatte. Auch er hatte wenig geschlafen. Hansen berichtete von Deckers Anruf, dessen Ergebnis auch den jüngeren Kollegen überraschte.

Eine Viertelstunde nach Riedmann trudelte Marquardt im Präsidium ein. Er war sichtlich enttäuscht, dass seine beiden Kollegen schon so früh anwesend waren. Anscheinend hatte er beabsichtigt, als Erster da zu sein, um mit der Aktendurchsicht fortzufahren. Er wollte ein paar Pluspunkte bei Hansen sammeln, da ihm durchaus klar war, dass er sich in den letzten Tagen den einen oder anderen Fauxpas geleistet hatte. Wie schon Riedmann zuvor, nahm Marquardt das Ergebnis der DNA-Analyse zerknirscht zur Kenntnis. Allen im Team war klar, was das bedeutete. Kurz nach acht meldete sich der sonst so zuverlässige Markus Beck bei Hansen und bat kurzfristig um einen freien Tag. Sowohl seine Frau als auch seine beiden Kinder waren über Nacht an einem grassierenden Magen-Darm Virus erkrankt.

Hansen gab Beck zähneknirschend frei, obwohl er gerade jetzt jeden Mann brauchte, um die Akten zu prüfen. Er setzte alle Hoffnungen darin, in ihnen ein Motiv für die beiden Morde zu finden. Sie brauchten schnellstens einen neuen Ermittlungsansatz.

Unmittelbar nach dem Telefonat mit Beck wählte Hansen die Nummer von Marcus Dohms.

»Guten Morgen, Karl«, wurde er freundlich begrüßt. »Da hatten wir wohl beide den gleichen Gedanken. Ich wollte dich nämlich auch gerade anrufen, weil es Neuigkeiten gibt.«

»Die gibt es bei uns auch. Und sie sind nicht gerade erfreulich. Wir haben nämlich das Ergebnis eurer Proben, die ihr in den Wohnungen der beiden Geschwister genommen habt, vorliegen. Die Probe von Kerstin Sommer war leider verunreinigt und somit nicht brauchbar.«

»Oh, das tut mir leid. Das ist natürlich nicht akzeptabel«, unterbrach Dohms Hansen.

»Ist nicht weiter schlimm, da wir ja noch die Probe von Carsten Sommer hatten. Um es kurz zu machen, sie haben nichts mit den Morden zu tun.«

»Das habe ich mir bereits gedacht«, erwiderte Dohms.

»Wieso denn das?«

»Das sind die Neuigkeiten, von denen ich gesprochen habe. Carsten Sommer ist letzte Nacht aus dem Urlaub zurückgekommen. Er sitzt gerade im Nebenzimmer, weil wir seine Aussage noch protokollieren. Die Erklärung, warum wir weder ihn noch seine Schwester ausfindig machen konnten, zum Beispiel über ihre Handys, ist ebenso unglaublich wie plausibel.«

»Jetzt bin ich aber gespannt.«

»Sommer war in Schweden. Wir überprüfen das gerade noch. Obwohl wir uns das jetzt im Grunde sparen könnten, nachdem, was du mir gerade bezüglich der DNA-Auswertung gesagt hast. Jedenfalls hat Sommer dort eine abgelegene Blockhütte gemietet. Er hat sein Handy am ersten Urlaubstag beim Angeln in einem See verloren. Deswegen war es für uns auch unmöglich, das Signal zu orten. Und wir wissen jetzt auch, was es mit dem Verschwinden seiner Schwester auf sich hat. Die ist vor circa zwei Monaten mit einem reichen Typen durchgebrannt. Der Zeitraum stimmt mit der Aussage der Nachbarin überein. Sie hat mittlerweile eine neue Handynummer. Wir haben auch eine Erklärung dafür, warum wir keine Post in der Wohnung von Kerstin Sommer gefunden haben. Alle Wurfsendungen, die an die Adresse gehen, werden regelmäßig von einer Freundin abgeholt. Kerstin Sommer wollte ihre Wohnung erst mal nicht aufgeben, weil sie nicht davon ausging, dass die Geschichte mit dem Typen von Dauer ist. Sie hatte Angst, ihre Wohnung zu verlieren und auf ihre Hartz IV Bezüge wollte sie natürlich auch nicht verzichten. Aber darum soll sich dann die Agentur für Arbeit kümmern. Sie wird eine Anzeige wegen Sozialbetrug erhalten. Ich habe in der Zwischenzeit mit ihr telefoniert. Sie hat die Angaben ihres Bruders bestätigt. Allerdings erst, nachdem ich ihr klar gemacht habe, dass wir sie mit einem Mord in Verbindung bringen.«

»Das ist wirklich eine unglaubliche Geschichte. Und sie unterstreicht das Ergebnis der Laboruntersuchung. Wir haben die Geschwister schon von der Liste der Verdächtigen gestrichen, obwohl ich davon überzeugt war, dass sie unsere Täter sind«, erwiderte Hansen frustriert.

»Es sprach ja auch durchaus einiges dafür. Vor allem die Tatsache, dass die beiden wie vom Erdboden verschluckt waren. Wie auch immer, ich wünsche euch weiterhin Erfolg bei euren Ermittlungen. Solltet ihr meine Hilfe brauchen, hast du ja meine Nummer. Schönen Tag noch!«

»Ja, dir auch«, erwiderte Hansen und beendete das Gespräch. Just in dem Moment, wo er aufstand, um seinen Kollegen von dem Anruf zu erzählen, wurde Hansen plötzlich schwindelig. Er musste sich auf dem Schreibtisch abstützen, um einen Sturz zu vermeiden. Wahrscheinlich lag es am Schlafmangel der vergangenen Nacht. Er hielt für einen kurzen Moment inne, bis die Attacke nachließ.

Er ging hinüber zu Riedmanns Büro. Noch ehe er es erreichte, klingelte sein Handy. Ein Kollege der Leitstelle berichtete von einem weiteren Mord. Ein Politiker mit dem Namen Marcel Kühnen von der Partei Die Alternative Linke habe die Leiche seines Parteikollegen Gernot Mayberg in dessen Haus in der Rütscher Straße gefunden. Hansen ließ sich die genaue Adresse geben. Auch das noch, als ob sie mit den aktuellen Ermittlungen nicht schon genug zu tun hatten!

»Uns wurde gerade ein neuer Mord gemeldet«, meinte Hansen, als er Riedmanns Büro betrat. Marquardt war ebenfalls anwesend. »Gernot Mayberg heißt das Opfer.«

»Der Politiker?«, fragte Marquardt dazwischen.

»Genau der. Du kennst den Mann?«, wunderte sich Hansen. Er hatte den Namen zuvor noch nie gehört.

»Vorsitzender von der Alternativen Linken. Ich habe das Programm der Partei erst kürzlich gelesen.«

»Du überraschst mich immer wieder, Jens. Ich wusste nicht mal, dass du dich außer für Frauen auch für andere Dinge interessierst«, meinte Hansen mit einem Augenzwinkern.

»Ich habe noch eine weitere Überraschung für dich. Der Mann stammt ursprünglich aus Dresden. Stand in seinem Kurzporträt.«

»Das ist allerdings eine interessante Information. Dann müssen wir wohl in Erwägung ziehen, dass unser mörderisches Duo wieder zugeschlagen hat«, seufzte Hansen, während er Deckers Nummer wählte. Nach dem siebten Klingeln ging die Leiterin der KTU ans Telefon.

»Laura, es tut mir leid, dass ich deinen wohlverdienten Schlaf unterbrechen muss. Aber wir haben eine weitere Leiche. Kannst du bitte auf dem schnellsten Weg in die Rütscher Straße kommen.«

»Ich hatte ohnehin nichts Besseres zu tun«, erwiderte Decker verschlafen. »Ich bin in zwanzig Minuten da.« Dann legte sie auf.

Kapitel 45

»Ich bin froh, dass Sie endlich hier sind. Es ist ein grauenvoller Anblick da oben«, plapperte Kühnen, der vor Maybergs Haus auf die Ermittler gewartet hatte, gleich los. Kühnen zog hastig an seiner Zigarette. Seine
tiefblauen Augen wanderten unruhig hin und her. Er fuhr sich mit der
rechten Hand durch sein perfekt frisiertes Haar, was seine offensichtliche
Nervosität noch einmal unterstrich. Sein Zahnpasta-Lächeln konnte nicht
darüber hinwegtäuschen, dass er einen insgesamt derangierten Eindruck
vermittelte. »Kommen Sie. Ich zeige Ihnen, wo Sie hinmüssen.«

»Es wäre mir lieber, wenn Sie uns einfach erklären, wo wir die Leiche
finden. Sie haben doch hoffentlich nichts angefasst?«, wollte Hansen wissen.

»Wo denken Sie hin? Natürlich habe ich mitnichten etwas angefasst.
Ich habe das Zimmer nicht einmal betreten. Mir reicht, was ich von der
Tür aus gesehen habe.«

»Also gut. Wo finden wir den Mann?«

»Treppe hoch. Erstes Zimmer links. Das Arbeitszimmer.«

»Danke. Wir verschaffen uns einen ersten Eindruck und haben dann
ein paar Fragen an Sie. Bitte warten Sie doch so lange im Flur«, schlug
Hansen vor.

»In Ordnung. Machen Sie sich schon mal auf etwas gefasst. Den Anblick werde ich wahrscheinlich mein ganzes Leben nicht mehr vergessen«,
erwiderte Kühnen.

Und der Mann hatte nicht übertrieben. Der Anblick, der sich den drei
Ermittlern beim Betreten des Zimmers bot, übertraf noch um einiges den
der ersten beiden Morde. Mayberg lag nackt auf seinem Schreibtisch. Die
Arme und Beine auseinandergespreizt, jeweils mit Nylonschnüren an die
Stempel eines massiven Schreibtischs gefesselt. Der Körper war übelst
zugerichtet. Auf allen Seiten des Tisches waren Blutflecken auf dem Tep-
pichbelag.

»Sie werden immer brutaler«, brach Riedmann als Erstes das Schweigen.

»Gefoltert und erdrosselt. Wie bei Neumann«, stellte Hansen nach
näherer Betrachtung des Leichnams fest.

»Und was sollen die Kritzeleien auf dem Brustkorb? Sieht aus wie
Strichmännchen.«

»Soll offenbar zwei Erwachsene und zwei Kinder darstellen«, meinte Marquardt schließlich.

»Da ist ja der Herr, der meinen Schönheitsschlaf gestört hat«, tönte Laura Decker aus dem Hintergrund, als sie das Arbeitszimmer betrat.

»Tut mir leid, Laura«, erwiderte Hansen schuldbewusst.

»Au Banan. Dich habe ich doch gar nicht gemeint, Karl. Von dem unappetitlich aussehenden Herrn da vorne habe ich gesprochen«, antwortete sie und deutete auf den Schreibtisch.

Da nun auch Deckers Kollegen in ihren weißen Overalls das Arbeitszimmer betraten, beschloss Hansen, erst einmal die Befragung von Kühnen vorzunehmen.

»Wir lassen euch dann jetzt mal in Ruhe eure Arbeit machen. Ich habe übrigens Bode angerufen. Er sollte auch bald eintreffen. Wir sind unten im Wohnzimmer, falls du uns brauchst«, meinte Hansen.

»Was dagegen, wenn ich den Kollegen ein wenig über die Schultern schaue? Wir müssen diesen Kühnen ja nicht unbedingt zu dritt befragen«, fragte ihn Marquardt und Hansen nahm wahr, dass Laura Decker in diesem Moment genervt mit den Augen rollte. Auch wenn sie sich den Annäherungsversuchen des Kollegen zu erwehren wusste, wollte Hansen ihr das nicht zumuten. Außerdem gab es Wichtigeres zu tun.

»Ich habe einen anderen Vorschlag für dich. Da Kollege Beck heute lieber Tagesmutter spielt, kannst du dir jetzt Stefan schnappen. Fragt die Nachbarn, ob sie letzte Nacht etwas Ungewöhnliches beobachtet haben. Und denkt daran, nach dem weißen Astra zu fragen. Vielleicht wurde der in den letzten Tagen hier gesehen.«

Diesmal nahm Hansen ein zufriedenes Lächeln von Riedmann aus dem Augenwinkel wahr. Damit sah er sich wieder einmal darin bestätigt, dass sein Kollege durchaus mehr für Laura Decker empfand.

»Na dann mal los, Jens«, meinte Riedmann, der regelrecht aus dem Arbeitszimmer stürmte.

Hansen folgte seinen beiden Ermittlern die Treppe hinab. Bog dann aber in den Flur nach rechts ab, wo er Kühnen traf. Gemeinsam gingen sie in das Wohnzimmer, das rechts abging. Kaum, dass sie den Raum betreten hatten, redete Kühnen auch schon los. Politiker halt, dachte Hansen.

»Mir ist eben glatt durchgegangen, mich vorzustellen. Kühnen mein Name. Marcel Kühnen. Stellvertretender Vorsitzender für die Alternative Linke. Und Sie sind?«

»Hauptkommissar Hansen. Mordkommission Aachen. Darf ich fragen, was Sie so früh am Morgen bei Mayberg wollten?«

»Wir waren zum Frühstück verabredet. Aber er hat nicht aufgemacht. Ans Telefon ist er auch nicht gegangen. Er wollte mir unbedingt von seiner Reise nach Berlin berichten.«

»Und wie sind Sie ins Haus gelangt?«

»Ich habe einen Zweitschlüssel«, erwiderte der Mann und wie auf Kommando hielt er auf einmal einen Schlüsselbund in den Händen.

»Sie waren also enger befreundet?«

»Schon seit Gründung der Partei vor sieben Jahren. Wir stammen beide aus Dresden und kannten uns schon seit etwa zwanzig Jahren. Den Schlüssel besitze ich, weil Gernot wollte, dass ich Zugriff auf alle Unterlagen in seinem Arbeitszimmer habe. Wenn wir nicht gerade zusammen unterwegs waren, konnte es immer mal wieder vorkommen, dass ich für ihn etwas erledigen sollte. «

»Hatte Mayberg Feinde?«

»Zeigen Sie mir einen Politiker, der die nicht hat. Es gab immer mal wieder Drohbriefe. Mal per Post. Mal per Mail. Aber die nimmt man nicht besonders ernst. Nun ja, bis heute jedenfalls!«

»Haben Sie da Namen für mich?«

»Nein, bedaure. Auch, wenn ich es gerne würde, angesichts dessen, was da oben passiert ist.«

»Kannten Sie Herbert Neumann oder Michael Lessing?«

»Doktor Lessing, ja. Aber der andere Name sagt mir nichts. Moment, wollen Sie etwa andeuten, dass Gernot dem gleichen Mörder zum Opfer gefallen ist wie Lessing?«

»Es gibt Parallelen. Woher kannten Sie Lessing?«

»Er war ein Gönner der Partei.«

»Wofür steht Ihre Partei eigentlich?«

»Wir stehen für ein sozialeres Deutschland. Gerechte Verteilung der Einkommen. Stärkung der Familien. Zugang zur Bildung für sozial Schwache, und so weiter. Am besten lesen Sie einmal unser Programm.«

»Sind Sie noch im Besitz der Drohbriefe und –Emails?«

»Ich lasse sie Ihnen durch meine Sekretärin zustellen. Sie sammelt diese Schreiben, soviel ich weiß.«

»Fürs Erste habe ich keine weiteren Fragen. Würden Sie bitte heute gegen vierzehn Uhr ins Präsidium kommen, damit wir die Aussage protokollieren können. Ich sorge dafür, dass es auch nicht zu lange dauert.«

»Selbstverständlich. Ich kann immer noch nicht glauben, dass Gernot tot ist. Und dann noch auf diese grausame Art und Weise.«

»Ach ja. Und bitte kein Wort zur Presse. Es dürfen keine Details an die Öffentlichkeit geraten«, bat Hansen den Politiker.

»Glauben Sie ernsthaft, dass ich Lust habe, diese schrecklichen Dinge breitzutreten? Ich bin froh, wenn ich heute einschlafen kann, nach dem, was ich da oben gesehen habe. Ich hoffe nur, dass Sie das Schwein bald schnappen.«

»Das hoffen wir auch, Herr Kühnen. Also, vierzehn Uhr im Präsidium. Ich gebe den Kollegen Bescheid.«

»Auf Wiedersehen, Herr Kommissar«, erwiderte Kühnen und reichte Hansen zum Abschied die Hand.

Kühnen verließ Maybergs Haus genau in dem Moment, als Nils Bode die Treppe heraufstürmte. Hansen begrüßte den Mediziner, der völlig unpassend in einem grauen Zweireiher am Tatort erschien, und gemeinsam nahmen sie die Treppen hinauf zum Arbeitszimmer.

»Guten Morgen die Dame und die Herren«, begrüßte Bode die Spurensucher freundlich.

»Morgen«, antwortete Laura Decker kurz angebunden. Die anderen Kollegen der KTU machten sich erst gar nicht die Mühe, Bodes Begrüßung zu erwidern. »Es gibt hier hömmele Spuren. Es ist eine wahre Freude, diesen Tatort zu untersuchen«, seufzte Decker.

»Dann wird es wenigstens nicht langweilig, Laura. Kannst du deinen Arbeitseifer einmal kurz einbremsen und Doktor Bode seine Arbeit machen lassen?«

»Kein Problem. Dann kann ich mir in der Zwischenzeit einen Kaffee genehmigen«, entgegnete sie und zog die Maske, die ihren Mund bedeckte, herunter. »Auch einen Schluck, Karl?«, fragte Decker, als sie ihre Thermos- kanne aus ihrem Arbeitskoffer hervorzauberte.

»Besser nicht. Bei deinem Gebräu bekomme ich nur wieder Sodbrennen«, lehnte Hansen dankend ab.

»Da war offensichtlich eine Menge Wut im Spiel«, stellte Bode nüchtern fest, nachdem er einen ersten Blick auf den Leichnam geworfen hatte. Der Pathologe versuchte, den Oberkörper anzuheben, was ihm aber kaum gelang, da das Opfer immer noch an den Tischbeinen gefesselt war.

»Ich würde gerne die Fesseln entfernen, damit ich mir den Leichnam genauer ansehen kann«, meinte er an Laura Decker gerichtet.

»Nur zu, wir haben in dem Bereich schon alle Spuren gesichert und fotografiert«, antwortete diese.

»Könnten Sie den Oberkörper bitte einmal festhalten«, meinte der Pathologe an Hansen gewandt.

Widerwillig zog sich der Hauptkommissar ein paar Einweghandschuhe an und machte, was der Gerichtsmediziner verlangte. Währenddessen holte Bode eine Sonde hervor, um die Lebertemperatur zu messen. »Wenn ich die Umgebungstemperatur mit einrechne und den Grad der sich wieder lösenden Leichenstarre mit einbeziehe, ist der Mann seit etwa sechs Stunden tot. Er hat durch die multiplen Verletzungen eine Menge Blut verloren, aber der Tod ist eindeutig durch Erdrosseln eingetreten. Der Wunde im Halsbereich nach zu beurteilen mit einem Draht. Die Einschnitte sind ungewöhnlich tief. Vermutlich wurde eine Garrotte oder Ähnliches benutzt.«

»Fällt Ihnen spontan etwas zu den Figuren auf der Brust ein? Oder haben Sie schon einmal Vergleichbares gesehen?«

»Solche Strichmännchen? Es sieht aus, als ob hier eine Familie dargestellt werden sollte. Sehr minimalistisch natürlich.«

»Neben den Brandwunden gibt es multiple Verletzungen der Hände und Knie. Wahrscheinlich mit einem Hammer zugefügt. Diverse Verbrennungen am gesamten Körper. Ursprung nicht auszumachen. Oberflächlich betrachtet unterscheiden sich die Verbrennungsmerkmale erheblich von denen, die wir bei Neumann gefunden haben. Womit die Fußsohlen oder das, was von ihnen übrig ist, bearbeitet wurden, kann ich im Moment nicht sagen. Der Mann muss unerträglich große Schmerzen gehabt haben. Sie können jetzt weitermachen, Frau Decker. Ich bin zunächst einmal fertig. Wann denken Sie, kann die Leiche ins Institut überstellt werden?«

»Wir sind damit ebenfalls fertig. Sie können schon einmal alles in die Wege leiten«, erwiderte sie.

»Dann werde ich das tun. Alles Weitere dann nach der Obduktion«, erwiderte Bode. Er zog seine Handschuhe aus, packte seine Tasche und verabschiedete sich von den Anwesenden.

»Ich mache mich dann auch auf den Weg. Ich denke, dass Riedmann und Marquardt gleich wieder hier aufschlagen. Wir fahren dann sofort zurück in Präsidium.«

»Alles klar. Wie werden hier noch eine ganze Weile beschäftigt sein«, meinte Decker, die ihren Mundschutz wieder hochzog. »Der Bericht folgt dann so schnell wie möglich.«

Kapitel 46

Hansen war gerade auf die Straße getreten, als seine beiden Kollegen auftauchten.

»Und?«, wollte der Hauptkommissar wissen.

»Die Nachbarn haben letzte Nacht weder etwas gehört noch gesehen. Und einen weißen Astra will auch niemand in den letzten Tagen in der Gegend beobachtet haben«, meinte Riedmann.

»Ich habe im Grunde nichts andreres erwartet. Unsere Ermittlungen werden durch den Mord an Mayberg jetzt nicht gerade einfacher. Und die Medien werden eine Jagd auf uns eröffnen, wenn wir nicht bald eine belastbare These vorweisen können. Vielleicht haben wir uns zu sehr darauf konzentriert, das Motiv in der Vergangenheit der Opfer zu suchen, weil wir die Polizeidienstmarke bei Neumann gefunden haben. Der einzige konkrete Ansatz in dieser Richtung war der Fall Sommer, von dem wir jetzt wissen, dass die Geschwister nichts mit den Morden zu tun haben.«

»Hm, das muss nichts bedeuten«, widersprach Marquardt. »Nur, weil die Geschwister aus dem Schneider sind, muss das nicht zwangsläufig bedeuten, dass wir in die falsche Richtung ermittelt haben. Wir haben möglicherweise nur noch nicht den richtigen Zusammenhang hergestellt.«

»Kannst du das ein wenig konkretisieren?«

»Think big! Glaubt ihr ernsthaft an einen Zufall, dass Mayberg gebürtig aus Dresden stammt? Wir können davon ausgehen, dass Neumann und Lessing mindestens eine Leiche im Keller hatten. Und zwar buchstäblich. Ich bin mir fast sicher, dass das ebenfalls auf Mayberg zutrifft. Mich würde es nicht überraschen, wenn wir herausfänden, dass sich die drei Männer aus der Zeit vor der Wiedervereinigung kannten und sich die Botschaft auf Maybergs Brust darauf bezieht.«

»Glaubst du, dass unsere drei Opfer eine ganze Familie auf dem Gewissen haben? Das hätten wir doch in den Akten finden müssen.«

»Wer sagt denn, dass es darüber eine Akte gibt? Wir sollten überprüfen, ob das BStU eine Akte über Mayberg hat. Wenn wir wissen, was er bis zur Wende gemacht hat, sind wir unter Umständen schon etwas schlauer. Ich kümmere mich gleich darum, wenn wir zurück im Büro sind«, sagte Riedmann.

»Akten ist ein gutes Stichwort. Wir haben noch eine Menge Arbeit vor uns. Wir sind nämlich noch keinen Schritt weiter mit der Auswertung der Unterlagen und der Festplattendaten aus Neumanns Haus! Unter Umständen finden wir auch da schon die eine oder andere Antwort auf unsere Fragen.«

Kapitel 47

Hansen hatte gerade die Klinke seiner Bürotür in der Hand, als Hellhausen auftauchte.

»Gut, dass ihr schon zurück seid. Kannst du mir ein kurzes Update geben?«, bat der Kriminalrat, der Hansen in dessen Büro folgte. Der Hauptkommissar berichtete seinem Chef daraufhin, was sie in der Rütscher Straße vorgefunden hatten.

»Wenn das so weiter geht, entwickelt sich Aachen noch zum El Dorado für Serienmörder. Erst Paul und jetzt diese Morde.«

»Ausnahmsweise sind wir einmal einer Meinung, Richard.«

»Und weil ich keine Lust habe, den Medien alleine gegenüberzutreten, darfst du mich um vierzehn Uhr zur Pressekonferenz begleiten. Bisher habe ich dich damit ja verschont.«

»Muss das wirklich sein, Richard? Wir haben noch so viel zu tun. Und Markus ist auch noch ausgefallen.«

»Tut mir leid. Aber diesmal geht kein Weg daran vorbei«

»In Ordnung«, seufzte Hansen, der einsah, dass es keinen Zweck hatte, Hellhausen zu widersprechen. »Wenn du mich dann jetzt entschuldigen würdest. Wir haben noch eine Menge zu tun.«

»Wir sehen uns um vierzehn Uhr. Ich erwarte, dass du pünktlich bist«, erwiderte der Kriminalrat, der daraufhin Hansens Büro verließ.

»Die Anfrage bei der BStU läuft. Vielleicht sollten wir auch noch einmal Kontakt zu den Dresdner Kollegen aufnehmen. Sie könnten versuchen herauszufinden, ob Maybergs Name im Zusammenhang mit dem K1 oder Bautzen auftaucht.«

»Ich rufe Marcus nachher einmal an. Aber jetzt sollten wir uns erst mal mit Neumanns Akten beschäftigen.«

Riedmann hatte gerade zu Ende gesprochen, als Marquardt hinter ihm auftauchte.

»Ich habe ein wenig im Internet wegen unserer »Strichmännchen« recherchiert. Es könnte sich tatsächlich um das Symbol handeln, das für Familie steht. Die Darstellung sieht jedenfalls, wie das Piktogramm, das offiziell als Familiensymbol genutzt wird.«

»Stellt sich nur die Frage, warum die Täter es in Maybergs Brust geritzt haben?«

»Entweder, weil er mitverantwortlich für ein Problem einer ganzen Familie war. Oder weil wir es mit einer geistesgestörten Killerfamilie zu tun haben, die sich so verewigen wollte«, meinte Riedmann trocken.

»Über den letzten Satz kann ich gar nicht lachen, werter Kollege.«

»Du müsstest einfach mal das eingeschränkte Spektrum deines Humors etwas erweitern, Karl.«

»Also gut, Kollegen. Genug gemutmaßt. Jens, du erstellst bitte ein Dossier über Mayberg. Und auf Stefan und mich warten die Akten«, meinte Hansen und klatschte in die Hände. »Aber vorher hole ich mir noch eine Kleinigkeit in der Kantine. Ich habe nämlich noch nicht gefrühstückt.«

Auf dem Weg in die Kantine dachte Hansen noch einmal über Riedmanns Kommentar nach. Sicherlich hatte sein Kollege nur einen Scherz machen wollen. Aber was wäre, wenn sie es tatsächlich mit zwei Tätern zu tun hatten, die lediglich aus purer Mordlust töteten? War es denkbar, dass die Mörder bewusst falsche Hinweise gaben, um sie in die falsche Richtung ermitteln zu lassen? Aber warum gab es dann die Verbindungen zwischen den Opfern? Neumann war nicht nur Lessings Patient, sie hatten sich auch schon vor dem Mauerfall gekannt. Der Doktor wiederum war ein Bekannter des Politikers Mayberg. Ob sich der Wachmann und das dritte Opfer ebenfalls kannten, war bis zu diesem Zeitpunkt noch nicht geklärt. Außerdem stammten alle drei Opfer aus Dresden und wohnten mittlerweile allesamt in Aachen. Das konnte kein Zufall sein. Nachdem er sein Käsebrötchen hinuntergeschlungen hatte, machte er einen Abstecher zum Polizeipsychologen Peter Jordens. Er hatte ein paar grundsätzliche Fragen.

Kapitel 48

»Hauptkommissar Hansen. Guten Morgen. Welch seltene Ehre, Sie in meinen Gefilden begrüßen zu können«, begrüßte ihn Jordens erfreut. Jordens war Ende fünfzig und hatte ein massiges Gesicht ohne markante Züge. Sein Haar war dunkelbraun. Graue Strähnen waren sichtbar und außerdem konnte man sehen, dass es sich zunehmend lichtete. Dank seines geringen Wuchses besaß er allgemein den Spitznamen Revierzwerg, obwohl Hansen diese abwertenden Aliasse nicht mochte. Hinter seiner Nickelbrille verbargen sich zwei tiefbraune Augen, die eine gewisse Güte ausstrahlten. Wahrscheinlich half das dem Psychologen bei der Arbeit mit den Patienten.

Hansen mochte den Mann, auch wenn er erst einmal mit ihm zu tun gehabt hatte. Es war schon einige Jahre her. Hansen hatte damals zum ersten und einzigen Mal in seiner gesamten Dienstzeit Gebrauch von seiner Schusswaffe machen müssen. Und dabei einen Menschen getötet. Der Mann hatte zwei junge Frauen entführt, über mehrere Tage auf brutalste Weise sexuell misshandelt und letztlich umgebracht. Als er sich seiner Verhaftung widersetzen und Hansen dabei mit einem Messer angreifen wollte, hatte er den Verdächtigen erschossen. Das Ereignis lag lange Zeit wie ein dunkler Schatten über ihm. Erst die Gesprächstherapie mit Jordens, der er sich aufgrund der Vorschriften unterziehen musste, hatte ihn aus seinem Seelentief befreit. Damals hatte er Jordens kennen und schätzen gelernt. Seither waren sie sich gelegentlich auf den Fluren des Präsidiums begegnet. Heute war Hansen nicht um seiner selbst willen hier.

»Guten Morgen, Doktor Jordens. Schön, Sie wiederzusehen.«

»Nehmen Sie doch bitte Platz. Was führt Sie zu mir?«

»Unsere Ermittlungen in einem Serienmord haben mich zu Ihnen geführt«, erwiderte Hansen, nachdem er auf dem Besucherstuhl vor Jordens´ Schreibtisch Platz genommen hatte.

»Ein Serienmörder?«

»Richtig. Genau genommen sind es zwei Täter. Geschwister. Sie foltern ihre Opfer und bringen sie anschließend um. Wir haben heute die dritte Leiche gefunden. Und auch wenn noch nicht bewiesen ist, dass es sich um die gleichen Täter handelt wie bei den ersten beiden Morden, spricht aufgrund der Vorgehensweise einiges dafür. Genau aus diesem Grund bin ich hier.«

»Geschwister sagten Sie?«

»Bruder und Schwester, um genau zu sein.«

»Hm. Ungewöhnlich. Aber erzählen Sie doch erst mal.«

»Eigentlich habe ich erst einmal eine eher allgemeine Frage, bevor wir auf die Details eingehen. Was können Sie mir zum Thema Folter aus Sicht eines Psychologen sagen?«

»Das ist eine sehr interessante Frage. Lassen Sie mich einen Moment darüber nachdenken.«

Jordens ließ sich in seinen Sessel zurückfallen und schloss die Augen. Offenbar suchte er in seinen Gedanken nach den richtigen Worten.

»Nun«, begann er, »der Hauptaspekt bei der Folter ist die Machtausübung. Mit der Anwendung von Foltermethoden verfolgt man das Ziel, sein Opfer zu unterwerfen. Was im Grunde bei jeder Art von Folter der Fall ist. Egal, ob man sie auf einer emotional-psychologischen Ebene oder auf der simplen physischen Ebene durchführt. Die Frage, die sich dabei stellt, ist die nach der Zielsetzung. Warum foltert man?«

»Zum Beispiel, um an Informationen heranzukommen«, antwortete Hansen. »Allerdings gehen wir davon aus, dass wir das hier ausschließen können.«

»Dann geht es also vordergründig darum, das Opfer zu erniedrigen.«

»Genau das ist der Grund, der mich zu Ihnen geführt hat. Was für Menschen sind zu solchen Taten fähig?«

»Das lässt sich natürlich nicht so einfach beantworten. Aber es muss auf jeden Fall jemand sein, der eine starke Persönlichkeit besitzt. Labile Menschen wären dazu auf keinen Fall in der Lage. Wo wir dann auch schon beim nächsten Aspekt wären: Skrupellosigkeit. Es gehört schon einiges dazu, einen Menschen zu foltern. Man muss Grenzen überschreiten, die für den normalen, durchschnittlichen Menschen nicht zu überschreiten sind.«

»Könnten wir es mit zwei Psychopathen zu tun haben?«, unterbrach Hansen den Psychologen bei seinen Ausführungen.

»Sie denken dabei sicherlich an Hannibal Lecter?«, meinte der Psychologe und grinste. »Wir benutzen den Begriff des Psychopathen heute eigentlich gar nicht mehr in der Psychologie. Das überlassen wir lieber den Filmproduktionsfirmen, die dieses Klischee gerne noch für ihre Gruselschocker verwenden. Wir benutzen lieber den Begriff der dissozialen oder antisozialen Persönlichkeitsstörung. Menschen mit dieser Störung handeln in der Regel verantwortungslos, haben ein geringes oder gänzlich fehlendes Schuldbewusstsein. Regeln und soziale Normen spielen eine eher untergeordnete Rolle. Die daran erkrankten Menschen können ihr Gewaltpotenzial nicht an- und ausschalten, wie man allgemein denken möchte. Reue empfinden sie in der Regel auch nicht. Trotz der vermeintlichen Defizite können die Erkrankten charmant, unterhaltsam und intellektuell sein. Eigenschaften, die sie manipulativ einzusetzen verstehen. Allerdings ist das jetzt nur eine ganz grobe Erklärung. Die Erkrankung ist so vielseitig, dass ich jetzt nicht auf alle Details eingehen kann.«

»Wäre es denkbar, dass solche Menschen schon früh mit dem Gesetz in Konflikt geraten«?, hakte Hansen nach, der spontan an Thomas Uhlig dachte. Auch wenn er nicht ins Täterprofil passte, weil er keine Geschwister hatte.

»Das ist sogar sehr wahrscheinlich.«

»Gibt es biologische Faktoren, die ein solches Krankheitsbild fördern?«

»Die Forschung geht davon aus, dass die Störung durch ein Zusammenspiel biologischer und sozialer Faktoren hervorgerufen wird. Insofern ist das also durchaus eine Erklärung dafür, warum ein Geschwisterpaar als Täter infrage kommt. Trotzdem ist eher ungewöhnlich, dass eine Frau andere Menschen foltert. Aber eben auch nicht ausgeschlossen.«

»Ich denke, damit sind meine Fragen erst einmal beantwortet. Vielen Dank, dass Sie sich die Zeit genommen haben«, meinte Hansen.

»Jederzeit gerne«, antwortete Jordens. »Sollten Sie zu diesem Thema weitere Fragen haben, wissen Sie ja, wo Sie mich finden. Viel Erfolg!«

»Das können wir durchaus gebrauchen. Wiedersehen, Herr Doktor.«

Hansen wusste noch nicht, ob Jordens´ Informationen für die weiteren Ermittlungen von Nutzen waren. Trotzdem lieferten sie einige interessante Aspekte. Auf dem Weg zurück ins Büro lief er geradewegs Laura Decker in die Arme. »Gut, dass ich dich treffe. Ich war gerade auf dem Weg zu dir«, kam sie gleich zur Sache.

»Was gibt`s?«, erwiderte Hansen, der immer noch über die Worte des Psychologen nachdachte.

»Das kann ich dir sagen. Entweder will uns hier jemand kräftig verarschen oder wir haben ein gewaltiges Problem. An der Leiche des Politikers haben wir mehrere graue Haare entdeckt!«

»Graue Haare? Keine Schwarzen?«

»Grau. Wie bei George Clooney. Wir warten mal die Analyse des Haares ab. Vielleicht hat unsere Täterin auch diesmal wieder eine Perücke getragen.«

»Was hat das nun wieder zu bedeuten?«

»Ich würde dir gerne eine Antwort darauf geben, Karl. Aber warten wir erst mal ab, was die Auswertung der Tatortspuren ergibt. Das dauert aber noch eine Weile. Wie schon erwähnt, haben wir reichlich Spuren in dem Arbeitszimmer gefunden. Wir wissen nicht, ob das alles mit dem Mord im Zusammenhang steht. Es ist ja durchaus denkbar, dass Mayberg das Arbeitszimmer auch für Treffen mit Parteikollegen genutzt hat.«

»Dieser Kühnen, der den Mord gemeldet hat, hält sich auf jeden Fall regelmäßig dort auf. Das hat er mir erzählt. Also können wir wohl davon ausgehen, dass Mayberg dort ständig Besuch empfing.«

»Wie ist der oder sind die Täter ins Haus gekommen?«

»Da wurde wieder professionelles Equipment benutzt, wobei das Schloss keine allzu große Herausforderung war. Trotzdem haben wir Hinweise darauf gefunden, dass der Zylinder manipuliert wurde. Mayberg hat seinen oder seine Mörder nicht selbst hereingelassen. Wir haben auch sonst keine Einbruchsspuren gefunden.«

»Lass mich wissen, wenn du was Brauchbares für mich hast.«

»Mache ich. Bis später.«

»Ich wollte schon eine Vermisstenanzeige aufgeben«, meinte Riedmann, als Hansen dessen Büro betrat. »Wo warst du frühstücken? In Köln?«

»Tut mir leid, Stefan. Ich habe noch einen Abstecher zu Doktor Jordens gemacht. Und Schuld daran warst du«, grinste Hansen.

»Was wolltest du denn bei unserem Polizeipsychologen? Und was bitteschön habe ich damit zu tun?«

»Hättest du nicht den Kommentar mit der geistesgestörten Killerfamilie fallen lassen, wäre ich schon längst wieder hier gewesen«, meinte Hansen. Anschließend erzählte er Riedmann, warum er Jordens besucht und was der Kriminalpsychologe ihm dargelegt hatte. Auch von der Begegnung mit Decker berichtete Hansen. Im Anschluss widmete er sich Neumanns Akten. Es gab noch viel zu tun, bis zur Pressekonferenz.

Kapitel 49

Kurz vor vierzehn Uhr betrat Hansen den gut besuchten Presseraum. Er nahm neben Hellhausen auf dem Podium Platz. Der Kriminalrat eröffnete die Pressekonferenz pünktlich auf die Minute. Nach ein paar einleitenden Sätzen übergab er das Wort an Hansen. Der Hauptkommissar berichtete über den aktuellen Stand der Ermittlungen und im Grunde entsprach das dem Wortlaut der offiziellen Pressemitteilung. Die hatte ihm ein Kollege der Pressestelle kurz vor der Konferenz in die Hand gedrückt. Wie Hansen befürchtet hatte, gaben sich die anwesenden Kollegen der Presse damit nicht zufrieden.

»Schmidt von der AZ. Wie es aussieht, macht der Täter gezielt Jagd auf Menschen aus Dresden, die hier in Aachen leben. Haben Sie dafür eine Erklärung?«

»Es gibt ein erkennbares Muster. Da können wir nicht widersprechen. Ich möchte aber nicht so weit gehen, von einer gezielten Jagd auf alle Dresdner zu sprechen.«

»Ach kommen Sie. Jeder hier im Raum weiß doch, dass Doktor Lessing das erste Opfer, diesen Neumann kannte. Und dass Lessing ein Intimus von Gernot Mayberg war, ist jetzt auch nicht wirklich neu. Ein paar Zufälle zu viel. Finden Sie nicht auch?«, ließ Schmidt nicht locker.«

»Natürlich gibt es diese Verbindung und es ist eine Tatsache, dass alle drei Opfer einmal in Dresden lebten. Darüber hinaus gibt es aber aktuell keine weiteren Verbindungen zwischen den Opfern, die als Motiv für die Morde in Betracht kommen.«

»Mit anderen Worten, Sie haben noch nichts in der Hand und tappen mal wieder völlig im Dunkeln? Sollten wir nicht eine Warnung an alle Dresdner rausgeben, die hier in Aachen wohnen?«

Diesmal war es nicht Schmidt, der die Frage stellte. Dirk Bremser vom Abendblatt, dachte Hansen, als er in die Augen des jungen Journalisten schaute. Wer auch sonst. Keiner verstand es besser als er, den Finger in die Wunde zu legen.

»Selbstverständlich schwebt nicht jeder Dresdner, der hier in Aachen wohnt, in Gefahr, Herr Bremser! Das ist absoluter Unsinn. Wir haben konkrete Hinweise, denen wir nachgehen. Die sind aber aus ermittlungstechnischen Gründen nicht für die Öffentlichkeit bestimmt.«

»Haben Sie denn die Frau gefunden, nach der mit dem Fahndungsfoto gesucht wird?«

»Leider nicht«, musste Hansen einräumen.

»Ist sie eine Zeugin oder hat sie mit den Morden zu tun?«

»Das Herr Bremser werde ich Ihnen nicht auf die Nase binden. Ich kann Ihnen lediglich bestätigen, dass sie als Letztes mit Lessing gesehen wurde. Den Rest können sie ihrer journalistischen Fantasie überlassen.«

»Uns kam zu Ohren, dass alle drei Männer vor ihrem Tod gefoltert wurden. Haben Sie es also mit einem Psychopathen zu tun?«, meldete sich jetzt wieder Schmidt von der hiesigen Lokalzeitung zu Wort.

»Ich weiß zwar nicht, wer Ihnen diesen Floh mit den angeblichen Folterungen ins Ohr gesetzt hat, aber ich wiederhole es gerne noch einmal: Ich kann Ihnen aus ermittlungstechnischen Gründen dazu nichts sagen. Außerdem benutzt die moderne Psychologie die Begriffe dissoziale oder antisoziale Persönlichkeitsstörung. Psychopath ist ein Begriff aus Hollywood. Damit haben Sie ja nicht zu tun, nicht wahr?«, wandte Hansen gleich sein neu erworbenes Wissen an. Innerlich kochte er. Immer wieder drangen Details nach außen, die nicht dafür bestimmt waren. Aufgrund seines halbherzigen Dementis hatte er die Spekulationen bezüglich der Torturen, die alle drei Männer vor ihrem Tod erlitten hatten, aber wohl eher befeuert als zerstreut. Jetzt konnte man davon ausgehen, dass spätestens am Nachmittag von Spekulationen über gefolterte Mordopfer im Internet zu lesen war.

»Was sind Ihre nächsten Schritte?«, fragte ein Mann aus den hinteren Reihen. Hansen kannte ihn nicht.

»Wie ich bereits eben erwähnte, gehen wir konkreten Hinweisen nach, die mit den Taten im Zusammenhang stehen. Wir sind absolut davon überzeugt, dass wir den Täter bald überführen werden.«

»Sie sprechen von einem Täter. Sind es nicht zwei Täter? Ein Mann und eine Frau?«, hakte Bremser nach.

»Wir können nicht ausschließen, dass wir nach einem Paar suchen. Das ist richtig. Aber wie Sie sich denken können ...«

»Dürfen Sie uns aus ermittlungstechnischen Gründen nichts dazu sagen«, beendete Bremser den Satz.

»So ist es. Und da ich Sinnvolleres zu tun habe, als meine Zeit mit Ihnen zu verbringen, gebe ich das Mikro weiter an meinen Chef. Der steht Ihnen gerne noch weiter zur Verfügung. Schönen Tag noch«, entgegnete Hansen, der daraufhin angesäuert den Presseraum verließ. Auf dem Weg zurück in sein Büro hatte er plötzlich ein merkwürdiges Pfeifen in seinem linken Ohr. Kurz darauf erfolgte eine weitere Schwindelattacke, die ihn zwang, anzuhalten und sich an der Wand abzustützen. Dieses Mal dauerte der Anfall viel länger als bei den anderen Malen. Nach gut einer Minute ging es soweit wieder, dass er seinen Marsch fortsetzte. Nur das unangenehme Pfeifen in seinem Ohr blieb.

Kapitel 50

»Wie ist es gelaufen?«, wollte Riedmann wissen, als Hansen die Bürotür von innen schloss.

»Frag nicht. Mein Freund Bremser war mal wieder bestens über einige Dinge informiert. Und der Pressemann von der AZ hat mich auf die Folterungen angesprochen.«

»Du weißt doch, dass es immer nur eine Frage der Zeit ist, bis solche Details bekannt werden. Und je länger die Ermittlungen laufen, desto größer ist die Gefahr.«

»Danke für die Aufklärung. Hast du was Brauchbares in den Akten gefunden, damit die Ermittlungen nicht noch länger laufen?«

»Nichts, leider. Aber du weißt ja, was wir noch vor uns haben. Und wir sind nur zu zweit! Übrigens, stimmt was nicht mit dir?«

»Warum fragst du?«

»Weil du immer wieder deinen Zeigefinger ins linke Ohr steckst und so komische Bewegungen machst«, wunderte sich Riedmann.

»Ach deshalb. Nein, alles in Ordnung«, erwiderte Hansen. Doch das Klingeln in seinem Ohr wollte einfach nicht nachlassen.

Bis zum späten Nachmittag hatten die beiden Ermittler den Aktenberg etwas reduzieren können. Neumann hatte offensichtlich seit dem Tod seiner Frau viel Zeit auf seine Recherchen verwendet. Jedenfalls wurden die Akten in den letzten zwölf Monaten deutlich akribischer geführt. Insbesondere die Nachbarn aus der Rosenstraße, wo Neumann lebte, hatten es dem Wachmann angetan. So ergab sich ein recht vollständiges Bild von den Familienverhältnissen der Hausbewohner. Angefangen von Hochzeiten über Fremdgehverhalten bis hin zu Scheidungen fehlte nichts. Hansen und Riedmann kannten mittlerweile die Namen von Kindern und diversen Enkelkindern. Aber etwas Nützliches fand sich bisher nicht in den Akten. Was die Überwachung ehemaliger DDR-Bürger anging, die nach der Wiedervereinigung ein glückliches Leben im Westen der Republik führten, wurde deutlich, dass der getötete Ex-Polizist diese Menschen aus tiefer Inbrunst gehasst hatte.

»Verdammt noch mal! Warum sind wir da eigentlich nicht von alleine drauf gekommen?«, schlug sich Riedmann mit der flachen Hand vor die Stirn und winkte gleichzeitig mit einer Mappe in Hansens Richtung.

»Hast du etwas gefunden?«

»Das weiß ich noch nicht. Aber ich habe gerade eine Akte von Gernot Mayberg entdeckt. Wir hätten gleich auf die Idee kommen können, danach zu suchen.«

»Stimmt«, räumte Hansen ein. »Daran habe ich auch nicht gedacht. Es wäre ja auch zu naheliegend gewesen.«

Eine Viertelstunde später hatte sich Riedmann einen ersten groben Überblick verschafft. »Das wirst du kaum glauben, Karl. Mayberg war von fünfundachtzig bis neunundachtzig in Bautzen! Er war dort ein ziemlich hohes Tier und der Vorgesetzte von Neumann«, erklärte Riedmann.

»Ist nicht wahr? Die kannten sich also auch schon seit damals. Wenn das alles noch ein Zufall ist, weiß ich auch nicht. Steht da noch mehr?«

Riedmann nahm seinen Notizzettel zur Hand und fasste kurz zusammen.

»Hier stehen sehr viele allgemeine Informationen. Mayberg war demnach jedenfalls ähnlich linientreu und dem SED-Staat ergeben, wie Neumann selbst. Aber eine Sache ist sehr interessant. Neumann besaß kompromittierendes Material. Dabei handelt es sich um Fotos, die Mayberg in sehr eindeutiger Pose mit einer sehr jungen Frau zeigen. Außerdem kann man ganz gut erkennen, dass er dabei Drogen konsumiert. Wahrscheinlich Koks. Der Name seiner Gespielin steht hier nicht. Aber Neumann nennt es seine Rückversicherung für den Fall, dass Mayberg in der Angelegenheit „Nitra“ vergessen sollte, welche Rolle er dabei hatte.«

»„Nitra“? Könnte Neumann den Politiker erpresst haben?«

»Wäre möglich. Aber dann hätten wir sicherlich einen Hinweis bei der Überprüfung von Neumanns Finanzen gefunden. Außerdem spricht er hier von Rückversicherung. Das hört sich eher danach an, dass er vorbeugen wollte.«

»Fragt sich nur, wofür?«

»Wenn du mich fragst, könnte das der Hinweis sein, nachdem wir gesucht haben.«

»Wir sollten jetzt keine voreiligen Schlüsse ziehen, Stefan. Wir wissen ja nicht einmal, was hinter dieser Angelegenheit steckt. Außerdem fehlt die Verbindung zu Lessing. Trotzdem hast du nicht ganz unrecht. Wir sollten herausfinden, was es mit dem Eintrag auf sich hat.«

»Vielleicht kann unser Dresdner Kollege herausfinden, ob es in dem Zentrallager noch Akten gibt, in denen ein Fall „Nitra“ erwähnt wird«, schlug Riedmann vor.

»Das ist ein guter Gedanke. Und wo du gerade Marcus erwähnst. Ich wollte ihn ohnehin noch einmal anrufen. Dann erledige ich das am besten sofort.«

Er wollte gerade die Nummer in den Kontakten seines Smartphones suchen, als Marquardt das Büro betrat.

»Hallo, Kollegen. Ich denke mal, ihr könnt es kaum erwarten, etwas über unseren Genossen Gernot Mayberg zu erfahren«, redete er gleich drauf los.

»Ich glaube, da sind wir dir schon einen kleinen Schritt voraus«, erwiderte Hansen und erzählte von Riedmanns Entdeckung.

»Das ist ja interessant«, fuhr Marquardt fort. »Denn über die Zeit vor neunundachtzig habe ich nicht viel gefunden. Es sieht fast so aus, als ob sich jemand viel Mühe gemacht hat, seine Spuren aus dieser Zeit zu verwischen. Es gibt nicht mal eine offizielle Akte über ihn bei der BStU.«

»Obwohl er in Bautzen war? Das ist seltsam«, unterbrach Hansen seinen Kollegen.

»Nach dem, was ihr mir erzählt habt, finde ich das auch merkwürdig. Aber die Kollegen der BStU haben mir das bestätigt. Da Stefan bereits angefragt hatte, habe ich die Info recht schnell erhalten.«

»Dann erzähle uns einmal, was du herausgefunden hast«, bat Hansen seinen Kollegen.

»Mayberg war nicht verheiratet und hatte keine Kinder. Seine Eltern leben noch. In einem Altersheim in Dresden. Ich vermute, dass sie das beträchtliche Privatvermögen erben. Immerhin knapp elf Millionen Euro. Er hat das Geld mit Immobilienspekulationen im Osten in den neunziger Jahren gemacht. Es scheint dabei nicht immer mit rechten Dingen zugegangen zu sein. Es gab zwei Verfahren gegen ihn. Die wurden aber jeweils wieder eingestellt.«

»Moment mal. Es gab ein Verfahren gegen Mayberg?«, unterbrach Riedmann Marquardts Ausführungen. »Wieder so ein seltsamer Zufall. Gegen alle drei Opfer wurde ermittelt und die Verfahren jeweils eingestellt. Möglicherweise ist das die Verbindung, nach der wir suchen?«

»Du glaubst, dass da jemand Justizirrtümer korrigiert? Nach so vielen Jahren?«

»Warum nicht?«

»Wir behalten es einmal im Hinterkopf«, erklärte Hansen. »Fahr bitte fort, Jens.«

»Mayberg ist vor zehn Jahren nach Aachen gekommen. Drei Jahre später gründete er die Partei Die Alternative Linke, deren Vorsitzender er seitdem auch war. Bis vor zwei Jahren war die Partei übrigens nur eine Randerscheinung in der politischen Landschaft. Aber die Prognosen besagen, dass die AL bei den nächsten Bundestagswahlen in den Bundestag einziehen könnte. Ist wohl auch eine Folge der Politikverdrossenheit. Dass sich Mayberg und Lessing kannten, wussten wir ja bereits. Eine Verbindung zu Neumann konnte ich jetzt auf die Schnelle nicht finden. Aber da habt ihr mich ja eben eines Besseren belehrt. Ich habe die Drohbriefe und -mails in der Zwischenzeit erhalten und gelesen. Wenn ihr mich fragt, sind unsere Mörder nicht darunter zu finden. Aber ihr könnt ja selbst noch einen Blick darauf werfen, um euch eine eigene Meinung zu bilden. Die KTU hat einen Terminkalender in Maybergs Arbeitszimmer sichergestellt. Dadurch haben wir ein recht aufschlussreiches Bild seiner Aktivitäten der letzten Tage. Wobei Laura natürlich auch noch den Computer und das Handy auswerten muss. Bis vorgestern Abend war Mayberg in Berlin. Gestern Abend wollte er sich eigentlich kurzfristig mit seiner Freundin Vanessa Leimbach treffen. Die Verabredung hat sie aber per SMS abgesagt, wie mir Laura eben erzählte. Migräne.«

»Hast du schon mit der Frau gesprochen?«

»Nein, ich habe versucht, sie anzurufen. Sie geht aber nicht ans Telefon.«

»Wo wohnt diese Frau Leimbach?«

»In der Mozartstraße.«

»Wir fahren da jetzt sofort hin. Wir müssen sie ja ohnehin befragen«, meinte Hansen. »Jens, du fährst mit. Den Rest des Dossiers kannst du mir im Wagen erzählen. Stefan, du kümmerst dich bitte weiter um die Akten.«

Kapitel 51

Eine Viertelstunde später standen die beiden Beamten vor dem Mehrfamilienhaus in der Mozartstraße. Sie hatten schon mehrfach bei Vanessa Leimbach geklingelt. Leider ohne Erfolg. Hansen drückte einen beliebigen anderen Klingelknopf und wartete. Ihnen wurde geöffnet. Im dritten Stock, an der Wohnung der Frau angekommen, klingelten und klopften sie erneut. Obwohl durch die Tür deutlich Musik zu hören war, wurde nicht geöffnet.

»Ich habe eindeutig Hilfeschreie aus der Wohnung gehört«, meinte Marquardt. »Da ist Gefahr in Verzug.«

Hansen zögerte einen kurzen Moment. Sollten sie ohne Grund in die Wohnung einbrechen, müssten sie einige unangenehme Fragen beantworten. Letztlich war es ihm aber egal. Um den Papierkram musste er sich so oder so am Ende kümmern.

»Also gut. Wir brechen sie auf.«

Nachdem sich Marquardt zweimal gegen die Wohnungstür geworfen hatte, gab sie nach. Vom Flur ausgehend kontrollierten sie die ersten beiden Zimmer zur linken beziehungsweise rechten Seite. Es handelte sich um die Küche und das Bad. Dann steuerten sie geradewegs auf den Raum zu, aus dem die Musik zu hören war. Es handelte sich um das Wohnzimmer. Hier waren Kampfspuren zu sehen. Eine zerbrochene Blumenvase lag mitten auf dem Boden.

»Wir sollten den anderen Raum noch überprüfen. Vielleicht hat das mit der Vase ja auch nichts zu bedeuten.«

In dem letzten Raum der Wohnung befand sich, wie nicht anders zu erwarten war, das Schlafzimmer. Eine Frau, geknebelt und gefesselt, lag auf dem Bett und starrte die beiden Ermittler mit weit aufgerissenen Augen an.

»Keine Angst. Wir sind von der Polizei«, redete Hansen beruhigend auf die sichtlich verängstigte Frau ein. Den Dienstausweis hielt er in der Hand. »Ich werde Sie jetzt befreien«, fuhr er fort, während er sich dem Bett näherte. Die Hände und Füße waren jeweils mit Kabelbindern an das Bettgestell gefesselt. Auf der Vorderseite ihrer blauen Jeans befand sich ein dunkler Fleck. Im Raum roch es nach Urin. Hansen schätzte, dass sie sich wenigstens zwanzig Stunden in dieser misslichen Situation befunden hatte.

»Ich werde jetzt das Klebeband von Ihrem Mund entfernen. Das wird vermutlich etwas wehtun.« Kaum, dass er den Knebel entfernt hatte, fing sie an zu schluchzen. Hansen holte sein Taschenmesser, das er immer in der Jackentasche hatte, hervor, und beugte sich zu der Frau hinunter. Zuerst schnitt er die Handfesseln auf. »Sind Sie Vanessa Leimbach?«

»Danke, ja«, hauchte sie kaum hörbar. Sie rieb sich die wunden Handgelenke. Es waren deutliche Striemen erkennbar. Anschließend löste Hansen die Kabelbinder, mit denen die Füße fixiert waren.

»Mein Name ist Karl Hansen von der Mordkommission Aachen. Mein Kollege, Jens Marquardt. Holst du Frau Leimbach bitte ein Glas Wasser, Jens. Und verständige auch direkt mal die KTU. Laura wird sich über noch mehr Arbeit freuen.«

»Alles klar. Mache ich.«

»Können Sie mir sagen, was hier passiert ist, Frau Leimbach?«

»Sagen Sie bitte Vanessa«, erwiderte die junge Frau. Sie versuchte, sich aufzurichten, um sich auf die Bettkante zu setzen. Dabei rebellierte offensichtlich ihr Kreislauf.

»Das legt sich gleich wieder. Nach der ganzen Zeit in dieser Haltung ohne Essen und Trinken ist das völlig normal.« Hansen wusste, dass das kein Trost war. Er wusste nicht, was er sonst sagen sollte. Er wartete geduldig auf eine Reaktion der Frau. Doch Leimbach war immer noch unfähig zu antworten. Kurze Zeit später kehrte Marquardt mit einem Glas Wasser zurück ins Schlafzimmer.

»Ich kann Ihnen das gar nicht so genau sagen«, begann Vanessa Leimbach. »Als ich gestern am späten Nachmittag nach Hause gekommen bin, war da dieser Mann.«

»Wann war das genau und wie sah der Mann aus?«, unterbrach sie der Hauptkommissar.

»Das muss gegen siebzehn Uhr gewesen sein. Den Einbrecher konnte ich nicht erkennen. Er hatte eine Sturmhaube auf. Er hat im Wohnzimmer auf mich gewartet. Ich habe noch versucht zu flüchten. Aber er war schneller und hat mich gepackt.«

»Dabei ist dann sicherlich die Vase zerbrochen?«

»Welche Vase? Daran kann ich mich nicht erinnern. Ich weiß nur noch, dass er mir einen feuchten Lappen auf den Mund gedrückt hat. Dabei hat er irgendwas von »Das ist nur zu deinem Besten« gefaselt. Genau weiß ich das leider nicht mehr. Als Nächstes bin ich dann hier auf meinem Bett aufgewacht.«

»Haben Sie die Stimme des Mannes erkannt?«

»Nein. Aber wie gesagt kann ich mich kaum erinnern. Ich kann mir gar nicht vorstellen, was er mit mir vor hatte. Vielleicht wurde er gestört. Jedenfalls hat er mich nicht ...« Sie konnte nicht weitersprechen, da sie wieder gegen ihre Tränen ankämpfte. »Jedenfalls hat er mich nicht vergewaltigt«, fuhr sie schließlich fort. Ihre Erleichterung war ihr anzumerken.

»Frau Leimbach. Wir vermuten, dass der Überfall hier mit einem Fall zusammenhängt, in dem wir aktuell ermitteln. Es tut mir leid, Ihnen mitteilen zu müssen, dass Gernot Mayberg letzte Nacht in seinem Haus ermordet wurde.«

»Was sagen Sie da? Gernot ist tot? Das kann nicht sein!« Und wieder schossen ihr Tränen in die Augen.

»Leider ja. Und nach allem, was Sie uns gerade erzählt haben, wollten die Täter mit dem Überfall auf Sie vermutlich verhindern, dass Sie ihnen bei ihrem Vorhaben in die Quere kommen. Das dürfte damit gemeint gewesen sein, dass der Überfall nur zu Ihrem Besten sei.«

Immer noch liefen ihr Tränen über die Wangen. Hansen hatte Mitleid mit der Frau. Erst der Überfall. Dann die Nachricht vom Tod ihres Freundes.

»Frau Leimbach. Gleich wird ein Team der Kriminaltechnik Ihre Wohnung in Beschlag nehmen, um nach Spuren zu suchen. Man wird Sie bitten, Ihre Kleidung auszuziehen und zu übergeben, damit man sie auf DNA-Spuren oder andere Hinterlassenschaften des Täters untersuchen kann. Haben Sie die Möglichkeit, heute Nacht irgendwo anders zu übernachten? Vielleicht bei einer Freundin, damit Sie nicht alleine sind?«

»Ich kann sicherlich bei Nadine übernachten. Sie wohnt gleich um die Ecke«, erwiderte sie. Dabei schniefte sie in ein Taschentuch, das sie aus einer Box, die auf der Nachttischkommode stand, herausgezogen hatte. »Ich kann das alles gar nicht glauben«, fuhr sie fort.

»Soll ich unseren Polizeipsychologen informieren? Er kann sich um Sie kümmern, wenn Sie das wünschen.«

»Nicht nötig.«

»Ich schreibe Ihnen trotzdem seine Telefonnummer auf die Rückseite meiner Visitenkarte. Sie können Doktor Jordens jederzeit erreichen. Oder Sie rufen mich an, wenn Sie das Bedürfnis verspüren.«

Hansen hatte gerade zu Ende gesprochen, als es an der Haustür klingelte.

»Das wird die Spurensicherung sein. Ich habe Ihnen ja bereits erklärt, wie das weitere Prozedere ist. Jens, drückst du bitte mal auf den Türöffner«, bat Hansen seinen Kollegen. Hansen folgte Marquardt auf den Flur und wartete mit ihm an der Wohnungstür auf Laura Decker und ihr Team.

»Meine Herren, Karl. Wie soll ich bei dem Pensum, das du mir aufhalst, meine Arbeit zu Ende führen?«, begrüßte Decker spöttisch die beiden Ermittler. Hansen erklärte, was sie bisher in Erfahrung gebracht hatten. Decker versprach, Vanessa Leimbach behutsam zu behandeln. Nachdem sich die beiden Ermittler verabschiedet hatten, verließen sie die Wohnung wieder und fuhren zurück ins Präsidium.

Hansen hatte gerade seinen Wagen gestartet, um in den Feierabend zu fahren, als sein Handy klingelte. Es war sein alter Schulfreund, Klaus Noppeney. Sie kannten sich seit dem Abitur. Noppeney arbeitete als Geschäftsführer einer Maschinenbaufirma in Köln und war dementsprechend viel unterwegs. Sie sahen sich deshalb nur sporadisch.

»Kann ich dich überzeugen, heute Abend ein Bier mit mir trinken zu gehen?«, kam Noppeney gleich zur Sache.

»Bist du etwa in der Stadt?«

»Würde ich sonst fragen, Herr Kommissar? Ich habe meine Schwester besucht und jetzt würde ich gerne mit meinem alten Freund ein kühles Helles in unserer Stammkneipe nehmen?«

»Hm. Eigentlich passt es gerade schlecht. Ich bin ziemlich groggy. Wir ermitteln momentan in diesem komplizierten Fall ...«

»Ach Quatsch. Wir haben noch nicht mal halb acht«, unterbrach Noppeney seinen alten Kumpel in seiner gewohnt direkten Art. »Das kannst du mir unmöglich ausschlagen. Nächste Woche bin ich wieder für vier Wochen in Asien unterwegs.«

Hansen wägte ab. Eigentlich brauchte er dringend ein wenig Erholung für den nächsten Tag. Andererseits sah er Klaus wirklich nur alle Jubeljahre. Und Christine war ohnehin nicht zu Hause.

»Also gut«, willigte er schließlich ein. »Wir treffen uns um acht. Aber wirklich nur auf ein Bier.«

»Wusste ich es doch, dass man sich auf dich verlassen kann«, erwiderte Noppeney und legte auf.

Natürlich blieb es an diesem Abend nicht nur bei einem Bier. Was nicht zuletzt an dem Anruf von Laura Decker lag, den Hansen im Köpis

Eck erhielt. Laut Analyseergebnis gehörte das graue Haar einem nahen Verwandten der beiden ersten Täter. Vermutlich handelte es sich sogar um den Vater der mordenden Geschwister. Er quittierte Lauras Anruf mit den Worten, dass er das erst mal verdauen müsse, bedankte sich und verwies auf die morgige Frühbesprechung. Anschließend hatte er erst mal zwei Bier und zwei Schnaps geordert. Dieses Prozedere wiederholten Noppeney und Hansen bis in den späten Abend hinein immer wieder. Gegen halb eins in der Nacht lag Hansen dann endlich im Bett.

Kapitel 52

Mittwoch, 27. September 2017

Der Morgen begann für Hansen mit Kopfschmerzen und Schwindel. Wieder einmal hatte er zu tief ins Glas geguckt. Und das in der jetzigen Phase der Ermittlungen. Zwar war der Abend mit Klaus eine willkommene Ablenkung von den schwierigen Ermittlungen gewesen, aber eigentlich brauchte er gerade jetzt einen klaren Kopf. Auch das unangenehme Fiepen in seinem linken Ohr war nach wie vor da. Wenn es nicht besser würde, musste er wohl oder übel einen HNO-Arzt aufsuchen.

Er schlurfte unmotiviert ins Bad und stellte sich erst einmal unter die kalte Dusche. Anschließend trank er einen starken Kaffee und aß eine trockene Scheibe Toast. Mehr bekam er jetzt nicht runter. Als er die Wohnung gerade verlassen wollte, stand Christine auf. Schnell hauchte er ihr noch einen Kuss auf die Wange. Dann machte er sich auf den Weg.

Bevor sich Hansen auf die Akten stürzen wollte, schluckte er erst einmal zwei Aspirin. Er hatte noch vom letzten durchzechten Abend eine Schachtel in seinem Schreibtisch. Er wollte gerade beginnen, die letzten drei Akten, die noch von seinem ursprünglichen Stapel übrig waren, zu lesen, als Riedmann auftauchte. Hansen berichtete kurz von Deckers Anruf vom Vorabend und dem Ergebnis der Haaranalyse vom Tatort Mayberg. Sein jüngerer Kollege war ebenso ratlos wie er selbst.

Hansen schlug gerade die Akte auf, die mit Peter Dreschers, Hannover beschriftet war, als sein Handy klingelte. Als er Marcus Dohms´ Nummer im Display erkannte, fiel ihm schlagartig ein, dass er ganz vergessen hatte, den Dresdner Kollegen anzurufen. Eigentlich wollte er ihm schon längst von den aktuellen Entwicklungen erzählt haben. Das war angesichts der Tur-bulenzen des gestrigen Tages völlig untergegangen.

»Guten Morgen, Marcus. Das ist ja ein Zufall. Ich wollte dich auch gerade anrufen«, schwindelte Hansen.

»Wegen Mayberg, nehme ich mal an. Wir haben schon davon gehört. Hat ja bundesweit Schlagzeilen gemacht. Waren es die gleichen Täter wie bei Neumann und Lessing?«

»Tja. Genau das ist das Problem. Ganz so einfach ist es nämlich leider nicht. Es besteht auf jeden Fall ein Zusammenhang. Der genetische Fingerabdruck von Maybergs Mörder hat nämlich bewiesen, dass es eine hohe Übereinstimmung mit den genetischen Merkmalen der Geschwister gibt. Sehr wahrscheinlich handelt es sich um den Vater der Kinder.«

»Wow! Das wird ja immer seltsamer. Drei Morde und drei verschiedene Täter. Und alle verwandt miteinander! Das dürfte wohl ziemlich einmalig in der deutschen Kriminalgeschichte sein.«

»Wahrscheinlich sogar weltweit. Es gibt zwei Möglichkeiten. Entweder haben wir es tatsächlich mit einer Killerfamilie zu tun. Oder wir werden gewaltig an der Nase herumgeführt.«

»Du meinst bewusst platzierte Beweismittel?«

»Möglicherweise. Auf jeden Fall brauchen wir mal wieder eure Hilfe.«

»Dann lass mal hören.«

»Wir wissen aus den Akten, die Neumann heimlich angelegt hat, dass Mayberg zur gleichen Zeit in Bautzen war, wie die beiden ersten Opfer.«

»Und jetzt möchtest du, dass wir etwas darüber herausfinden«, unterbrach Dohms seinen Kollegen.

»Genau. Vielleicht habt ihr ja zufällig noch so ein Geheimarchiv mit Akten aus Bautzen«, scherzte Hansen. »Das BStU hat jedenfalls keine Akte, obwohl Mayberg den Unterlagen zufolge dort ein hohes Tier gewesen sein muss.«

»Puh, das ist seltsam. Das heißt, wir müssen erst mal herausfinden, wer zu dieser Zeit in Bautzen gearbeitet hat. Und dann müssen wir die Leute ausfindig machen und befragen. Das wird nicht einfach.«

»Ich weiß, Marcus. Aber der Ansatz, Zeugen aus der fraglichen Zeit in Bautzen zu finden, klingt vielversprechend. Immerhin ist das bisher bei allen drei Opfern der einzige gemeinsame Nenner. Sollte das Motiv für die Morde tatsächlich mit einem Vorfall in Bautzen zusammenhängen, werden wir in einem offiziellen Dokument ohnehin keinen Hinweis darauf finden. Und wenn ihr schon einmal dabei seid, versucht mal herauszufinden, ob ihr irgendeinen Hinweis auf einen Vorfall mit dem Decknamen „Nitra" findet. Ich lasse dir die Seiten scannen und zukommen. Dann verstehst du, was ich meine. Und warum hast du jetzt eigentlich angerufen?«

»Das hätte ich jetzt doch glatt vergessen. Folgendes. Uns liegen mittlerweile sämtliche Ergebnisse für die Auswertung der Handydaten der Homesec-Mitarbeiter vor. Wir wollten das eigentlich nicht mehr weiter verfolgen. Deshalb hätte ich es auch fast übersehen. Aber etwas ist merkwürdig und das wollte ich dir nicht vorenthalten.«

»Jetzt bin ich aber gespannt.«

»Den Unterlagen zufolge befand sich das Handy von Thomas Uhlig in den letzten beiden Wochen sehr häufig im Bereich einer Funkzelle in der Krefelder Straße. Könnt ihr damit etwas anfangen?«

Hansen wurde schlagartig nüchtern.

»Und ob uns das etwas sagt! Dort wohnt die Putzfrau von Lessing. Ich kann zwar adhoc nicht beurteilen, ob das etwas zu bedeuten hat. Allerdings ist es schon ein seltsamer Zufall. Andererseits könnte es auch eine ganz harmlose Erklärung dafür geben. Vielleicht ist dieser Uhlig der Freund von Susanne Schäfer? Andererseits«, hielt Hansen kurz inne. Er musste an Jordens´ Worte denken, dass Menschen mit einer dissozialen Persönlichkeitsstörung oft eine kriminelle Vergangenheit haben. Und das war bei Uhlig der Fall. Allerdings war er ein Einzelkind und seine Eltern tot. Insofern kam er als Täter eigentlich nicht in Betracht.

»Andererseits?«, riss Dohms Hansen aus seinen Gedanken.

»Entschuldige. Mir ist da gerade nur etwas eingefallen. Könntest du mir noch einen weiteren Gefallen tun?«

»Solange mein Chef nichts dagegen hat, klar!«

»Du hast doch erwähnt, dass Uhlig den Großteil seiner Kindheit und Jugend im Heim verbracht hat. Könntest du vielleicht herausfinden, wer seine früheren Betreuer waren? Ich möchte gerne mehr über ihn erfahren.«

»Verstehe. Ich melde mich wieder, wenn ich Neuigkeiten für euch habe. Schönen Arbeitstag noch.«

»Danke ebenfalls. Ich werde mich für deine Hilfe auf jeden Fall revanchieren«, erwiderte Hansen und beendete das Gespräch. Er hatte da auch schon etwas im Sinn. Nach erfolgreichem Abschluss der Ermittlungen wollte er Dohms nach Aachen einladen. Aber jetzt galt seine volle Aufmerksamkeit erst einmal dem aktuellen Geschehen.

Kapitel 53

Dohms Anruf hatte ihn ins Grübeln gebracht. Den Unterlagen zufolge hatte der Mann keine Schwester und die Eltern waren schon vor Jahren bei einem Autounfall gestorben. Von daher passte Uhlig eigentlich nicht ins Profil. Andererseits war er ausgerechnet zu der Zeit in Aachen, wo die Morde begangen. Zudem arbeitete er als Berater einer Firma, die Sicherheitstechnik verkauft. Er verfügte also über das nötige Know-how, um Sicherheitsschlösser zu knacken und Alarmsysteme auszutricksen. Außerdem fuhr er einen weißen Opel Astra. Und jetzt sah es ganz danach aus, als ob er auch noch Susanne Schäfer kannte. Ein paar Zufälle zu viel, wie Hansen fand. In diesem Zusammenhang kam ihm der Gedanke, die beiden verbliebenen Akten auf seinem Schreibtisch nach dem Namen Thomas Uhlig zu durchsuchen. Allerdings konnte er dort nichts finden. Und wie sich herausstellte, war das auch bei Riedmann und Marquardt der Fall. Schade, dachte Hansen. Trotzdem ließ ihn der Gedanke nicht los. Er würde das Thema auf jeden Fall bei der morgendlichen Sitzung ansprechen. Da er bis dahin noch ein wenig Zeit hatte, widmete er sich der Akte von Peter Dreschers. Der Mann war in Neumanns Fokus geraten, weil er ein Jahr vor der Wende in die BRD geflüchtet war. Anfang der neunziger Jahre hatte der getötete Wachmann Dreschers in Hannover ausfindig gemacht. Der Mann war verheiratet und hatte zwei Kinder. Und wie Hansen sowohl den Berichten als auch den Fotos entnehmen konnte, hatte Neumann die Entwicklung der Kinder bis ins Erwachsenenalter dokumentiert. Den Unterlagen zufolge waren die Geschwister heute fünfundzwanzig Jahre alt. Peter Dreschers arbeitete als Techniker bei einem Mobilfunkunternehmen. Den Aufzeichnungen zufolge endete die Überwachung vor etwa drei Jahren. Zu dem Zeitpunkt war Neumanns Frau bereits an Krebs erkrankt. Möglicherweise hat er die zeitintensive Überwachung dann auf sein nahes Umfeld beschränkt, mutmaßte Hansen. Auf der letzten Seite stand eine Notiz, die mit einem roten Stift dick umrahmt war. Was Hansen da zu lesen bekam, ließ ihm kurzzeitig das Blut in den Adern gefrieren. Dort stand geschrieben: D. darf niemals von Projekt „Nitra" erfahren! War es möglich, dass dies der Hinweis war, nach dem sie suchten? Immerhin hatte Dreschers einen Sohn und eine Tochter. Und wie er auf den Fotos erkannte, hatten beide Kinder schwarze Haare. Für die Frühbesprechung, die in wenigen Minuten stattfand, gab es jedenfalls reichlich Gesprächsstoff.

»Wo ist Kollege Beck?«, wollte Hansen wissen, als Marquardt die Tür des Besprechungsraums hinter sich schloss.

»Markus hat sich auch einen Magen-Darm Virus eingefangen. Hat sich wohl bei seiner Familie angesteckt. Er hat die halbe Nacht auf der Toilette verbracht. Als ich ihn eben zu Hause abholen wollte, habe ich mich ganz schön erschrocken. Er sah wirklich nicht gesund aus. Er wollte eigentlich anrufen, um sich krank zu melden. Aber selbst dazu war er nicht in der Lage. Ich bin nicht einmal dazu gekommen, ihm gute Besserung zu wünschen, da ist er auch schon den Hausflur entlang Richtung Gästetoilette gestürmt. Den Rest könnt ihr euch ja denken.«

»Ja, können wir. Von daher erspare uns bitte die Einzelheiten. Setz dich bitte, ich möchte eure Meinung zu ein paar Dingen hören«, kam Hansen ohne Umschweife zur Sache. »Marcus Dohms hat mich eben angerufen. Er hat berichtet, dass die Auswertung der Handydaten der Homesec Angestellten ergeben hat, dass sich Thomas Uhlig seit Beginn der Morde sehr häufig in Aachen aufhielt. Es kann zwar auch nur ein Zufall sein, aber sein Handy war auffällig oft in eine Funkzelle in der Nähe der Krefelder Straße eingeloggt. Und wie wir wissen, wohnt dort Susanne Schäfer.«

»Wir wissen aber auch, dass er keine Geschwister hat. Und seine Eltern sind bei einem Autounfall gestorben«, erwiderte Riedmann. »Also kann er unmöglich als Täter infrage kommen. Und unabhängig davon, hat Susanne Schäfer nicht einmal ansatzweise Ähnlichkeit mit der gesuchten Frau aus dem Belvedere. Egal, ob sie an dem Abend eine Perücke getragen hat oder nicht!«

»Ich kann deine Skepsis ja durchaus nachvollziehen, Stefan. Aber lass uns den Gedanken doch trotzdem einfach einmal aufnehmen und ein wenig spekulieren.« Just in diesem Moment klingelte Hansens Handy. Nils Bode, der Rechtsmediziner.

»Bode hat bestätigt, dass Mayberg mit einem Draht erdrosselt wurde«, erklärte Hansen, nachdem er das Gespräch beendet hatte. »Der wahrscheinliche Todeszeitpunkt war zwischen drei und vier Uhr in der Früh. Also nur wenige Stunden, bevor er gefunden wurde. Die Einzelheiten zur Folterung erspare ich euch an dieser Stelle. Ihr könnt das später im Bericht nachlesen. Also, wo waren wir stehen geblieben?«

»Du möchtest, dass wir ein Szenarium entwickeln, in dem Uhlig und Schäfer als Täter infrage kommen«, begann Riedmann. »Ausgehend von den Informationen, die uns bisher vorliegen, fehlt mir ehrlich gesagt die Fantasie, daraus eine plausible Theorie zu entwickeln.«

»Und wenn Uhlig nicht der ist, der er vorgibt zu sein? Und Schäfer?«, warf Decker ein. »Wir ignorieren einfach einmal alle Informationen, die wir kennen und gehen davon aus, dass Uhlig und Schäfer unsere Mörder sind. Dann wäre es im Umkehrschluss denkbar, dass sich Thomas Uhlig und Susanne Schäfer eine falsche Identität zugelegt haben.«

»Das glaubt du doch nicht ernsthaft?«, zweifelte Riedmann.

»Es wäre eine Möglichkeit«, erwiderte die Leiterin der KTU. Und im Grun-de brauchen wir nur DNA Proben von den beiden. Dann wissen wir, ob Uhlig und Schäfer an den Tatorten waren. «

»Gut. Für Susanne Schäfers Wohnung hatten wir ja bereits einen Durchsuchungsbeschluss. Dann könnten wir auf diesem Weg relativ schnell und vor allem legal an eine Probe herankommen. Bei der Beweislage im Fall von Uhlig bin ich nicht sicher, dass der Staatsanwalt da mitspielt. Mal abgesehen davon, dass es nicht in unseren Zuständigkeitsbereich fällt. Der Mann hat seinen Wohnsitz ja in Dresden«, erwiderte Hansen.

»Wenn er nichts zu verbergen hat, könnten wir ihn doch einfach bitten, eine DNA-Probe abzugeben«, schlug Marquardt vor.

»Das könnten wir versuchen. Auf jeden Fall sollten wir uns die Verbindungsnachweise von den beiden besorgen. Erst wenn wir die haben, möchte ich entscheiden, ob wir die Wohnung durchsuchen wollen und den Mann bitten, einen Test zu machen.«

»Darum werde ich mich kümmern«, meinte Marquardt.

»Gut, dann wäre das ja geklärt. Das ist aber längst nicht alles«, äußerte Hansen. »Mir ist in Neumanns Akten etwas aufgefallen. Es geht um die Überwachung eines Republikflüchtlings namens Peter Dreschers. Interessante Geschichte übrigens, da ihm eine spektakuläre Flucht über die grüne Grenze gelungen ist. Aber darum geht es nicht. In Dreschers Akte gibt es einen recht interessanten Vermerk: D. darf niemals von Projekt „Nitra" erfahren. Wie ihr wisst, haben wir in Maybergs Akte ebenfalls einen Hinweis auf dieses Projekt gefunden. Möglicherweise finden wir eine Antwort darauf auf der Festplatte, die wir in Neumanns Haus gefunden haben. Wie weit seid ihr damit, Laura?«

»Bevor ich zur Frühbesprechung gekommen bin, habe ich die Festplatte an die Jungs von der Computerforensik weitergegeben. Die sollen sich das mal genau anschauen. Ich spreche aber gleich noch mal mit dem

Kollegen Schulz. Ich werde ihm sagen, dass er speziell nach Projekt „Nitra" suchen soll.«

»Im Zusammenhang mit Dreschers gibt es einen weiteren erwähnenswerten Aspekt. Der Mann hat zwei Kinder. Bruder und Schwester. Sie sind fünfundzwanzig Jahre alt. Und sie haben zufällig schwarzes Haar. Das macht sie jetzt nicht zwingend tatverdächtig. Aber wenn es sich bei Lessings Begleiterin aus dem Belvedere tatsächlich um seine mutmaßliche Mörderin handelt, würde das Alter passen. Neumann hat mehrere Fotos der Kinder gemacht«, erklärte Hansen und reichte die Mappe mit den Bildern herum. »Jetzt könnt ihr vielleicht nachvollziehen, warum ich die Option mit den gestohlenen Identitäten für interessant halte. Ich sehe, wenn wir die Sommer-Geschwister ad acta legen, drei neue Hypothesen, die uns als Arbeitsgrundlage dienen können«, erklärte Hansen und schrieb die Ergebnisse auf die Dokumentationstafel, die im Besprechungsraum hing:

Theorie 1: Uhlig und Schäfer sind die gesuchten Mörder, und zwar unabhängig davon, was die Vita der Beiden aussagt.

Theorie 2: Peter Dreschers und seine Kinder sind die Gesuchten. Die Geschwister haben die Identität von Uhlig und Schäfer angenommen. Die Taten stehen im Zusammenhang mit diesem ominösen Fall „Nitra". Wobei wir nicht wissen, was es damit auf sich hat.

Theorie 3: Es gibt nur einen Mörder. Der oder die Unbekannte platziert DNA an den Tatorten, um uns in die Irre zu führen.

Ich schlage vor, dass wir wie folgt vorgehen. Jens, du kümmerst dich bitte um die verbliebenen Akten von Neumann. Am besten sprichst du diesbezüglich auch mal mit dem Kollegen Schulz. Dabei solltest du vor allem auf Hinweise zu diesem Projekt „Nitra" achten. Und du, Stefan, versuchst bitte, mehr über Susanne Schäfer und Thomas Uhlig unter dem Aspekt des Identitätsdiebstahls herauszufinden. Beschaffe dir Fotos von den beiden. Telefoniere noch mal mit dem Chef von Uhlig, und so weiter. Dann vergleichen wir die Bilder mit den Fotos von Peter Dreschers Kindern. Auch wenn wir auf den ersten Blick keine Ähnlichkeiten sehen, sollen das unsere Experten vom Erkennungsdienst analysieren. Und denke bitte daran, dir die Verbindungsnachweise von Uhlig und Schäfer von den Handyprovidern zu besorgen. Ich werde Kontakt zu diesem Dreschers aufnehmen und versuche, mehr über ihn und seine Kinder in Erfahrung zu bringen.«

Mit diesen Worten beendete Hansen die Besprechung.

Kapitel 54

Dank der Unterlagen, die Neumann über Dreschers und seine Familie zusammengetragen hatte, blieb Hansen einiges an Recherche erspart. Es grenzte fast schon an Ironie des Schicksals, wenn Dreschers tatsächlich etwas mit den Morden zu tun haben sollte und sie ausgerechnet durch einen Hinweis des ersten Opfers auf dessen Spur gerieten. Aber soweit waren sie längst noch nicht. Von dessen Frau erhielt er Dreschers´ Handynummer. Nach dem vierten Klingeln wurde der Anruf entgegengenommen.

»Ja, bitte?«, meldete sich eine sonore Männerstimme.

»Spreche ich mit Peter Dreschers? Mein Name ist Karl Hansen von der Polizei in Aachen. Er vermied es bewusst zu erwähnen, dass er von der Mordkommission war.

»Dann sind Sie bei mir richtig. Sagten Sie von der Polizei in Aachen? Was in drei Teufels Namen habe ich mit der Aachener Polizei zu schaffen?«

»Im Zuge unserer Ermittlungen in drei Mordfällen ist Ihr Name aufgetaucht. Ich habe ein paar Fragen an Sie, nichts Schlimmes. Ich hoffe, dass Sie ein paar Minuten Zeit haben und uns helfen können.«

»Sagten Sie Mord? Dann sind Sie von der Mordkommission?«

»Das stimmt.«

»Hm. Viel Zeit habe ich allerdings nicht. Ich habe gleich eine Dienstbesprechung.«

»Es wird nicht lange dauern«, erwiderte Hansen. »Kennen Sie einen Herbert Neumann?«

»Nein, den Namen habe ich noch nie gehört!«

Die Antwort kam wie aus der Pistole geschossen. Für Hansens Geschmack ein wenig zu schnell.

»Sie haben den Namen also noch nie gehört? Neumann wurde hier in Aachen ermordet. Aber er stammt ursprünglich aus Dresden.«

»Aha. Daher weht der Wind. Wir stammen beide aus der DDR. Dann müssen wir uns ja gekannt haben«, erwiderte Dreschers fast schon feindselig.

»Dann haben Sie sicherlich keine Erklärung dafür, warum der Mann Ihre Familie in den letzten zwanzig Jahren beobachtet hat?«

»Ich verstehe nicht. Was soll das heißen, dass er uns seit Jahren beobachtet hat? War er Privatdetektiv?«

»Nein. Das war er nicht. Trotzdem hat er Informationen gesammelt. Nicht nur über Sie und Ihre Familie, sondern auch über viele andere Personen.«

»Und was für Informationen sind das?«

»Allgemeine Informationen. Wobei Neumann dabei sehr akribisch war. Er hat zum Beispiel Ihre beiden Wohnungswechsel in Hannover dokumentiert. Ebenso Ihre berufliche Veränderung 2007. Die Schulausbildung Ihrer Kinder und so weiter. Wir haben auch Fotos Ihrer Kinder von der Kindergartenzeit bis in die Zeit vor circa drei Jahren gefunden. Können Sie uns erklären, warum Neumann sich die Mühe gemacht hat, das alles zu dokumentieren, obwohl Sie behaupten, sich nicht gekannt zu haben?«

»Wie ich bereits sagte, kenne ich diesen Mann nicht. Wenn ich allerdings höre, dass er meinen Kindern so nahe gekommen ist, bin ich froh, dass der Mann nicht mehr lebt. Wer weiß, was er im Schilde geführt hat!«, entgegnete Dreschers entrüstet.

»Aus diesem Grund sind wir auf Ihre Mithilfe angewiesen. Sagen Ihnen die Namen Michael Lessing und Gernot Mayberg etwas? Sie stammen ebenfalls aus Dresden und lebten hier in Aachen.«

»Der Name Mayberg sagt mir natürlich etwas. Die Presse war ja voll von ihm, als er ermordet wurde. Aber Lessing? Nie gehört.«

»Waren Sie schon einmal in Aachen?«

»Nein, war ich nicht.«

»Also auch nicht am sechzehnten September?«, ließ Hansen nicht locker.

»Weder an diesem noch an einem anderen Tag!«

»Und wo waren Sie an diesem Tag?«

»Zu Hause. Und meine Frau wird das sicherlich gerne bezeugen.« Dreschers klang mittlerweile genervt.

»Und Ihre Kinder?«, blieb Hansen am Ball.

»Was haben Patrick und Claudia jetzt wieder damit zu tun? Was sollen die ganzen Fragen?«

»Reine Routine, Herr Dreschers. Wir versuchen nur, die Zusammenhänge zu verstehen. Wollen nachvollziehen, warum Neumann Ihre Familie beobachtet hat. Also, wissen Sie, ob Ihre Kinder in der letzten Zeit einmal in Aachen waren?«

»Nein, das weiß ich nicht. Sie können sie aber gerne selbst fragen«, erwiderte Dreschers genervt.

»Wenn Sie mir freundlicherweise die Telefonnummern geben würden, damit ich sie kontaktieren kann?«

»Ich weiß wirklich nicht, wohin das hier führen soll, Herr Kommissar. So wie ich das sehe, sind wir doch hier diejenigen, die beobachtet wurden. Sie behandeln uns aber wie Verdächtige für was auch immer.«

»Wie gesagt, wir versuchen nur, die Zusammenhänge zu verstehen. Die Nummern bitte.«

Dreschers nannte Hansen zwei Handynummern und brachte noch einmal seinen Unmut darüber zum Ausdruck.

»Eine letzte Frage habe ich noch. Haben Sie schon einmal von einem Projekt mit dem Namen „Nitra" gehört? Vielleicht im Zusammenhang mit Ihrer Vergangenheit in der DDR.«

»Noch nie gehört. War es das dann endlich? Ich muss zu meinem Termin.«

»Ich habe erst mal keine weiteren Fragen«, erwiderte Hansen, der daraufhin das Gespräch beendete.

So recht wusste Hansen nicht, was er von dem Gespräch halten sollte. Er konnte sich täuschen, aber der Mann wirkte bei der Nachricht, dass seine Familie über mehrere Jahre hinweg beobachtet wurde, nicht so geschockt, wie er das erwartet hätte. Er hatte vielmehr den Eindruck, dass Dreschers schon darüber Bescheid gewusst hatte. Als nächstes wählte er die Nummer von Patrick Dreschers. Der junge Mann ging sofort ans Telefon. Anders als sein Vater begegnete er Hansen mit weitaus weniger Argwohn und gab bereitwillig Auskunft zu allen Fragen, die ihm der Hauptkommissar stellte. Er wirkte aufrichtig geschockt über die Nachricht, dass Herbert Neumann die Familie zum Objekt seiner Überwachungsmaßnahmen gemacht hatte. Zu den Daten, an denen die Morde verübt wurden, konnte er nach kurzer Überlegung angeben, wo er sich an den jeweiligen Abenden befunden hatte. Hansen musste die Angaben natürlich noch überprüfen. Aber er hatte Namen und Telefonnummern von möglichen Zeugen erhalten, die Patrick Dreschers Aussagen bestätigen würden. Claudia Dreschers ging nicht ans Telefon. Er hinterließ ihr eine Nachricht auf der Mailbox mit der Bitte um Rückruf.

Allmählich meldete sich sein Magen. Es war an der Zeit, ihm nach der trockenen Scheibe Toast am Morgen mehr zu bieten. Doch als Hansen sich von seinem Stuhl erhob, wurde er erneut von einer heftigen Schwindelattacke heimgesucht. Alles drehte sich um ihn herum. Außerdem wurde ihm übel. Diesmal dauerte es knapp zehn Minuten, bis der Schwindel nachließ. Hansen schob es auf den Alkoholgenuss am Vorabend und auf den leeren Magen.

In der Kantine angekommen kaufte er zwei in Frischhaltefolie eingepackte Käsebrötchen mit Cervelatwurst. Da es in der Kantine gerade keinen frischen Kaffee gab, zog er sich auf dem Rückweg noch einen Kaffee aus dem Automaten. Als er sein Frühstück beendet hatte, fühlte er sich deutlich besser. Auch die Kopfschmerzen ließen allmählich nach. Nur das Fiepen in seinem Ohr nervte noch. Er hatte gerade den letzten Schluck Kaffee getrunken, als Claudia Dreschers anrief. Das Gespräch lief nach ähnlichem Muster wie mit ihrem Bruder zuvor. Sie kannte weder die drei ermordeten Männer, noch hatte sie eine Erklärung dafür, warum Herbert Neumann ihre Familie beobachtet hatte. Ihr war auch nie aufgefallen, dass ein Fremder Fotos von ihr gemacht habe. Im Gegensatz zu ihrem Vater oder ihrem Bruder war sie schon mehrfach in Aachen gewesen. Allerdings nicht in der jüngeren Vergangenheit. Alles in allem war es ein unkompliziertes Telefonat gewesen. Ähnlich wie bei ihrem Bruder musste Hansen noch die Alibis überprüfen. Aber er war jetzt fast davon überzeugt, dass das nur Formsache sein würde.

Kapitel 55

»Wir können mit Sicherheit ausschließen, dass es sich bei Patrick Dreschers und Thomas Uhlig um ein und dieselbe Person handelt. Der Erkennungsdienst hat das Foto, das ich aus der Personalakte von Uhlig habe, mit den Bildern verglichen, die Neumann von den Geschwistern in Hannover gemacht hat. Es gibt keine Zweifel«, erklärte Riedmann, nachdem er Hansens Büro betreten hatte.

»Damit können wir schon einmal die Theorie, dass die Dreschers Geschwister mit gestohlenen Identitäten in Aachen ihr Unwesen treiben, ad acta legen.«

»Was das angeht, war ich von Anfang an skeptisch. Und ich bezweifel auch ernsthaft, dass Claudia Dreschers die gesuchte Frau aus dem Belvedere ist«, erwiderte Riedmann und legte Hansen das Phantombild und ein Foto von Claudia Dreschers zum Vergleich vor.

»Du hast recht. Selbst mit blonder Perücke fehlt mir die Fantasie, eine Ähnlichkeit festzustellen. Außerdem deckt sich das mit meiner persönlichen Einschätzung, nachdem ich mit den Geschwistern telefoniert habe. Ich muss nur noch die Alibis checken. Sie hatten übrigens keinerlei Bedenken, einen freiwilligen DNA-Test zu machen, als ich danach gefragt habe. Ich bin mir allerdings nicht sicher, was ich von dem Vater halten soll.«

»Dann hat dich deine Spürnase vielleicht ausnahmsweise einmal im Stich gelassen, denn wir suchen ja ein Trio«, stellte Riedmann lakonisch fest. »Ich habe übrigens auch schon mit Thomas Uhlig gesprochen. Leider ist er gerade in der Nähe von Koblenz unterwegs. Ich hätte ihn lieber ins Präsidium bestellt, um ihn hier zu befragen. Na ja, er hat jedenfalls ohne Zögern zugegeben, dass er Susanne Schäfer kennt.«

»Ich habe nicht damit gerechnet, dass er uns das so leicht macht«, unterbrach Hansen seinen Kollegen.

»Laut seiner Aussage hat er die Schäfer vor drei Wochen in einer Bar in Aachen kennengelernt. Seither treffen sie sich regelmäßig. Ich habe den Namen der Bar hier irgendwo notiert. Ich werde das später noch überprüfen.«

»Noch eine Sackgasse? Ist ja toll«, haderte Hansen.

»Sieht fast danach aus. Er klang sehr überzeugend am Telefon. Da war kein Anflug von Überraschung in seiner Stimme. Ich wollte mir die

Geschichte trotzdem von der Schäfer bestätigen lassen. Ich werde bei ihr vorbeifahren, um sie persönlich zu fragen. Möchtest du mitfahren?«

»Da der Bildabgleich von Patrick Dreschers und Thomas Uhlig negativ ausgefallen ist, bin ich jetzt quasi arbeitslos. Die Alibis der Geschwister kann ich auch später noch überprüfen. Ich fahre mit dir.«

»Wir scheinen mal wieder kein Glück zu haben«, meinte Riedmann, nachdem er wiederholt vergeblich bei Susanne Schäfer geklingelt hatte.

»Glücklicherweise läuft uns Frau Schäfer ja nicht weg. Wir versuchen unser Glück später noch einmal«, erwiderte Hansen angefressen.

»Na, wenn Sie sich da mal nicht täuschen, meine Herren«, ertönte aus dem Hintergrund eine schrille Männerstimme. Als sich die beiden Ermittler umdrehten, stand hinter ihnen ein circa einen Meter achtzig großer, stark übergewichtiger Mann mit Glatze und teigigem Gesicht. Seine Stimme stand im völligen Kontrast zu seinem Äußeren.

»Entschuldigung. Aber wer sind Sie und was haben Sie damit gemeint?«, wollte Hansen wissen.

»Scholz. René Scholz. Ich bin der Eigentümer des Mietshauses hier. Sie meinten, dass Ihnen Frau Schäfer glücklicherweise ja nicht wegläuft.«

»Und?«, unterbrach Hansen den Mann ungeduldig.

»Frau Schäfer hat die Wohnung zu meinem Bedauern gekündigt und ist auch schon ausgezogen. Ein plötzlicher Pflegefall in der Familie. Ich habe jetzt einen Termin mit einem Interessenten für die Wohnung. Sind Sie mit ihr bekannt?«

»In gewisser Weise ja, Mordkommission Aachen. Mein Name ist Hansen und das ist mein Kollege Riedmann«, erwiderte der Hauptkommissar und zeigte Scholz seinen Dienstausweis.

»Mordkommission Aachen? Hat Frau Schäfer etwas angestellt?«

»Wir haben nur ein paar Fragen. Wissen Sie zufällig, wo wir sie erreichen können?«

»Ich kann Ihnen gerne die Handynummer geben.«

»Die haben wir bereits. Wir würden gerne wissen, wo Frau Schäfer jetzt ist? Sie sprachen von einem Pflegefall. Hat sie zufällig erwähnt, um wen es sich handelt?«

»Hm, da muss ich kurz nachdenken«, erwiderte Scholz und legte die Stirn in Falten. »Ich glaube, sie hat von ihrer Mutter in Dresden gesprochen«, sagte er schließlich.

»Hat sie wirklich von Dresden und nicht von Magdeburg gesprochen? Sind Sie sich da ganz sicher?«

»Das hat sie jedenfalls erwähnt.«

Hansen kam eine Idee. Er holte sein Smartphone aus der Jackentasche und suchte in seiner Bildergalerie nach dem Phantombild von Lessings mutmaßlicher Mörderin.

»Haben Sie diese Frau schon einmal gesehen, Herr Scholz? Lassen Sie sich ruhig Zeit«, meinte Hansen und hielt dem Mann das Handy vor die Nase. Dabei kam Scholz ihm so nahe, dass er jetzt erst den unangenehmen Mundgeruch des Mannes bemerkte. Eine Mischung aus Zwiebeln und Knoblauch. Zu seinem Unbehagen ließ sich Scholz tatsächlich viel Zeit bei der Betrachtung des Fotos.

»Ich bin mir nicht sicher«, erwiderte Scholz schließlich, »aber diese Frau könnte eine Schwester von Frau Schäfer sein.«

»Wie kommen Sie darauf? Die Frau hat keine Geschwister und mit Verlaub, sehen sich die Frauen nicht einmal im Ansatz ähnlich«, wunderte sich Hansen.

»Ich finde schon, dass die Frau auf dieser Zeichnung fast so aussieht wie meine ehemalige Mieterin. Aber im Gegensatz zu der Frau da«, er zeigte auf das Smartphone, »hat Frau Schäfer kurzes schwarzes Haar.«

»Aber Susanne Schäfer hat doch rote Haare, Sommersprossen und trägt eine Brille. Wir haben erst vor ein paar Tagen mit ihr in der Wohnung dort oben gesprochen.«

»Ich weiß nicht, mit wem Sie sich unterhalten haben. Aber ganz bestimmt nicht mit Susanne Schäfer. Den Mietvertrag und die Auflösung des Vertrages hat definitiv eine hübsche, schwarzhaarige, junge Frau unterschrieben.«

Hansen musste die Worte erst mal sacken lassen. Wenn das stimmte, stellte sich die Frage, wen die Ermittler befragt hatten. Und je mehr er darüber nachdachte, desto klarer wurde das Bild. Und an Riedmanns Gesichtsausdruck erkannte er, dass sein Kollege genau dasselbe dachte.

»Vielen Dank, Herr Scholz. Sie haben uns sehr geholfen. Den Termin für die Wohnungsbesichtigung müssen Sie allerdings verschieben.«

»Aber warum das denn? Ich kann doch jetzt nicht einfach dem Interessenten absagen«, erwiderte Scholz entrüstet.

»Leider führt kein Weg daran vorbei. Die Wohnung muss jetzt erst einmal auf verwertbare Spuren von unserer Kriminaltechnik untersucht werden«, erklärte Hansen.

»Ach herrje. Und anschließend sieht die Wohnung aus wie Kraut und Rüben! Wer räumt denn da wieder auf? Ich vermiete die Wohnung möbliert, müssen Sie wissen.«

»Ich verspreche Ihnen, dass wir die Wohnung wieder im ordentlichen Zustand verlassen. Sie werden kaum feststellen, dass wir überhaupt da waren. Wir sind ja hier nicht im Fernsehen. Wenn Sie mir dann bitte den Schlüssel geben könnten. Der Durchsuchungsbeschluss folgt.«

Widerwillig händigte Scholz den Schlüssel aus.

»Hier ist meine Karte. Rufen Sie mich bitte an, wenn ich wieder in die Wohnung darf.«

Ohne sich zu verabschieden, machte der Mann kehrt und verschwand.

Kapitel 56

»Was hat dich dazu bewogen, dem Mann das Phantombild zu zeigen?«, wollte Riedmann von Hansen wissen, als sie die Stufen hinaufstiegen.

»Intuition. Was hatten wir zu verlieren? So ganz verstehe ich das ehrlich gesagt auch noch nicht.«

»Aber du gehst auch davon aus, dass wir Lessings Mörderin gegenübersaßen, oder?«

»Es sieht jedenfalls ganz so aus, als hätten wir es mit einer Verwandlungskünstlerin zu tun. Ich wüsste nur zu gerne, was hier gespielt wird«, meinte Hansen und schloss die Wohnungstür auf.

»Du spielst darauf an, dass die Schäfer keinen Bruder hat?«

»Genau das meine ich. Aber die Frau hat auch drei Gesichter, wie wir jetzt wissen. Wer sagt uns, dass uns wirklich DIE Susanne Schäfer gegenübergesessen hat? Vielleicht haben wir es in diesem verzwickten Fall tatsächlich mit Identitätsdiebstahl zu tun. Oder die Dame aus dem Belvedere war zwar Susanne Schäfer, am Ende jedoch nicht Lessings Mörderin! Wer weiß, was die Frau wirklich treibt? Wir sollten auf jeden Fall schnellstmöglich Kontakt zu ihren Eltern aufnehmen. Ein aktuelles Foto wäre auch nicht schlecht.«

»Okay. Dann rufe ich jetzt erst mal Laura an und bestelle sie hierher.«

Fünfundzwanzig Minuten später betrat ein Team von drei KTUlern die Wohnung in der Krefelder Straße.

»Da hat wohl jemand Sehnsucht nach mir gehabt«, begrüßte Decker ihre beiden Kollegen. Riedmann bekam einen hochroten Kopf, was sowohl Hansen als auch Decker zu bemerken schienen.

»Ohne euch würden wir doch unsere Fälle nie lösen«, erwiderte Hansen. »Das hier ist die Wohnung von Susanne Schäfer oder wer auch immer die Frau war, die hier wohnte. Ich möchte, dass ihr das Domizil auf DNA-Spuren und Fingerabdrücke überprüft. Sammelt jedes noch so kleine Haar ein, das ihr finden könnt.«

»Wird erledigt. Schöne Grüße übrigens von Kollege Schulz. Die Überprüfung des Laptops und der Speichermedien aus Neumanns Geheimarchiv hat nichts ergeben. Kein Hinweis auf Projekt „Nitra“.«

»Es wäre ja auch fast zu schön gewesen, wenn in diesem Fall mal irgendetwas glatt liefe.«

»Ich habe übrigens ein paar rote Haare auf der Couch gefunden«, rief Riedmann aus dem Wohnzimmer. Noch vor wenigen Tagen hatten die Ermittler dort mit der ehemaligen Mieterin gesessen.

»Ich eile«, erwiderte Decker. Aus ihrem Koffer hatte sie inzwischen ihren weißen Overall geholt, den sie wie ihre Kollegen umgehend überzog. Mit einer Pinzette und einem Beweismittelbeutel in der Hand betrat sie das Wohnzimmer. Hansen folgte ihr. Riedmann zeigte auf die Stelle, die er meinte. »So, da haben wir sie ja. Nachdem du uns jetzt gezeigt hast, wie wir unseren Job erledigen sollen, darfst du nun gehen«, neckte sie Riedmann mit einem koketten Lächeln. Der lief erneut puterrot an.

»Wir fahren zurück ins Präsidium. Wenn ihr hier fertig seid, lasst es mich wissen. Wir informieren dann den Wohnungsbesitzer«, erwiderte Hansen.

»Sieht so aus, dass unser lieber Jens jetzt einen Nebenbuhler hat, wenn es um unsere schöne Spurensucherin geht«, meinte Hansen auf dem Weg nach unten.

»Hm«, brummte Riedmann. »Ist es so auffällig?«

»Mein lieber Stefan. Du hast derart rot geleuchtet, dass ich schon Angst hatte, jemand ruft die Feuerwehr.«

»Nun übertreib nicht gleich so maßlos. Ja, ich finde Laura recht sympathisch. Aber wir sind nur Kollegen.«

»Was nicht ist, kann ja noch werden«, meinte Hansen und verpasste seinem Kollegen einen aufmunternden Klaps auf die Schulter.

Kapitel 57

Marquardt war mit der Durchsicht der Akten von Neumann fast durch, als seine Kollegen zurück ins Präsidium kamen. Leider hatte er keine Hinweise gefunden, die für die Ermittlungen relevant waren. Während Riedmann Kontakt zu den Eltern Susanne Schäfers aufnehmen wollte, beschäftigte sich Hansen erst einmal genauer mit Becks Dossier über sie. Er war gerade mal bis Zeile sieben des Berichts gekommen, als er laut fluchte. So laut, dass Riedmann gleich herübergelaufen kam.

»Was ist los?«

»Wenn ich nicht so ungeduldig gewesen wäre, als Markus den Bericht vorlesen wollte, wären uns ein paar interessante Details früher aufgefallen.«

»Nämlich?«

»Susanne Schäfer spielt in Dresden Theater. Dem Bericht zufolge handelt es sich um so eine Kleinspielbühne, wo unter anderem auch Laiendarsteller auftreten dürfen. Und als ob das nicht schon schlimm genug ist, steht hier auch, dass sie eine Zusatzausbildung zur Maskenbildnerin hat.«

»Autsch. Das passt ja wie die berühmte Faust aufs Auge. Dann können wir ja fast davon ausgehen, dass Susanne Schäfer, die wir kennengelernt haben, tatsächlich die Person ist, die wir suchen.«

»Darauf würde ich jetzt sogar eine Wette abschließen. Ich bin wirklich gespannt, ob das DNA-Profil von Susanne Schäfer mit Lessings Mörderin übereinstimmt. Allerdings verstehe ich dann immer noch nicht, wie es möglich ist, dass wir DNA von einem Bruder sicherstellen konnten, den sie laut Profil gar nicht hat.«

»Vielleicht haben ja die Eltern einige Antworten auf unsere Fragen. Ich wollte sie gerade anrufen, als ich dich fluchen hörte.«

»Wen wollen Sie sprechen? Susanne? Das soll wohl ein übler Scherz sein?«, echauffierte sich Johannes Schäfer.

»Nein, eigentlich nicht«, erwiderte Riedmann. Er stellte das Telefonat auf Mithören, damit Hansen das Gespräch verfolgen konnte. »Der Aussage des Vermieters ihrer Tochter zufolge, hat Frau Schäfer die Wohnung kurzfristig gekündigt, weil sie sich um ihre pflegebedürftige Mutter kümmern müsse.«

»Das sieht ihr mal wieder ähnlich. Meine Frau erfreut sich bester Gesundheit. Und auch, wenn es Sie eigentlich nichts angeht, haben wir schon seit Jahren keinen Kontakt mehr zu unserer Tochter. Oder besser gesagt, sie nicht zu uns.«

»Das ist interessant. Dürfte ich fragen, warum?«

»Das können Sie Susanne gerne selbst fragen, wenn Sie sie gefunden haben«, erwiderte Schäfer. »Was wollen Sie eigentlich von ihr? Hat sie etwas ausgefressen?«

»Herr Schäfer, mein Name ist Hansen«, ergriff nun Hansen das Wort. »Wir suchen Ihre Tochter im Zusammenhang mit unseren aktuellen Ermittlungen. Dürfte ich fragen, was sie damit meinten, dass es Ihrer Tochter ähnlich sieht, dass sie den Pflegefall der Mutter erfunden hat?«

Die beiden Ermittler hörten, wie Schäfer lang und gedehnt seufzte.

»Wenn Sie mir versprechen, dass die Fragen dann ein Ende haben, werde ich es Ihnen erklären«, meinte er schließlich.

»Sie haben mein Wort!«

»Also gut. Es fällt mir schwer, das zu erzählen, aber unsere Tochter war bereits als Kind eine notorische Lügnerin. Außerdem war sie jähzornig, gewalttätig und manipulativ. Sie hat es von klein auf verstanden, Mitschüler geschickt für ihre Zwecke einzuspannen. Und auch ihre Lehrer wusste sie durch ihr charmantes Auftreten zu manipulieren. Da sich Susanne im Laufe der Jahre immer auffälliger verhalten hat, haben wir entschieden, dass sie eine Therapie machen sollte. Doch das hat nichts gebracht, weil sie ihre Mitarbeit verweigert hat. Mit sechzehn hat sie kurz vor dem Abschluss die Schule geschmissen und eine Lehre zur Friseurin angefangen. An ihrem achtzehnten Geburtstag ist sie ausgezogen und hat den Kontakt zu uns komplett abgebrochen.«

»Einfach so? Ohne, dass etwas vorgefallen war?«, wunderte sich Hansen.

»Falls Sie etwas andeuten wollen, nur zu. Aber ich muss sie enttäuschen. Sie hat es uns bis heute nicht erklärt!«

Hansen überlegte kurz, was er von den Informationen halten sollte. Er beschloss, in die Offensive zu gehen.

»Trauen Sie Ihrer Tochter einen Mord zu?«

»Ich traue ihr viel zu. Aber einen Mord ganz sicherlich nicht. Wie kommen Sie darauf?«

»Es handelt sich nicht um einen konkreten Verdacht. Aber es gibt Indizien, die durchaus darauf hindeuten, dass Susanne Schäfer in eine

Mordserie verstrickt sein könnte. Es gibt allerdings auch eine Reihe von Widersprüchen, die gegen eine Beteiligung sprechen. Wir haben beispielsweise DNA-Spuren gefunden, die darauf hindeuten, dass die gesuchte Täterin einen Bruder hat. Und unseren Unterlagen zufolge haben Sie keinen Sohn.«

Schäfer lachte lauthals los, als er Hansens Worte hörte.

»Sehen Sie«, sagte er schließlich, als er sich wieder beruhigt hatte, »ich sagte ja, dass der Gedanke absurd ist, Susanne könnte in einen Mord verwickelt sein. Ich könnte mich sicherlich daran erinnern, wenn meine Frau Elfriede Zwillinge zur Welt gebracht hätte!«

Hansen wusste selbst, wie lächerlich sich das in den Ohren das Vaters anhören musste. Trotzdem war er noch nicht bereit, die Spur aufzugeben.

»Wäre es möglich, dass Sie uns ein Foto ihrer Tochter zur Verfügung stellen? Mir ist selbstverständlich klar, dass Sie kein aktuelles Foto haben. Das spielt aber keine Rolle.«

»Wenn es unbedingt sein muss. Ich verstehe zwar nicht, was Sie sich davon versprechen. Aber ich möchte natürlich keine polizeiliche Untersuchung behindern. Wenn Sie mir Ihre E-Mailadresse mitteilen, maile ich Ihnen das Foto.«

Hansen nannte Johannes Schäfer die Adresse, bedankte sich und beendete schließlich das Gespräch.

Kapitel 58

Das Foto im Anhang zeigte eine siebzehnjährige Punkerin mit bunten Haaren und diversen Piercings im Gesicht. Hansen hatte die Aufnahme umgehend an die Computerspezialisten weitergeleitet, damit sie eine künstliche Gesichtsalterung simulieren konnten. Eine halbe Stunde später konnte er das verfremdete Foto auf seinem Bildschirm betrachten. Allerdings war das Ergebnis aus Hansens Sicht nicht zufriedenstellend. Die Frau hatte nur wenig Ähnlichkeit mit dem Phantombild. Und ob eine Übereinstimmung mit der rothaarigen Frau vorlag, die sie erst vor wenigen Tagen befragt hatten, vermochten weder Hansen noch Riedmann eindeutig zu bestimmen. Auch bei Facebook, Instagram und Twitter hatten sie vergeblich nach einem aktuellen Foto der Frau gesucht.

Es half nichts. Sie mussten auf das Ergebnis der Spurenanalyse warten. Hansen brauchte frische Luft und beschloss, eine Runde spazieren zu gehen. Vielleicht half es ja, um den Kopf freizubekommen. Er wollte erst mal Richtung Marktplatz laufen. In der Krämerstraße machte er kurz Halt am Puppenbrunnen. Er warf einen flüchtigen Blick auf die beweglichen Figuren des Brunnens, die Charakteristisches für Aachen darstellten. Der Bischof, der symbolkräftig für das Bistum Aachen stand; die Masken, die den Aachener Karneval widerspiegelten und die Modepüppchen, die die traditionsreiche Textilindustrie repräsentierten, die Aachen weltweit bekannt gemacht hatte. Alle waren so von Taubenkot verdreckt, dass Hansen kurz überlegte, die Stadtverwaltung anzurufen, damit sie die Reinigung der Figuren in die Wege leiten konnte.

Er hatte schon sein Handy in der Hand, als er plötzlich wieder an die Unterhaltung mit Jordens denken musste. Hatte Jordens nicht erwähnt, dass es sich bei den Tätern um starke Persönlichkeiten handeln musste? Dass sie über ein gewisses Maß an Skrupellosigkeit verfügen mussten, um an ihre Ziele zu gelangen? Glaubte man ihrem Vater, traf das im Fall von Susanne Schäfer jeweils zu. Andererseits hatte Johannes Schäfer auch betont, dass er seiner Tochter keinen Mord zutraute. Und sie hatte keinen Bruder. Hansen steckte das Handy wieder in die Tasche und setzte seinen Spaziergang fort. Den verschmutzten Brunnen hatte er schon wieder vergessen. Seine Gedanken kreisten um Susanne Schäfer. Er wollte daran glauben, dass sie Lessings Mörderin war. Konnte es aber nicht beweisen. Er holte sich in einer Bäckerei einen Kaffee To Go und ging anschließend auf dem schnellsten Weg zurück ins Präsidium.

Riedmann empfing ihn mit weiteren schlechten Nachrichten. Er hatte in der Zwischenzeit den letzten Arbeitgeber von Susanne Schäfer, ein Friseursalon in Dresden, kontaktiert, um ein möglichst aktuelles Foto der Verdächtigen aufzutreiben. Doch auch diesmal hatte er kein Glück. Schäfer hatte sich laut Auskunft der Chefin gar nicht erst schriftlich beworben, sondern war aufgrund einer Zeitungsannonce persönlich vorbeigekommen, hatte zur Probe gearbeitet und hatte den Job am Ende auch bekommen.

Anschließend hatte Riedmann sein Glück noch bei Schäfers Krankenkasse versucht. Für die elektronische Gesundheitskarte wurden auch Fotos gespeichert. Aber unglücklicherweise hatte er außerhalb der Bürozeiten angerufen, sodass er bis zum nächsten Tag warten musste.

Schließlich hatte Riedmann noch berichtet, dass er Kontakt zu dem Theater in Dresden aufgenommen hatte, wo Susanne Schäfer gelegentlich als Laiendarstellerin mitwirkte. Ein Mitarbeiter der Kleinbildbühne hatte versprochen, Riedmann so schnell wie möglich ein aktuelles Bild von Susanne Schäfer per Mail zu schicken. Doch bis zum frühen Abend war das noch nicht geschehen. Also versuchte Hansen selbst noch einmal sein Glück und wählte die Dresdner Telefonnummer, erreichte aber dort niemanden. Wieder waren sie zum Warten gezwungen und wieder war es ein verlorener Tag, dachte Hansen, als er genervt aufgelegt hatte. Jetzt ruhten alle Hoffnungen auf Deckers DNA-Proben.

Kapitel 59

Riedmann hatte gerade den Fernseher eingeschaltet und wollte sich seinem Mikrowellenfertiggericht widmen, als sein Handy den Eingang einer Whats-App-Nachricht verkündete. Der Absender war Laura Decker. Doch diesmal handelte es sich zu seiner Überraschung nicht um eine dienstliche Nachricht, wie er feststellte. Stattdessen schickte sie ihm das Konzertprogramm für die nächsten Wochen vom Musikbunker. Das Konzert der Bruce Springsteen Coverband The Boss 2.0 war rot eingekreist. In der Textnachricht darunter hatte sie geschrieben: Na, Lust?

Sein Herz machte in diesem Moment einen Riesensprung. Vor lauter Freude vergaß er, dass er noch den Teller mit dem Essen in der linken Hand hielt. Mit einem Platsch fielen die mit Käse überbackenen Makkaroni auf die neue Ledercouch, die er sich erst vor zwei Monaten im Internet bestellt hatte.

»Scheiße«, fluchte Riedmann. Er scheffelte sein Essen zurück auf den Teller, holte einen feuchten Lappen aus der Küche und säuberte die Sauerei. Währenddessen kamen Zweifel in ihm auf. Wollte Laura tatsächlich mit ihm auf ein Konzert gehen? Oder hatte sie die Nachricht irrtümlich an den falschen Adressaten geschickt? Andererseits war er großer Springsteen-Fan. Das wusste jeder im Präsidium. Aber war es wirklich möglich, dass Laura, die Frau, die er seit ihrem ersten Arbeitstag heimlich verehrte, auch etwas für ihn empfand? Wenn die Nachricht für ihn bestimmt war, gab es noch die Möglichkeit, dass es gar kein Date sein sollte, sondern lediglich eine Verabredung unter Kollegen. Er beschloss, Laura anzurufen, um das zu klären.

»Mr. Riedmann himself«, begrüßte sie ihren Kollegen.

»Hallo, Laura, wie geht`s?«

»Sieht man einmal davon ab, dass ich noch im Labor sitze, um auf das Ergebnis der Haaranalyse von unserer Verdächtigen zu warten, gut. Und selbst?«

»Danke, gut. Sag mal, hast du mir gerade das Konzertprogramm vom Mubu zugeschickt?« Welch blöde Frage, dachte Riedmann in diesem Moment. Ihr Name hatte schließlich nebst ihrem Profilbild in der Nachricht gestanden.

»Welches Konzertprogramm?«

»Das von der Springsteen Coverband«, erwiderte er jetzt leicht verunsichert.

»Ich habe keine Ahnung, wovon du sprichst, Stefan. Ich soll dir eine Nachricht geschickt haben? Per WhatsApp? Das kann gar nicht sein. Mein Smartphone ist seit dem Mittagessen verschwunden. Vielleicht hat es einer der Kollegen mittlerweile gefunden und sich einen Scherz erlaubt«, meinte sie todernst.

Riedmann wäre in diesem Moment am liebsten im Erdboden versunken. Und im gleichen Augenblick fing Laura Decker lauthals an zu lachen.

»Natürlich war ich das, du Dusel!«

»Oh«, stammelte Riedmann.

»Mehr hast du dazu nicht zu sagen? Jetzt bin ich aber ein klein wenig enttäuscht!«

»Doch natürlich«, entgegnete er schnell. »Ich würde sehr gerne mit dir zu diesem Konzert gehen. Ich wusste gar nicht, dass du auf den Boss stehst.«

»Tu ich auch nicht. Aber ein Vögelchen hat mir zugezwitschert, dass ein gewisser Stefan Riedmann darauf steht. Ich dachte mir, das wäre eine gute Gelegenheit, einmal zusammen auszugehen. Wenn ich auf eine Einladung von dir warten würde, könnte ich wahrscheinlich bis zur Rente warten.«

Erwischt, dachte Riedmann und lächelte in sein Telefon.

»Dann besorge ich uns Karten.«

»Das ist ja wohl das Mindeste«, foppte sie ihn.

»Wie wäre es, wenn wir vor dem Konzert noch eine Kleinigkeit essen gehen?«

»Das klingt wunderbar. Dann hätten wir das ja jetzt endlich geklärt. Ich muss nämlich weiterarbeiten. Dein Chef sitzt mir ein wenig im Nacken.«

»Dann wünsche ich dir später einen schönen Feierabend.«

»Vielen Dank, Herr Kollege.«

»Gute Nacht«, fügte Riedmann noch hinzu, doch da hatte sie schon aufgelegt. Er hatte tatsächlich eine Verabredung mit der Frau, hinter der nahezu alle Junggesellen aus dem Präsidium her waren.

Hansens Handy klingelte genau in dem Moment, als er es sich mit Christine auf der Couch gemütlich machen wollte. Sie hatten gerade angefangen, den ersten Teil von Kommissarin Lund auf DVD zu gucken. Entsprechend quittierte Christine die Störung mit einem theatralischen Augenrollen.

»Hallo, Laura. Was kann ich für dich tun?«

»Die Frage ist eher, was ich für dich tun kann, Karl. Ich habe gute Neuigkeiten. Das DNA-Profil von der ersten Haarprobe aus Schäfers Wohnung liegt vor. Sie stimmt mit der Probe vom zweiten Tatort überein. Susanne Schäfer oder wer immer die Frau ist, ist Michael Lessings Mörderin!«

»Das sind in der Tat großartige Neuigkeiten, Laura. Vielen Dank. Hervorragende Arbeit. Wie immer.«

»Danke. Wir haben auch zahlreiche Fingerabdrücke in der Wohnung gefunden. Sie sind aber nicht in unserer Datenbank. Im Laufe des morgigen Tages sollten uns auch die Auswertungen der anderen Proben vorliegen. Mich würde nicht wundern, wenn wenigstens eine Probe mit dem Profil von Neumanns oder Maybergs Mörder übereinstimmt.«

»Dann müssen wir nur noch herausfinden, zu wem sie gehören. Aber wenn wir die Schäfer erst mal haben, ist es nur noch eine Frage der Zeit, bis wir auch den Namen der beiden anderen Verdächtigen kennen.«

»Gut. Ich mache für heute Feierabend. Es waren ein paar anstrengende Tage. Alles Weitere dann morgen bei der Frühbesprechung.«

»Den Feierabend hast du dir auch mehr als verdient. Schönen Abend, Laura. Und schlafe dich mal richtig aus.«

Nachdem er aufgelegt hatte, dachte Hansen über die weiteren Schritte nach. Er brauchte abermals die Unterstützung von Marcus Dohms. Er rief den Dresdner Kollegen umgehend an und klärte ihn über die aktuellen Entwicklungen auf. Dohms versprach, die Wohnung der Verdächtigen überprüfen zu lassen. Anschließend informierte Hansen Hellhausen über Deckers Entdeckung. Der Kriminalrat versprach, sich umgehend beim zuständigen Staatsanwalt für die Fahndung nach der jungen Frau einzusetzen. Lund be-gutachtete derweil den ersten Tatort.

Kapitel 60

Juli 1989, Dresden, Gefängnis Bautzen

Am frühen Morgen des fünften Juli setzten bei Birgit Schneider die Wehen ein. Als man sie im November des Vorjahres verhaftet hatte, hatte sie nicht geahnt, dass sie schwanger war. Mittlerweile wusste sie, dass sie Zwillinge erwartete. Der Vater, der von alldem nichts wusste, war ihr Verlobter, der Republikflüchtling Peter Dreschers. Die Schwangerschaft wurde im Dezember des Vorjahres von dem Gefängnisarzt Doktor Michael Lessing festgestellt. Wenigstens hatten sich dadurch ihre Haftbedingungen verbessert. Die stundenlangen Verhöre, die immer von Herbert Neumann durchgeführt wurden, hatten seitdem aufgehört. Vorbei waren auch die psychischen Misshandlungen. Aber nicht einmal die Schwangerschaft war in den Augen der Justiz ein Grund gewesen, sie aus der Haft zu entlassen. Sie war als Regimekritikerin bekannt und ihr Verlobter war ein Republikflüchtling. Das reichte den Verantwortlichen, um sie weiter einzusperren. Da sie keine Familienangehörigen hatte und die wenigen Freunde aus ihrem Umfeld nicht wussten, wo sie war, würde sich an dieser Situation auch nichts ändern. Das war ihr schnell klar gewesen. Wo kein Kläger, da kein Richter! Rechtsstaatlichkeit wurde in der DDR nicht allzu groß geschrieben, wenn man an die falschen Leute geriet. Und genau das war bei ihr der Fall gewesen. Gegen siebzehn Uhr brachte Birgit Schneider auf der Krankenstation des Gefängnisses zwei gesunde Kinder zur Welt. Einen Jungen, sie gab ihm den Namen Nico in Gedenken an ihren verstorbenen Bruder. Und ein Mädchen, das sie in Anlehnung an den Vater des Kindes Petra nannte. Als sie die Babys in ihren Armen hielt, war das der glücklichste Moment, seit sie das Gefängnis betreten hatte. Doch schon in der darauffolgenden Nacht wurden die Geschwister einem Mann übergeben, der dafür sorgte, dass sie in die Hände aufrichtiger DDR-Bürger kamen und im Sinne der Staatslehren erzogen würden. Natürlich war dieser Vorgang für Gernot Mayberg, der das eingefädelt hatte, nicht von Nachteil. Als man Birgit Schneider am Morgen des sechsten Juli weckte, erzählte man ihr, dass beide Kinder in der Nacht innerhalb kurzer Zeit gestorben waren. Herzfehler. Tragisch, aber durchaus nicht selten. Für sie brach in diesem Moment eine Welt zusammen. Sie war in den vergangenen Monaten nur wegen des ungeborenen Lebens in ihrem Körper stark geblieben. Sie hatte sich mit der ungerechtfertigten Haft arrangiert. Und auch, wenn sie nicht daran glaubte, dass ihre beiden Kinder tot waren, verließ sie nun jeglicher Lebensmut. Am Abend des zwölften Juli erhängte sie sich mit einem Bettlaken in ihrer Gefängniszelle. Auf dem Totenschein vermerkte Doktor Lessing als offizielle Todesursache: postnatale Blutung.

Kapitel 61

Donnerstag, 28. September 2017

Die Antworten auf nahezu alle Fragen der Ermittler befanden sich auf einer Speicherkarte. Laura Decker hatte sie zufällig gefunden. Sie befand sich in einem Fahnenhalter mit DDR-Fahne im Miniaturformat, der einst auf Neumanns Schreibtisch in dessen Geheimzimmer stand. Wäre ihr das kitschige Teil nicht heruntergefallen, wobei sich der untere Teil des Sockels löste, hätte sie den Chip wohl nie gefunden. Sie machte sich erst gar nicht die Mühe, die Computerfachleute zu behelligen. Stattdessen holte sie ihren Laptop und schob die Speicherkarte in den dafür vorgesehenen Schlitz. Zunächst machte sie eine Sicherheitskopie von den Daten. Anschließend beschäftigte sie sich mit dem Inhalt.

Jede Datei war fein säuberlich mit Namen versehen. Einige davon kamen ihr bekannt vor. Aber ihre ganze Aufmerksamkeit wurde sofort auf ein bestimmtes Verzeichnis gelenkt: Projekt „Nitra". Sie klickte auf das Symbol für den entsprechenden Ordner. Er enthielt vier weitere Unterordner. Auch sie waren mit Namen versehen. Und drei davon waren ihr mehr als vertraut. Lediglich der erste Name war ihr unbekannt. Deshalb widmete sie sich dem Inhalt dieses Ordners zuerst. Er enthielt abfotografierte oder gescannte Berichte, Word-Dateien und Fotos.

Was Laura Decker in den folgenden Minuten entdeckte, ließ sie erschaudern. Es ergab sich zunehmend ein klarer werdendes Bild, warum die Männer hatten sterben müssen. Und wer für die Morde verantwortlich war. Nachdem sie alle Dokumente gelesen hatte, machte sie sich mit der Speicherkarte auf den direkten Weg zu Hansen.

Hansen hatte sich Deckers Bericht in Ruhe angehört und einen Blick auf die Dokumente geworfen. Anschließend hatte er ein paar Telefonate geführt. Unter anderem informierte er Marcus Dohms über die neuesten Erkenntnisse. Dohms hatte Susanne Schäfer nicht zu Hause angetroffen. Einer Überwachung der Wohnung hatte sein Chef aufgrund der dünnen Beweislage nicht zugestimmt. Das würde sich mit den neuen Erkenntnissen wohl ändern. Zehn Minuten später saß das komplette Team der Mordkommission, einschließlich des von der Darmgrippe gezeichneten, im Gesicht kalkweißen Markus Beck, im Besprechungsraum. Auch Hellhausen war anwesend.

»Ausnahmsweise bin ich heute mal nicht derjenige, der euch etwas zu sagen hat«, begann Hansen. »Diese Ehre gebührt eindeutig Laura. Sie hat heute Morgen eine Speicherkarte gefunden. Darauf hatte Neumann den Großteil der uns schon bekannten Akten digitalisiert und abgespeichert. Auf diesem Chip gab es auch einen Ordner mit der Bezeichnung Fall „Nitra“. Laura hat die Dokumente geprüft und mich bereits über den Inhalt in Kenntnis gesetzt. Aber das kann sie euch jetzt selbst erklären.«

»Danke, Karl. Ich muss für meine folgenden Ausführungen etwas weiter ausholen, damit die Zusammenhänge klar werden. Der Ausgangspunkt aller Ereignisse, die mit unseren Ermittlungen zu tun haben, ist Peter Dreschers. Genauer gesagt seine Flucht aus der DDR 1988. Daraufhin hat man seine Verlobte, sie hieß Birgit Schneider, verhaftet und nach Bautzen gebracht. Wir können nur mutmaßen, was sich dort genau zugetragen hat. Denn darüber hat Neumann natürlich nichts in den Akten vermerkt. Aber nach allem, was wir über ihn erfahren haben, müssen wir wohl davon ausgehen, dass die junge Frau in der Haftanstalt misshandelt wurde. Den Unterlagen zufolge erfolgte nie eine offizielle Anklage, kein Prozess, keine Verurteilung. Neumann vermerkt, dass das auf Anweisung von oben geschah. Wer damit gemeint ist, erkläre ich euch gleich. Es gab keine Angehörigen, die sich für sie hätten einsetzen können. Zum Zeitpunkt der Inhaftierung war Birgit Schneider schwanger. Festgestellt wurde das aber erst nach einigen Wochen in der Haft. Aber aus der Haft entlassen hat man sie deshalb nicht. Stattdessen wurde sie gezwungen, die Kinder in Bautzen auszutragen.«

»Sag jetzt nicht, dass sie Zwillinge bekommen hat«, unterbrach Riedmann seine Kollegin.

»Der Kandidat hat hundert Punkte! Leider. Nico und Petra. Die Namen hatte ihnen die Mutter gegeben.«

»Nitra! Daher also die Abkürzung. Die Anfangsbuchstaben von Nico und die letzten drei Buchstaben vom Namen des Mädchens«, war es wieder Riedmann, der die richtigen Schlüsse zog.

»Richtig. Der Junge und das Mädchen wurden noch in der Nacht nach der Geburt aus Bautzen weggebracht. Der Mutter hat man erzählt, dass die Kinder beide einen schweren Herzfehler hatten und in der Nacht gestorben seien. Ein paar Tage später hat sie sich in ihrer Zelle erhängt. Lessing hat den Totenschein gefälscht. Demnach ist sie an postnatalen Blutungen gestorben. Ihr habt also von Anfang recht gehabt, dass das Motiv bis in die DDR-Vergangenheit der drei Männer zurückreicht.«

»Moment mal, das geht mir jetzt etwas zu schnell. Welche Rolle hat dieser Mayberg dabei gespielt?«, wollte Hellhausen wissen.

»Dazu komme ich als Nächstes. Mayberg war der Drahtzieher der ganzen Geschichte. Und zwar ab dem Zeitpunkt, wo die Schwangerschaft bekannt war. Er hat die Zwillinge verkauft! Bei den Geschwistern handelt es sich um keine Geringeren als um Thomas Uhlig und Susanne Schäfer. Thomas Uhlig wurde von einem hohen SED Funktionär „adoptiert". Wilhelm Uhlig war wiederum ein enger Vertrauter von Maybergs Vater, der seinerseits ein Mitglied der Volkskammer in der DDR war. Und Susanne wurde die Tochter des Ehepaars Schäfer, das einen LPG-Betrieb in einem Landkreis von Magdeburg leitete. In beiden Fällen scheint eine Menge Geld geflossen zu sein. Nähere Angaben dazu hat Neumann allerdings nicht gemacht. Alle drei Männer sind auf die eine oder andere Art durch Ersticken gestorben, wie die Mutter der Kinder. Was Mayberg betrifft, vermute ich übrigens, dass er seine guten Kontakte und sein Vermögen dafür eingesetzt hat, um sich nach der Wende eine weiße Weste zu erkaufen. Das könnte jedenfalls der Grund dafür sein, dass es keine Akte bei der BStU von ihm gibt.«

»Susanne Schäfer ist also die Schwester von Thomas Uhlig. Und Peter Dreschers der gemeinsame Vater. Darauf wären wir wohl nie gekommen«, meinte Marquardt.

»Dann wollen wir einmal hoffen, dass die Fahndung nach Uhlig und Schäfer schnell zum Erfolg führt«, stellte Hellhausen fest.

»Wobei mir gerade noch etwas andreres einfällt. Wir sollten versuchen, Uhligs Firmenhandy zu orten. Ich glaube kaum, dass er es ausgeschaltet hat. Weder er noch seine Schwester gehen vermutlich davon aus, dass wir ihnen auf den Fersen sind«, mutmaßte Hansen.

»Dann ist ja auch jetzt das Rätsel des weißen Astra, den ein Zeuge in der Nähe von Lessings Wohnung beobachtet haben will, geklärt«, stellte Riedmann fest.

»Richtig. Der weiße Astra. Den hatte ich ganz vergessen. Dann solltest du Uhligs Chef, diesen Müller, einmal anrufen und dir das Kennzeichen geben lassen. Und wenn du schon einmal dabei bist, kannst du gleich mal fragen, ob das Auto über einen GPS-Tracker verfügt? Vielleicht haben wir ja Glück. Den Wagen schreiben wir auf jeden Fall sofort zur Fahndung aus. Ich nehme in der Zwischenzeit persönlich Kontakt zu den Kollegen in Hannover auf. Ich würde gerne wissen, wie es mit dem Haftbefehl für Dreschers aussieht. Wenn sie ihn haben, muss er auf dem schnellsten Weg nach Aachen. Die Besprechung ist dann hiermit offiziell beendet«, erklärte Hansen und eilte aus dem Besprechungsraum.

Kapitel 62

Im Laufe der nächsten vier Stunden hatte das Team gewaltige Fortschritte gemacht. Laura Decker hatte bei der Haarprobe, die sie aufgrund der neuen Faktenlage Thomas Uhlig zuordnete, nachweisen können, dass der Träger am Tatort Herbert Neumanns war. Die Kollegen in Hannover bereiteten bereits die Verhaftung von Dreschers vor, wie Hansen gegen dreizehn Uhr erfahren hatte. Und auch die bundesweite Fahndung nach den Geschwistern lief auf Hochtouren. Ein Testanruf bei Uhlig verlief allerdings ergebnislos. Sie hatten gehofft, den Standort des Mannes so ermitteln zu können. Aber offensichtlich war das Handy ausgeschaltet und er hatte es bisher auch nicht wieder eingeschaltet. Und auch sein Auto ließ sich nicht orten, da der Astra nicht über einen GPS-Tracker verfügte.

Am späten Nachmittag meldete sich Marcus Dohms aus Dresden. Sie hatten noch nicht herausfinden können, ob sich Susanne Schäfer wieder in Dresden aufhielt. Eine Überprüfung der Hotels war ergebnislos verlaufen und in ihre Wohnung, die in der Zwischenzeit rund um die Uhr überwacht wurde, war sie auch noch nicht zurückgekehrt. Ihre Eltern hatten nach viel Überzeugungsarbeit durch Dohms und seinen Kollegen schließlich Neumanns Geschichte bestätigt. Susanne war demnach nicht die leibliche Tochter der Schäfers. Dass sie allerdings einen Zwillingsbruder hatte, bestritten sie, gewusst zu haben.

Gegen sechzehn Uhr erhielt Hansen den erlösenden Anruf aus Hannover. Peter Dreschers war verhaftet worden. Allerdings bestritt er in einer ersten Befragung durch die norddeutschen Kollegen vehement sämtliche Vorwürfe. Wie sich herausstellte, hatte er kein Alibi für die Tatzeit des dritten Mordes. Aktuell war ein Team der Spurensicherung in Hannover damit beschäftigt, in der Wohnung des Verdächtigen nach Beweisen für die Vorwürfe zu suchen.

Es war kurz vor siebzehn Uhr, als Thomas Uhlig anrief. Es war alles vorbereitet, um den Standort von Uhligs Handy mittels Triangulation ausfindig zu machen. Jetzt konnten sie nur noch hoffen, dass die Zeit dafür ausreichte. Konnte Hansen den Mann lange genug in der Leitung halten, spielte es auch keine Rolle, wenn er das Handy danach wieder ausschaltete.

»Guten Tag, Herr Hansen. Tut mir leid, dass ich mich jetzt erst melde. Aber ich habe zwei Beratungsgespräche gehabt, die etwas länger gedauert haben. Deshalb habe ich jetzt erst Ihre Nachricht abgehört.«

»Hallo, Herr Uhlig. Danke für den Rückruf. Wir haben noch einmal einige Fragen zu Susanne Schäfer. Wäre es möglich, dass Sie ins Präsidium kommen?«

»Das geht leider nicht. Ich bin gerade nicht in Aachen, sondern in der Nähe von Münster. Ich wüsste auch gar nicht, was ich Ihnen da noch sagen könnte. Ich habe ja schon mit Ihrem Kollegen über Susanne gesprochen. Und so lange kenne ich die Frau ja auch gar nicht.«

Der Techniker signalisierte Hansen, dass er noch etwas Zeit benötigte.

»Es wäre schon wichtig, dass Sie persönlich vorbeikommen könnten. Wir würden Ihnen gerne ein paar Fotos zeigen, die mit den Ermittlungen zu tun haben«, erwiderte Hansen, der hoffte, dass Uhlig nicht nachfragte, um was für Bilder es sich handelte. Aber ihm war auf die Schnelle nichts Besseres eingefallen.

»Hm. Vor morgen früh kann ich unmöglich nach Aachen kommen. Ich habe gleich noch einen weiteren Kundentermin und ich müsste auch erst mal meine morgigen Termine umlegen. Wäre das in Ordnung?«

Hansen zögerte mit der Antwort. Er wollte Zeit gewinnen.

»Wann könnten Sie denn in Aachen sein?«, fragte er nach einer Pause von knapp fünf Sekunden.

»Nicht vor Mittag, wenn das in Ordnung ist?«, erwiderte Uhlig. Im selben Moment hob der Techniker den Daumen, um dem Hauptkommissar zu signalisieren, dass er den Standort ermittelt habe. Hansen nannte Uhlig die Adresse des Präsidiums und beendete das Gespräch.

»Und?«

»Der Mann hat gelogen. Er ist nicht in Münster. Er ist im Mercura Hotel hier in Aachen!«

»Das ist das Hotel am Europaplatz, oder?«

»Richtig, das ist es.«

»Dann sollten wir keine Zeit mehr verlieren. Stefan, Markus und Jens, macht euch bereit. Wir fahren in fünf Minuten los!«

Eine Viertelstunde später betrat das Quartett die Eingangshalle des Hotels am Europaplatz.

»Wie kann ich Ihnen helfen?«, fragte die junge blonde Frau an der Anmeldung freundlich. Bei dem strahlenden Lächeln hätte sie auch Werbung für Zahnpasta machen können.

»Kommissar Hansen, Polizei Aachen«, erwiderte der Ermittler und zeigte seinen Dienstausweis.« Ist ein gewisser Thomas Uhlig Gast dieses Hotels?«

»Einen kleinen Moment bitte. Da muss ich erst einmal nachschauen.« Mit flinken Bewegungen flogen die Finger über die Tastatur des Computers. »Nein, tut mir leid. Aber einen Gast mit diesem Namen gibt es hier nicht.«

»Hm, das kann aber eigentlich nicht sein.«

»Versuchen Sie es bitte einmal mit Susanne Schäfer«, meinte Riedmann, der gleich neben Hansen stand. Caroline Weidinger, wie Hansen jetzt auf dem Namensschild am Revers ihres Blazers erkannte, starrte den Hauptkommissar an, als ob sie auf seine Erlaubnis wartete, nach dem Namen zu suchen.

»Das ist schon in Ordnung. Meine drei Begleiter sind ebenfalls von der Polizei.«

Sie tippte den Namen ein.

»Diesmal haben wir mehr Glück. Sie wohnt auf Zimmer drei-eins-zwei. Dritte Etage, der Flur zu rechten Seite, wenn Sie aus dem Fahrstuhl steigen«, erklärte sie immer noch mit einem strahlenden Lächeln.

»Vielen Dank«, erwiderte Hansen.

Anschließend steuerten die vier Männer geradewegs auf die beiden Fahr- stühle zu. Hansen forderte per Knopfdruck einen Aufzug an. Es dauerte einen Moment, bis ein Pfeil oberhalb der Kabinentür anzeigte, dass sich die Kabine auf dem Weg nach unten befand. Als sich dann die Fahrstuhltür öffnete, betraten sie die Kabine. Riedmann betätigte den Taster für den dritten Stock. »Also gut. Versuchen wir einmal unser Glück. Ich denke, dass wir auf unsere Dienstwaffen verzichten können«, meinte Hansen.

Als sich die Tür öffnete, steuerten sie gleich in den Gang zu ihrer Rechten. Nach wenigen Metern standen sie vor der Tür mit den Ziffern drei-eins-zwei. Hansen klopfte. Es dauerte einen Moment, bis sich in dem Zimmer etwas rührte.

»Hallo? Wer ist da?«, fragte schließlich eine Frauenstimme.

»Hauptkommissar Karl Hansen von der Mordkommission Aachen. Bitte öffnen Sie die Tür!«

Die vier Männer konnten selbst durch die geschlossene Tür hören, dass in dem Zimmer getuschelt wurde. Neben der Stimme der Frau war auch eine Männerstimme zu hören. Leider konnte man nicht verstehen, was sie redeten.

Einen kurzen Moment später wurde die Tür geöffnet. Die junge Frau, die öffnete, blickte sichtlich erstaunt, als sie Hansen und dessen drei Begleiter vor sich stehen sah. Dennoch verfiel sie nicht in Panik. Im Gegenteil. Sie blieb ganz ruhig da stehen und starrte die Männer an.

Auch Hansen betrachtete die Frau neugierig. Nach allem, was sie bisher in Erfahrung gebracht hatten, stand dort vor ihm Susanne Schäfer. Eine hübsche, schwarzhaarige Frau mit feinen Gesichtszügen. Ihre braunen, mandelförmigen Augen strahlten Wärme aus. Sie hatte rein äußerlich so gar nichts mit der Frau zu tun, die sie vor einigen Tagen in ihrer Wohnung in der Krefelder Straße befragt hatten.

»Sie wünschen?«, fragte sie schließlich, als ob sie nicht die geringste Ahnung hatte, was die Ermittler von ihr wollten. Susanne Schäfer vermochte zwar nach Belieben ihr Äußeres verändern, aber ihre Stimme verriet Hansen, dass sie es mit der Frau zu tun hatten, die sie suchten. Es war derselbe Tonfall, wie bei der Putzfrau.

»Guten Tag, Frau Schäfer. Schön, Sie wiederzusehen«, erwiderte Hansen.

»Entschuldigung. Aber kennen wir uns?«

»Frau Schäfer. Es ist Zeit, die Spielchen zu lassen. Wir verhaften Sie wegen des Mordes an Doktor Michael Lessing. Stefan, lege ihr bitte die Handschellen an.«

Diesmal war sie unfähig, etwas zu erwidern. Stattdessen ließ sie sich widerstandslos festnehmen. Währenddessen drängte sich Hansen an Susanne Schäfer vorbei. Mitten im Raum stand ein nur mit einer Boxershorts bekleideter Mann, der offensichtlich gerade geduscht hatte. Hansen kannte das Gesicht aus der Personalakte, die ihnen der Chef von Homesec geschickt hatte. Vor ihm stand Thomas Uhlig.

»Thomas Uhlig. Wir verhaften Sie wegen des Mordes an Herbert Neumann. Bitte ziehen Sie sich etwas an.«

Mittlerweile hatten auch Beck und Marquardt das Zimmer betreten. Sie stellten sich neben Uhlig, der keinen Laut von sich gab. Als dieser Anstalten machte, seine Reisetasche zu nehmen, nahm Marquardt ihm die Tasche wieder aus der Hand. Er kontrollierte sie vorsichtshalber auf mögliche Waffen. Aber außer Kleidung war nichts enthalten. Uhlig nahm still ein paar Kleidungsstücke aus der Reisetasche und zog sich an. Anschließend ließ er sich widerstandslos Handschellen anlegen, während

Riedmann bereits damit begonnen hatte, beiden Verhafteten ihre Rechte vorzulesen. Aber Uhlig hörte gar nicht zu, sondern lächelte bitter. Nun hatte er anscheinend nicht nur seine Vergangenheit verloren, sondern auch seine Zukunft.

Gegen achtzehn Uhr erreichten die Ermittler mit ihren beiden Gefangenen das Präsidium in der Innenstadt. Die Befragung der Geschwister wollten sie getrennt voneinander durchführen. Riedmann sollte Thomas Uhlig verhören, Hansen Susanne Schäfer.

Kapitel 63

»Also gut«, begann Riedmann die Befragung. »Nachdem wir jetzt die Personalien geklärt haben, gehen wir einmal zu den Ereignissen der letzten Wochen über.«

Uhlig hatte genau wie seine Schwester trotz mehrmaligen Nachfragens der Ermittler auf einen Rechtsbeistand verzichtet.

»Ist es korrekt, dass Sie in der Nacht vom sechzehnten auf den siebzehnten September in das Haus von Herbert Neumann eingebrochen sind, den Mann gefoltert und anschließend getötet haben?«

»Das ist richtig.«

»Waren Ihre Schwester oder Ihr Vater an der Tat beteiligt?«

»Nein, ich habe das Schwein alleine umgebracht!«

»Warum musste Neumann sterben?«

»Weil er es verdient hatte. Genau wie die anderen beiden.«

»Können Sie das bitte etwas konkretisieren?«

»Sie kennen doch die Antwort. Sonst wären wir jetzt nicht hier. Was sollen also die Fragen?«

»Wie haben Sie von den Hintergründen erfahren? Dafür haben wir nämlich noch keine Erklärung.«

»Aha, daher weht der Wind. Mein Vater hat etwa vor einem Jahr einen USB-Stick erhalten. Er enthielt Informationen über meine Mutter, meine Schwester und mich. Die gesamte Geschichte eben. Er hat uns daraufhin aufgesucht und uns die Wahrheit über unsere Herkunft erzählt. Es war ein ganz schöner Schock für uns! Peter hat sich seitdem um uns gekümmert. So gut, wie es eben ging.«

»Und wer war der Absender des USB-Sticks?«, hakte Riedmann verwundert nach.

»Das wissen wir nicht. Der Umschlag wurde anonym gesendet. Er enthielt noch einen Brief, in dem der Absender erklärte, dass er nicht mehr lange zu leben habe. Er wolle, dass das geschehene Unrecht ungeschehen gemacht werde. Offensichtlich wollte da jemand sein schlechtes Gewissen loswerden, bevor er seinem Schöpfer gegenübertritt. So eine feige Ratte. Nach all den Jahren.«

Riedmann mutmaßte, dass es sich bei dem Absender um Neumanns verstorbene Frau handelte. Der Zeitpunkt und das Motiv, den Brief zu schreiben, passten jedenfalls. Bei dem Inhalt des USB-Sticks handelte es sich vermutlich um die Akten, die Decker am Morgen entdeckt hatte.

»Warum sind Sie nicht einfach zur Polizei gegangen?«

»Berechtigte Frage. Anfangs wollten wir das sogar. Aber Susanne war dagegen. Sie hat am meisten unter der Situation gelitten. Ich meine, versetzen Sie sich mal in unsere Lage! Nach fast drei Jahrzehnten erfährt unser Vater, was damals nach seiner Flucht mit Birgit Schneider, unserer Mutter, geschehen ist. Dass er Vater von zwei Kindern ist, die er noch nie in seinem Leben gesehen hat. Und diese Kinder wurden an fremde Menschen meistbietend verkauft, wie ein Stück Vieh. Es war für uns alle ein Schock. Vielleicht wäre Susi und mir viel von dem erspart geblieben, was uns in all den Jahren widerfahren ist. Dann wäre das alles unter Umständen nie passiert.«

»Der Alte hat mich immer wieder geschlagen. Immer, wenn er richtig schlecht drauf war, durfte ich das ausbaden. Und er war oft mies drauf. Ist lange nicht damit klar gekommen, dass es seine geliebte LPG und die großartige DDR nicht mehr gab. Wollen Sie mal sehen, wie ein Körper aussieht, wenn er immer wieder mit dem Ledergürtel traktiert wird«, schrie Susanne Schäfer und zog dabei ihr T-Shirt aus, um Hansen die Narben auf dem Rücken zu zeigen. »So sah die Erziehung im Hause Schäfer aus. Und wenn er mal nicht zugelangt hat, wurde ich schon mal in den dunklen Keller gesperrt. Ich war noch nicht mal zehn, da war ich schon kaputt.«

»Es hat sich also eine Menge Wut bei Ihnen angestaut«, stellte Hansen nüchtern fest.

»Das ist ja wohl auch kein Wunder, oder?«, erwiderte sie unwirsch.

»Und was hat Ihre Mutter getan?«

»Erstens ist sie nicht meine Mutter. Und zweitens hat sie nichts getan. Wie denn auch? Wenn sie versucht hat zu helfen, hat sie dafür selbst eine aufs Maul bekommen.«

»Und dann tauchte plötzlich Peter Dreschers, ihr leiblicher Vater, bei Ihnen auf. Wann genau war das?«, versuchte Hansen, die Befragung auf die aktuellen Ereignisse zu lenken.

»Da ist ziemlich genau ein Jahr her. Ich habe erst gedacht, er wollte mich verarschen. Er hat mir dann letztlich diese Akten gezeigt, die Neumann von uns allen angelegt hatte. Das war ein richtiger Schock für mich und ich konnte das alles erst einmal gar nicht glauben. Das war wie ein schlechter Traum, aus dem man nicht aufwacht.«

»Und wie ging es dann weiter?«

»Ich habe Johannes und Elfriede besucht. Fast zehn Jahre, nachdem ich den Kontakt abgebrochen habe, bin ich mit den Akten zu ihnen und habe sie gefragt, ob das stimmte, was in den Unterlagen stand?«

Also hatten die Eltern nicht nur in diesem Punkt gelogen, als sie sich nach Susanne Schäfer erkundigt haben, dachte Hansen. Hätten die Eltern von Anfang an mit offenen Karten gespielt und die Ermittlungen nicht maßgeblich behindert, wären sie dem mörderischen Trio wohl viel früher auf die Schliche gekommen, ärgerte sich Hansen.

»Wie haben sie reagiert?«

»Abgestritten haben sie es! Was glauben Sie denn?«

»Was ist Ihnen und Ihrer Schwester denn widerfahren?«, fragte Riedmann nach.

»Sie haben doch sicherlich meine Akte gelesen? Mit drei Jahren kam ich ins Heim, weil meine vermeintlichen Eltern bei einem Autounfall ums Leben gekommen sind. Viele potenzielle Adoptiveltern nehmen lieber Säuglinge in ihre Familien auf. Das haben mir die Heimbetreuer auch gerne aufs Brot geschmiert. Zweimal war ich bei Familien, die mich wieder zurück ins Heim gesteckt haben, weil ich nicht ihren Vorstellungen entsprochen habe. Ich habe damals sehr unter dem Tod der Uhligs gelitten. Ich war sicherlich kein einfaches Kind. Von da an war ich schwer vermittelbar. Es folgten Drogen, Gewaltdelikte und so weiter. Die klassische Entwicklung eines Losers. Aber das ist eben nur der eine Teil der Wahrheit«, erwiderte Uhlig mit einem gequälten Lächeln.

»Und der andere Teil?«

»Essensentzug, Schläge und seelische Gewalt durch die Erzieher.«

»Wollen Sie damit ernsthaft die Morde rechtfertigen?«

»Nein, das möchte ich ganz und gar nicht, nur zeigen, warum die Hemmschwelle für einen Mord bei manchen Menschen sinkt.«

»Und was war mit Ihrer Schwester? Immerhin ist sie behütet aufgewachsen.«

»Ach ja? Finden Sie, dass Auspeitschen mit einem Ledergürtel für ein idyllisches, warmherziges Familienumfeld spricht?«

»Ihre Schwester wurde misshandelt?«

»Unter anderem, ja.«

»Wie haben Sie davon erfahren, dass Neumann Gefangene misshandelt hat?«

»Das war gar nicht so einfach. Aber unserem Vater ist es irgendwie gelungen, ehemalige Insassen aus Bautzen ausfindig zu machen. Er hatte ja noch Kontakte in die neuen Bundesländer. Und wenn man die richtigen Leute fragt, erhält man auch die richtigen Antworten. Wenn Sie mehr darüber erfahren wollen, müssen sie ihn selber fragen.«

»Das werden wir auch tun. Ihr Vater befindet sich bereits auf dem Weg nach Aachen. Er wurde heute Mittag ebenfalls festgenommen.«

Es machte auf Riedmann nicht den Eindruck, dass Uhlig von dieser Nachricht sonderlich überrascht war.

»Und wann haben Sie Ihren Bruder kennengelernt?«, war Hansens nächste Frage.

»Schon eine Woche, nachdem mein Vater Kontakt zu mir aufgenommen hatte. Da ich nun die Wahrheit kannte, wollte ich meinen kleinen Bruder so schnell wie möglich treffen. Er ist drei Minuten jünger als ich«, erwiderte sie und dabei lächelte sie ein wenig. Mit der linken Hand fuhr sie sich durch das zerzauste Haar.

»Und wie war die erste Begegnung?«

»Seltsam vertraut. Ich war mir im Vorfeld nicht sicher, was ich von dem Treffen erwarten sollte. Ich glaube, dass es Thomas damals ganz ähnlich ging. Aber irgendwie stimmte vom ersten Augenblick an die Chemie zwischen uns. Wir haben viel zusammen geweint an diesem Tag. Ich bin dann gleich eine Woche bei ihm geblieben. Wir haben beide einen Krankenschein genommen und sieben Tage am Stück miteinander verbracht. Wir hatten uns ja so viel zu erzählen. Peter ist dann auch mal für einen Tag von Hannover nach Dresden gekommen. Er hat uns einiges über unsere Mutter erzählt.«

»Und bei dieser Gelegenheit haben Sie drei dann auch gleich beschlossen, Neumann, Lessing und Mayberg zu ermorden?«, ging Hansen jetzt in die Offensive.

»Das glauben Sie doch jetzt nicht ernsthaft?«

»Irgendwann muss der Plan ja entstanden sein. So etwas bedarf schließlich einer gewissen Vorbereitung?«

»Aber so war es nicht.«

»Wie war es dann?«

»Dass sich Ihr Vater Selbstvorwürfe macht, ist nachvollziehbar. Auch, dass Sie und Ihre Schwester nach dem erlittenen Leid Hass für die Männer, die dafür indirekt verantwortlich waren, empfinden. Aber muss man dann direkt zum Mörder werden?«

»Das war zunächst auch nicht so geplant. Wir waren uns schnell einig, dass Mayberg, der Drahtzieher der Geschehnisse, nicht ungeschoren davonkommen sollte. Aber wir wussten nicht, wie. Wir hatten uns anfangs überlegt, ihn zu Hause zu überfallen, um ihm eine Lektion zu erteilen. Dabei sollte er auch erfahren, wer ihm die Schmerzen zufügt und warum. Er konnte ja schließlich nicht zur Polizei gehen, ohne sich selbst zu belasten. Aber Susanne war das schließlich zu wenig. Und mir ehrlich gesagt auch. Wir wollten auch nicht, dass Neumann und Lessing ungeschoren davonkommen. Und schon gar nicht so glimpflich.«

»Jeder von uns verspürte von Anfang an den Drang, die Männer zu bestrafen. Ich war auch von vornherein bereit, Mayberg zu töten. Er war der Schlimmste von allen. Aber Thomas und mein Vater wollten nicht so weit gehen. Sie haben sogar versucht, mir das auszureden. Aber ab einem bestimmten Punkt war aus der fixen Idee ein regelrechter Wahn bei mir geworden. Schließlich wollte ich, dass sie alle büßen sollten. Sie mussten für das, was sie unserer Mutter und auch uns Kindern angetan haben, bestraft werden. Jahrelang habe ich alleine Johannes und Elfriede für mein verkorkstes Leben verantwortlich gemacht. Jetzt wusste ich, wer die wahren Schuldigen waren. Sie durften nicht ungeschoren davonkommen. Thomas war ähnlich wie ich auch nur eine gequälte Seele. Deshalb war ich davon überzeugt, dass es nur eine Frage der Zeit sein würde, bis die Bereitschaft bei ihm wuchs, bis ans Äußerste zu gehen. Bis auch er davon überzeugt war, dass Neumann, Lessing und Mayberg sterben mussten. Drei Monate, nachdem wir uns das erste Mal getroffen haben, hatte ich Thomas so weit. Ich kann sehr überzeugend sein, wenn ich mir etwas in den Kopf setze.«

»So etwas haben Ihre Eltern bereits angedeutet«, erwiderte Hansen.

»Mal abgesehen davon, dass das nicht meine Eltern sind, was wissen die denn schon?«, raunzte sie Hansen an. Immer dann, wenn die Sprache auf Johannes und Elfriede Schäfer kam, wurde Susanne spürbar aggressiv. Genauso schnell fand sie aber auch ihre Beherrschung wieder. Dennoch, Hansen saß einer in sich zerrissenen, wütenden, jungen Frau gegenüber. Daran bestand kein Zweifel.

»Und wie haben Sie Ihren Vater dazu gebracht, bei diesem Komplott mitzumachen?«

»Das mussten wir gar nicht. Wir haben die Planungen ohne ihn vorangetrieben. Eines Tages stand er vor Thomas´ Tür und eröffnete uns, dass er bereit sei, seinen Teil bei der Begleichung der Rechnung beizutragen. Er hatte nur eine Bedingung. Die Männer sollten genauso leiden wie meine Mutter damals.«

»Fanden Sie das nicht seltsam?«

»Doch natürlich. Aber was an unseren Taten ist nicht seltsam? Wir sind doch ein gefundenes Fressen für jeden Psychologen. Zwei kaputte Kinder und ein Vater, der vor lauter Selbstvorwürfen bereit ist, mit seiner Brut zu töten. Obwohl er glücklich verheiratet ist und tolle Kinder hat.«

»Es ist wahrscheinlich ein seltener Fall in der Kriminalgeschichte. Da haben Sie recht. Es ist mehr als ungewöhnlich, dass wir es bei gleichem Motiv mit drei unterschiedlichen Tätern zu tun haben. Und es hat uns ehrlich gesagt auch lange Zeit vor ein Rätsel gestellt.«

»Susi liebt das Spiel mit dem Feuer, müssen Sie wissen. Das Risiko, das sie einging, indem sie die Putzstelle bei Lessing annahm, war aus meiner Sicht eigentlich viel zu groß. Aber sie war nicht davon abzubringen. Sie meinte, die Stellenausschreibung sei ein Wink des Schicksals gewesen.«

»Also hatten sie die Vorgehensweise ursprünglich nicht so geplant?«, hakte Riedmann nach.

»Nein. Wir wollten Neumann, Lessing und Mayberg ursprünglich gemeinsam töten. So hätte keiner von uns alleine die Verantwortung tragen müssen. Wir hatten ja schließlich noch nie einen Menschen getötet. Susi wollte Lessing als Femme fatale abschleppen, um ihn zu vergiften. Sie konnte uns sogar davon überzeugen, dass das Risiko erwischt zu werden, deutlich geringer wäre, wenn jeder von uns nur einen einzigen Mord beginge. Wenn man es einmal nüchtern betrachtet, hatte sie damit wahrscheinlich sogar recht. Bei unserem ursprünglichen Plan hätten wir die drei Männer erst entführen, dann in ein Versteck bringen müssen, um sie schließlich gemeinsam töten zu können.«

»Damit hat sie nicht einmal unrecht gehabt. Wir haben lange Zeit im Trüben gefischt. Obwohl wir die gesamte Zeit über überzeugt waren, dass das Motiv für die Taten bis in die DDR zurückreicht.«

»Wegen der Polizeimarke, nehme ich an?«

»Unter anderem«, bestätigte Riedmann.

»Ich habe gleich gesagt, dass es ein Fehler war. Ich hatte sie gefunden, als ich Neumanns Wohnung ausspioniert habe und an mich genommen.

Ich hatte Susi die Marke gezeigt und sie hatte beschlossen, dass ich sie bei der Leiche lassen sollte.«

»Wir hätten Sie drei auf kurz oder lang ohnehin geschnappt. Es wäre nur eine Frage der Zeit gewesen«, erwiderte Riedmann und lächelte ernst. »Eine letzte Frage noch: Warum haben sie Mayberg dieses Zeichen in die Brust geritzt?«

»Liegt das denn nicht auf der Hand? Es symbolisiert die Familie, die er und seine Mitwisser zerstört haben.«

Kapitel 64

Der Papierkram war gerade erledigt und die Geschwister auf dem Weg in die JVA Aachen, da passierte es. Hansen wollte sich gerade von seinen Kollegen verabschieden, als sich das Bürozimmer um ihn herum zu drehen begann. Die Kollegen tanzten um ihn herum und auch die Möbel bewegten sich plötzlich, wie zu einer nicht hörbaren Melodie. Ehe er registrierte, dass er sich das alles nur einbildete, lag er auch schon auf dem Boden. Für einen Augenblick wurde es völlig schwarz um ihn herum. Als er wieder zu sich kam, hockte Riedmann vor ihm und fühlte an seinem rechten Handgelenk den Puls. Er registrierte Erleichterung im Gesicht seines Kollegen, als er die Augen aufschlug. Auch Beck und Marquardt erschienen auf einmal in seinem Blickfeld und sahen mit besorgtem Gesichtsausdruck auf ihn herab. Hansen versuchte, etwas zu sagen, aber es gelang ihm nicht. Außerdem war ihm speiübel. Trotzdem versuchte er aufzustehen, vergebens. Aus dem nervtötenden Piepen in seinem linken Ohr war jetzt ein lautes Grundrauschen geworden. Das Ohr fühlte sich an wie betäubt, aber auch mit dem Rechten schien etwas nicht zu stimmen. Er hörte Riedmanns Worte gedämpft wie durch Watte. Es dauerte einige Minuten, bis er mit Riedmanns Hilfe aufstehen konnte. Der Kollege bestand darauf, sofort in die Notaufnahme zu fahren. Hansen willigte schließlich ein.

Es dauerte mehr als eine Stunde, bis er endlich auf der Liege des Behandlungszimmers lag. Der junge, diensthabende Arzt war freundlich und stellte einige Fragen. Zu viele Fragen für Hansens Geschmack. Er wollte jetzt eigentlich nur noch seine Ruhe haben. Die vorläufige Diagnose lautete Morbus Menière, eine Erkrankung des Innenohrs. Einhergehend mit Symptomen wie Schwindel, Hörverlust oder Phantomgeräuschen im Ohr. Um andere Erkrankungen auszuschließen, waren aber zusätzliche Tests notwendig. Zur weiteren Beobachtung und für die anschließenden Untersuchungen am nächsten Tage musste Hansen mindestens eine Nacht im Krankenhaus bleiben. Seine Begeisterung hielt sich in Grenzen. Er hasste Krankenhäuser.

Riedmann hatte in der Zwischenzeit Hansens Frau Christine verständigt. Sie war sofort gekommen. Zu diesem Zeitpunkt lag Hansen bereits auf seinem Stationszimmer an einen Tropf angeschlossen. Über den Venenzugang wurden ihm Antivertiginosa und Antiemetika gegen den Schwindel und die Übelkeit verabreicht, wie er von der Schwester erfahren hatte. Während Christine noch damit beschäftigt war, seine Sachen in den Schrank einzuräumen, war Hansen vor Erschöpfung eingeschlafen.

Am nächsten Morgen fühlte er sich schon deutlich besser. Die Ärzte führten im Laufe des Tages verschiedene Tests, wie das Hörschwellenradiogramm, bei ihm durch. Gegen Mittag lagen die Ergebnisse vor. Die Diagnose des Arztes aus der Notaufnahme wurde bestätigt. Die schlechte Nachricht für Hansen war, dass man die Krankheit selbst nicht behandeln konnte. Lediglich die Symptome waren behandelbar. Außerdem musste er damit rechnen, dass sich solche Anfälle wiederholten. Der Auslöser der Attacke könnte Stress gewesen sein, vermutete der behandelnde Arzt. Er solle doch zunächst auf Alkohol und Kaffee verzichten, sich gesund ernähren und ein wenig Gleichgewichtstraining betreiben. Allerdings fragte sich Hansen, ob er die Disziplin hatte, das alles umzusetzen. Am späten Nachmittag konnte er das Krankenhaus schon wieder verlassen. Für die nächsten Tage war er erst einmal krankgeschrieben. Ein Umstand, der noch nie in seiner bisherigen Dienstzeit vorgekommen war.

Epilog

Samstag, 7. Oktober 2017

Hansen fühlte sich endlich wieder fit, um arbeiten zu können. Sein erster Einsatz war ein ganz besonderer. Er hatte sein Vorhaben umgesetzt und das Ehepaar Dohms nach Aachen eingeladen. Es war sein ganz persönliches Dankeschön für den unermüdlichen Einsatz des Kollegen bei den vergangenen Ermittlungen. Jetzt waren Hansen, das Ehepaar Dohms und die restlichen Kollegen der Mordkommission einschließlich Laura Decker in Aachen unterwegs. Sightseeing war angesagt. Hansen selbst mimte den Stadtführer. Die Geschichte der Stadt war seine Passion. Und wenn das Paar aus dem Osten schon einmal zu Gast war, sollte es auch so viel wie möglich über die westlichste Stadt der Republik erfahren.

Nach knapp drei Stunden Stadtbesichtigung standen sie nun vor den großen Bronzetüren des Aachener Doms.

»Ich habe euch ja bereits auf dem Lousberg von dem Teufelspakt erzählt, den die Aachener zur Fertigstellung des Doms eingegangen sind. Und dass die Aachener den Teufel um seinen Lohn gebracht haben«, begann Hansen.

»Du sprichst davon, dass die Bürger anstelle eines Menschen einen Wolf in den Dom gejagt haben?«, unterbrach ihn Kathrin Dohms.

»Gut aufgepasst! Ich habe euch ein Detail der Sage bisher vorenthalten. Und das aus gutem Grund. Ihr werdet es gleich sehen. Als der Teufel nämlich den Betrug entdeckte, hat er die schwere Bronzetür vor lauter Wut so heftig zugeschlagen, dass sein Daumen in der Tür stecken blieb und abgerissen wurde. Er steckt heute noch in einem der beiden Löwenköpfe, die ihr hier sehen könnt. Wenn es euch gelingt, ihn da herauszuholen, erhaltet ihr vom Domkapitel ein goldenes Kleid. Eine beliebte Touristenattraktion, wie ihr euch denken könnt! Da ihr damit sicherlich etwas länger beschäftigt sein werdet, geht der Rest der Truppe jetzt schon einmal etwas essen«, scherzte Hansen.

»Apropos Essen, Karl. Laura und ich klinken uns jetzt aus. Du weißt ja, dass wir für heute Eintrittskarten für das Konzert der Bruce Springsteen Coverband haben«, meinte Riedmann. »Und wenn wir die Vorband nicht verpassen wollen, müssen wir langsam mal los.« Dass er vorher lieber alleine mit Laura essen gehen wollte, musste er Hansen und den anderen ja nicht unbedingt auf die Nase binden.

»Welche Vorband spielt denn da heute? Das stand gar nicht im Programm«, erwiderte Laura Decker überrascht.

»Das hat sich auch erst kurzfristig ergeben. Ein guter Bekannter von mir, Jörg, spielt mit seiner Band OutOfOffice im Vorprogramm. Er hat mit dem Veranstalter gesprochen und gefragt, ob er da was machen kann. Die Band feiert dieses Jahr ihr zwanzigjähriges Bühnenjubiläum und sie wollen jede Gelegenheit nutzen, das in einem entsprechenden Rahmen zu feiern. Und es hat tasächlich geklappt.«

»Dann will ich euch natürlich nicht aufhalten. Schön, dass ihr euch Zeit für die Stadtführung genommen habt«, erwiderte Hansen.

»Die mir übrigens sehr gut gefallen hat, Karl. Du weißt ja, dass ich als Öcher Mädche da sehr kritisch bin«, meinte Decker lächelnd. »Ich wünsche euch auf jeden Fall noch viel Spaß. Und euch natürlich eine gute Heimfahrt«, meinte sie in Richtung von Marcus und Kathrin Dohms und reichte ihnen zum Abschied die Hand.

»Uns hat es ebenfalls gefreut. Und einen schönen Abend noch«, erwiderte Marcus Dohms mit einem Augenzwinkern in Riedmanns Richtung. Der lief gleich wieder rot an.

»Dann schlage ich vor, dass wir jetzt in der Domschänke etwas essen gehen«, meinte Hansen und wandte sich seiner verkleinerten Gruppe, die dankend nickte, zu.

»Du gehst jetzt also allen Ernstes mit Stefan aus? Laura, das bricht mir das Herz«, sagte Marquardt gerade so laut, dass Decker und Riedmann es hören konnten, der Rest der Truppe aber nicht.

»Du bes und blivs en aue Quaselmanes«, erwiderte sie staubtrocken, drehte sich um und hakte sich bei Riedmann zu dessen Verwunderung ein.

»Für alle, die nicht des Öcher Platts mächtig sind, wie mich. Was genau hast du ihm da gerade gesagt?«

»Dass er ein alter Quatschkopf ist. Und glaube mir, der gute Jens hat das genauso wenig verstanden wie du. Er muss das bestimmt jetzt auch erst mal in Internet nachschauen«, sagte sie mit einem bezaubernden Lächeln.

Nachwort

Nachdem Hansen und sein Team auch den zweiten Fall erfolgreich abgeschlossen haben, möchte ich es mir nicht nehmen lassen, darauf hinzuweisen, dass die Handlung und alle in ihr vorkommenden Personen natürlich frei erfunden sind. Ähnlichkeiten und Übereinstimmungen mit lebenden oder realen Personen wären rein zufällig und sind nicht beabsichtigt. Die spektakuläre Flucht von Peter Dreschers zu Beginn dieses Romans hat nicht stattgefunden. Gleichwohl gab es diese Grenzanlage, die hier beschrieben wurde, und eine Flucht wäre auf diese Weise theoretisch möglich gewesen. Auch das beschriebene Archiv für alte Polizeiakten, die noch nicht durch die Behörde des Bundesbeauftragten für Stasi-Unterlagen bearbeitet wurden, gibt es nicht. Es hat aber entscheidend dazu beitragen können, den Fall zu lösen. Bedanken möchte ich mich an dieser Stelle bei der Schoneburg Literaturagentur, die mir beim Lektorat mit Rat und Tat zur Seite stand. Ohne die Unterstützung würde Hansen wahrscheinlich heute noch nach den Tätern suchen. Und nicht zuletzt gebührt meinen drei fleißigen Testlesern und Korrekturhelfern Marion, Claudia und Andre ein besonders großes Dankeschön! Ohne euch wäre Sündenrächer in dieser Form nicht fertig geworden.

Wenn Sie Lob, Kritik, Anregungen oder Verbesserungsvorschläge haben, können Sie mir das gerne mitteilen. Besuchen Sie einfach meine Internetseite: www.frankesser.com.

Oder schreiben Sie an: aachenkrimi@gmx.de. Ich schreibe auf jeden Fall zurück.

Frank Esser, Jahrgang 1974, absolvierte nach dem Abitur eine Ausbildung zum Industriekaufmann und arbeitet seitdem in der Medienbranche. Mit dem Schreiben begann er bereits im Alter von 15 Jahren. Sein Debütroman „Der Raacheengel - Ein Aachen Krimi" bildete den Auftakt für seine Aachen Krimi Reihe. Sündenrächer ist der 2. Band dieser Reihe. Er lebt mit seiner Frau in Hoengen, unweit von Aachen.

Weiterhin erhältlich: Hansens 1. Fall

ISBN

9783745062472

9,99